GRIFFES

Avec le soutien du CNL CENTRE NATIONAL DU LIVRE

Loi n° 49.956 du 16 juillet 1949 sur les publications destinées à la jeunesse : novembre 2022
Dépôt légal : novembre 2022

ISBN 978-2-211-32206-5

Malika Ferdjoukh

GRIFFES

M+

l'école des loisirs

11, rue de Sèvres, Paris 6e

« À mes créanciers, dont l'impatience accrue
rendit ce livre nécessaire »
(Dédicace de James Ronald,
en exergue à son excellent roman Le Suspect*)*

Je remercie, quant à moi, le Centre National
du Livre, sa bourse,
la Commission du 6 février 2020,
Vincent Monadé, Kathleen Féret,
et… Déborah !

À Jean-Louis Fabre pour m'avoir généreusement prêté son bureau-perchoir (chose dont je serais bien incapable avec le mien…)

À Véronique Girard,
ange gardien mâtiné garde champêtre.

PROLOGUE

Mous.

Bruissements mous.

Ailes de chauves-souris ?

La jeune fille ouvrit les yeux. Quel était donc cet endroit, au village, d'où les chauves-souris en grappes se projetaient en une explosion subite vers le couchant ? Elle se souvenait de leur long ruban sombre dans le ciel pourpre.

Le clocher de l'église. Oui, bien sûr. Le clocher était leur refuge, là où même le son des cloches ne les troublait pas. Le mystère des crépuscules, seul, savait les tirer du sommeil, déployer leurs ailes de peau, les fondre parmi les vibrations de la nuit.

– Nous voilà réveillée ? chuchota une voix bienveillante et joueuse, une voix qui avait dû chanter des comptines quand elle était plus jeune.

Dans la pénombre, une chauve-souris ondula, approcha, grossissant, et s'arrêta par-dessus la jeune fille qui songea : *Pourquoi diable suis-je couchée dans le clocher ?*

– Avons-nous soif ? murmura la chauve-souris, toujours enjouée, avenante.

Avec une main potelée qui alluma la lampe à gaz sur le mur gris.

Une cornette blanche se matérialisa dans la lumière : une coiffe souplement ailée. Dessous, la guimpe stricte des religieuses entourait un visage pas très joli mais dont la bonté limpide fit brusquement monter les larmes à la jeune fille couchée. C'était une très jeune fille.

– Suis-je malade ? À l'hôpital ?

À l'instant où elle le disait, tout lui revint. Elle baissa les yeux vers le creux de son coude plié. Le drap était froissé par le fantôme d'une petite forme disparue.

– Le bébé… Où est mon bébé ?

Elle voulut s'asseoir. Elle retomba aussitôt, le ventre et la respiration comme fauchés par un coup de hache.

– Recouchons-nous, petit, là, là. Nous allons nous faire du mal sinon, et ça empêche de cicatriser.

– Où est mon bébé ? Pourquoi n'est-il pas avec moi ?

La religieuse s'assit en biais, au bord du lit. Les grains gris du rosaire pendu à sa ceinture cliquetèrent. Le pli plat de sa chasuble s'ouvrit sur une petite tache sombre. Avait-elle participé à l'accouchement ? Était-ce le sang du bébé ? La jeune fille eut envie de crier, d'appeler le nouveau-né auquel elle n'avait même pas encore donné de prénom… Mais si elle faisait cela, elle le savait, une chose affreuse surviendrait. Il ne fallait pas crier.

La chauve-souris affable l'observait sous ses ailes ondoyantes et blanches. Elle semblait à peine dix-huit ans, le même âge que la jeune fille.

– On vous a déniché une chambre pour vous seule, bien au calme. C'est rare, vous savez.

– Où est mon bébé ? répéta la jeune fille dans un spasme qui lui brisa le cœur, et lui porta, plus bas, un autre coup de hache.

Elle se retenait de gémir.

– Petit, oh, mon petit ! chuchota la nonne alarmée. Calmez-vous.

Son air de bonté, sa voix joueuse, tout changea lorsque la jeune fille, renversée sur l'oreiller, se mit à secouer les barreaux en cuivre du lit.

– Où est-il, où est-il ? Où est mon bébé ?! Dites-le-moi…

La bonne figure de la jeune religieuse devint effarement et tristesse. Ses doigts cherchèrent un cordon, elle tira dessus.

Une seconde religieuse apparut aussitôt. Autre cliquetis, plus métallique.

– Sœur Luke ! l'accueillit la première avec soulagement.

– Un problème, sœur Clodagh ?

Murmures. Bruissements mous de chasubles. Cliquetis de rosaires gris. Conciliabules de deux chauves-souris à ailes blanches.

La nouvelle venue, assez âgée, portait un pince-nez d'acier. Les lueurs du gaz y glissaient des reflets d'un bleu insoluble, à moins que ce ne fût l'œil, derrière les verres, qui fuyait. Impossible de rien y déceler.

– Petit, répéta sœur Clodagh, tournant vers la jeune accouchée sa figure bouleversée. Petit, il faut être courageuse. Notre Seigneur…

– Où est-il ? Mon enfant… ? suffoquait la jeune fille.

Elle s'immobilisa. Sœur Luke fit tinter quelques gouttes dans un verre, qu'elle vint lui presser sur les lèvres. La jeune fille se cabra comme un ressort.

– Buvez. Allons, buvez. Vous êtes seule au monde, dit la sœur derrière la brume de ses bésicles. Notre Seigneur, dans Son infinie bonté, a bien voulu vous épargner, à vous et à l'enfant, les rudesses d'une vie sans époux et sans père. Il a rappelé le petit à Ses côtés.

La jeune fille serra les paupières, soudain muette. Puis, comme si elle allait hurler, elle prit une grande respiration. Les deux nonnes retinrent la leur. Mais la jeune fille, impuissante, sans force, n'exhala qu'un chuchotement :

– Vous mentez.

La jeune sœur en parut blessée. Sa main potelée vint lui effleurer le front.

– Sœur Luke ne ment pas. Votre bébé n'est plus, hélas. Il faut accepter les exigences de Notre Seigneur, implorer Sa miséricorde.

– C'est là Son choix, renchérit l'autre, d'un timbre aussi gris que son pince-nez. Pour vous, le meilleur. Il vous évitera les tourments et les bassesses d'un monde où il est cruel d'être mère sans mariage.

La jeune fille éclata en sanglots. Ils jaillirent de sa gorge à gros bouillons muets, en hoquets humides, douloureux, sans fin.

– Essuyez-la, sœur Clodagh, ordonna sœur Luke d'une voix unie.

Elle quitta la pièce.

Sa silhouette en chasuble foncée et corne blanche ondoya, cliqueta en longs glissements par l'enfilade carrelée de couloirs déserts, avant de gravir des étages. Après un coup d'œil alentour, elle poussa une porte et entra dans un bureau tapissé de livres de médecine.

Un homme en redingote et une femme en pelisse attendaient sous le crucifix. L'homme replaça sur une étagère l'ouvrage qu'il feuilletait sans lire. La femme, assise, serrait contre elle un enfant minuscule endormi dans les dentelles d'un lange. Ses gants cramoisis étaient la seule note vive d'une tenue par ailleurs discrète.

– Emportez-le sans tarder, leur ordonna tout bas sœur Luke. Maintenant.

Sa voix avait le calme et le débit de l'habitude.

– Vous n'oublierez pas de sortir par l'arrière. Ni de…

Elle avança la main. L'homme lui remit alors une enveloppe sépia, déformée par l'épaisseur de son contenu, dont la vieille nonne se saisit, et qu'elle verrouilla d'un geste vif dans un coffret cerclé de plomb. La clef disparut dans sa chasuble. Elle ne prit pas la main que l'homme lui tendait, salua brièvement la femme qui lui adressait ce sourire éperdu qu'elles avaient toutes, sitôt l'affaire faite.

Elle rajusta son pince-nez, s'effaça pour les laisser sortir et referma derrière eux.

Lorsque le couple quitta l'asile St Mary Gloria Beata par une grille arrière, l'allumeur de réverbères n'était pas encore passé, la nuit d'hiver était totale.

De l'autre côté de la rue les attendait une forme couverte de châles noirs… Elle se détacha de l'obscur mur d'enceinte comme une pièce hors de son puzzle. Elle approcha le couple, hésitante. Sans un mot, l'homme tira de sa redingote une seconde enveloppe, en tout point semblable à celle qu'il avait remise à sœur Luke, à la différence que celle-ci était notablement moins épaisse.

– Allez-vous-en, désormais ! chuchota-t-il avec un mouvement de manche qui fut comme une injonction. Que Dieu ait pitié de vous… et de nous ! acheva-t-il plus bas.

L'ombre avec l'enveloppe s'éclipsa dans les ténèbres, et le couple disparut avec l'enfant dans le fiacre qui se présenta presque tout de suite.

1re PARTIE

17 ANNÉES PLUS TARD…

1

Soudain, la diligence jaillit des noires forêts du nord. Avec la rage d'une meute avide, elle attaqua à toute allure les premières bosses du taciturne Northumberland.

Elle filait ventre à terre, dans le tumulte du vent, grondant, cliquetant, soufflant, pour échapper à la lune pointue qui galopait à ses trousses à travers la lande. Depuis Coxwold d'où ils étaient partis le matin, les passagers avaient renoncé à parler.

Le gentleman en tweed avait bien amorcé quelques tentatives, mais après avoir dû hurler par quatre fois qu'il faisait un vent à décorner un premier ministre, il extirpa, entre deux cahots, une pastille verte d'un pilulier en nacre, l'enfourna et se tut.

Il envia son voisin, un jeune homme aux cheveux très blonds, presque blancs, qui, les bras noués autour du paquet calé sur ses genoux, avait migré, sitôt monté, dans un sommeil d'où rien ne semblait pouvoir le tirer. Le gentleman sourit à la compagnie casée sur la banquette opposée : une vieille demoiselle qui s'agrippait à son manchon comme s'il était vital à son équilibre, et une autre plus jeune, qui comprimait ses ourlets entre ses bottines.

De manière inattendue, la diligence ralentit. La lune cessa de la poursuivre de sa faux lustrée. Après l'infernal galop, on eut la sensation de rouler sur place. Le matelot qui retrouve la terre ferme après une tempête connaît cette impression.

– Un raidillon, nota un autre monsieur, voyageur à col de fourrure.

Qui assura après une pause :

– Ça va redescendre.

Le gentleman en tweed profita de l'accalmie pour offrir des pastilles à la ronde – excepté, bien entendu, au bienheureux dormeur. Les dames acceptèrent avec l'hésitation qui convenait. Puis les langues se délièrent.

On apprit que l'un vendait des médecines, que l'une rejoignait sa sœur, que l'autre avait trouvé une place de servante à Morgan's Moor, leur prochain arrêt, et ainsi de suite… Lorsque chacun eut délivré ce minimum qui nourrit toute bonne réunion, ceux qui avaient parlé se tournèrent d'un bloc vers celle qui n'avait rien dit.

Leurs yeux, polis mais interrogateurs, la dévisagèrent.

Cette troisième dame, tout à fait moyenne en âge, en taille, en traits, en teint, en cheveux, était nichée dans l'écoinçon de la portière. Un peu escamotée par la fourrure du col de son voisin, il avait été facile de l'oublier. Se sentant observée, elle se redressa, ses mains se décroisèrent.

Elle ne parut aucunement embarrassée, juste étonnée. Ses compagnons de voyage furent frappés par quelque chose qui leur avait jusque-là échappé : le brillant de son regard. Il vous transperçait, plongeait droit dans votre crâne, tel un doigt à la recherche de ce que vous ne désiriez pas qu'on y trouve.

– Seriez-vous répétitrice ? s'enquit d'un air engageant la demoiselle jeune, cessant de contenir le bas de sa robe entre ses bottines.

– Ma foi non.

– Vous retrouvez sans doute un parent ? insista l'autre demoiselle.

– Nullement.

Elle n'ajouta rien. Le gentleman en tweed se rappela qu'il ne lui avait pas offert de pastille parce qu'il l'avait crue assoupie. En gardait-elle grief ?

Les autres poussèrent un soupir teinté de rancune. Ils étaient sur le point d'isoler définitivement cette personne peu loquace pour continuer la conversation entre eux, quand elle jeta soudain ces paroles aussi terrifiantes qu'alléchantes :

– J'étais à Londres. J'en suis partie aussi vite que j'ai pu, parce que, voyez-vous, j'ai assisté à une chose absolument... effroyable. Un meurtre.

Les autres dames émirent des exclamations jumelles. Les messieurs (hormis l'endormi qui dormait) inclinèrent le buste en avant, les yeux écarquillés.

– Je suis le témoin d'un assassinat.

2

À ses propos, il se produisit dans l'assistance l'inévitable phénomène d'écho.

– Assassinat ?

– Effroyable ?

– Un meurtre ?

– Témoin ?

La dame sortit un mouchoir. Elle s'en tamponna une joue, avant de fixer chacun de ses yeux remarquables.

– Le seul et unique. En cette minute, moi seule sais que le juge Benedict Apley, de Morgan's Moor, va être assassiné. Ou l'est déjà. Ou en train de l'être.

Un instant, elle goûta leur stupeur. La diligence gravissait une pente, aussi lourdement que l'idée du crime dans l'esprit de ses passagers. Le gentleman tweedé toussota le premier.

– Vous n'en êtes pas certaine, donc ? Vous semblez dire que peut-être…

– Je l'ai vu. J'ai tout vu. Je viens exprès pour prévenir le juge du destin fatal qui le guette.

– Le prévenir ? Mais s'il est déjà mort… Ne disiez-vous pas qu'il… ? se troubla la demoiselle jeune.

Le regard venu d'en face l'interrompit net.

– J'ai dû quitter Londres toutes affaires cessantes. Si, par malheur, il était trop tard, j'aurai à relater les détails du meurtre à la police, ainsi qu'à la sœur du juge, Vienna Apley, qui vit également à Harborough Hall. J'ai eu l'occasion de la rencontrer il y a quelque temps. Dans mon rêve, le juge était…

– Votre rêve ?

– Oh.

– Ah.

– Un rêve…

L'auditoire eut du mal à cacher sa déception.

Mais la dame, désormais emportée et prolixe, tourmentant son mouchoir, poursuivait :

– Je possède un don. Je l'ai toujours eu. Des sortes de… *visions*.

– Un don ?

– Des *visions* ?

– Depuis toute petite. Cela a commencé un soir d'été, j'avais cinq ans. Mon père m'attendait à la porte du jardin. Il m'a prise par la main et m'a conduite au bout de notre village. En chemin, nous avons devisé gaiement, nous avons même joué aux charades.

Son voisin cacha un bâillement derrière la fourrure de son col. Le manchon camoufla celui de la vieille demoiselle. Ne s'en souciant guère, la voyageuse conduisait son récit.

– Il a cueilli des cerises à des arbres trop hauts pour moi. Nous les avons croquées tout du long. Lorsque nous sommes parvenus au cimetière, il m'a alors désigné une tombe…

Elle se tamponna les cils, plia son mouchoir.

– C'était la sienne. J'avais oublié qu'il était mort l'année précédente.

Le manchon fut secoué de frissons. La demoiselle jeune eut un haussement d'épaules, échangea un discret sourire avec le gentleman en tweed.

– Ce n'est pas cependant le plus étonnant de cette histoire, reprenait la dame. Non. L'extraordinaire se trouvait ailleurs... Dans ma main ! Ma main qui tenait toujours une poignée de cerises. Des cerises que, vu ma taille d'enfant, je n'avais pas pu cueillir.

S'ensuivit un long silence, uniquement cadencé par la frappe régulière des roues et de l'attelage. L'un des messieurs – il n'est pas essentiel de savoir lequel – finit par reprendre :

– Or donc... Ce meurtre... Qu'en avez-vous vu ? Dans votre rêve, veux-je dire. A-t-il déjà eu lieu ? Ou bien va-t-il se commettre ?

À cet instant, la diligence reprit de la vitesse, et avec elle le vacarme. Il enfla et emplit tout l'espace : on redescendait en trombe.

Les passagers de l'avant se virent cloués aux coussins tels des poulpes jetés à fond de cale, pendant que ceux d'en face raidissaient les jarrets, se cramponnaient aux poignées de cuir du plafond.

Dans le tohu-bohu des sabots et le charivari des châssis, tous attendirent, pendus ou cloués, que la voiture atteignît la montée suivante. Ce qui ne tarda pas, et l'on put reconquérir une position plus commode, ou plus digne.

L'inébranlable dormeur blond était toujours dans les bras de Morphée, les siens enlaçant son paquet.

– J'ignore si cela *s'est passé*, ou *va se passer*, confessa la dame dans le relatif silence revenu. Ma *vision* m'a toutefois révélé chaque seconde de ce crime barbare. Cha-que dé-tail !

– Juste ciel, marmotta le col de fourrure. Vous voulez dire que vous pouvez décrire le meurtrier ? La façon dont il a agi… ou agira ?

– Précisément. Tout. S'il est temps, comme je l'espère, je compte donner l'alerte. Voilà le but de mon voyage.

C'était, sans l'ombre d'un doute, une piquée. Distrayante, néanmoins.

La demoiselle jeune rassembla une nouvelle fois ses ourlets entre ses bottines. Le gentleman en tweed proposa une énième tournée de pastilles vertes, mais personne n'en prit. La piquée, elle, avait fermé ses yeux extraordinaires.

Les autres s'entre-regardèrent. Avec hésitation, quelqu'un s'enquit :

– Serait-ce trop exiger de… nous en faire le récit ?

La dame garda les yeux clos. Après une pause interminable durant laquelle sa tête dodelina (de sorte qu'ils eurent l'impression que c'était, en effet, trop exiger), elle se décida.

– Le juge est assis à son bureau. L'homme, l'assassin, surgit à pas de loup derrière lui. Il brandit, vous savez, cet outil pour gratter la terre… Un genre de croc en fer…

– Une griffe de jardinier ? J'en utilise moi-même pour sarcler mes pieds de rosiers, cela leur fait beaucoup de bien et allège la…

Du regard, on fusilla la vieille demoiselle à manchon. Ses lèvres se refermèrent en pinces.

– Je la vois… Cette griffe s'élève dans les airs, s'abat sur la gorge du pauvre juge, s'enfonce, mord la chair… Une fois…

plusieurs fois. Oh, Dieu, tant de fois ! Le sang est… un jet foudroyant. Les vitres s'obscurcissent d'un rouge violent et opaque…

– Monsieur, vous n'allez pas vous trouver mal ? demanda la demoiselle manchonnée au gentleman tweedé.

Il sourit bravement, fit un geste qu'il espérait léger en direction du pilulier, mais sa main retomba sur la banquette. La narratrice, paupières toujours closes, doucement s'accorda une respiration.

– … *Vous avez vraiment vu l'assassin ?*

– Aussi distinctement que je vous vois.

– Vous pouvez le nommer ?

– Non. Car je ne le connais pas.

Elle rouvrit les yeux.

– Mais je le reconnaîtrai ! Son visage est gravé là.

Elle planta au milieu de son front un index dont personne n'avait encore observé qu'il fût si osseux.

– Là ! insista-t-elle. En outre, il laisse sur les lieux la preuve de son forfait.

– Quoi ? firent-ils en un même chœur.

Elle hissa son long cou, les scruta un à un, avant de répondre. Tous se tortillèrent, en coupables désignés.

– Eh bien, cette griffe acérée mord si profond dans la gorge de la victime que le criminel a peine à l'en arracher, il secoue le fer avec un acharnement, une férocité tels que…

L'on frémit. Moins à cause de l'image évoquée, d'ailleurs, que du ton de la dame, aussi plat que pour un inventaire des quatre-vingts comtés d'Angleterre. Le gentleman en tweed repartit en quête de pastilles avant de se rendre compte qu'il en avait trois dans la bouche.

– Et… ? Cette preuve… ?

– Oui, quel est cet indice ?

– Le scélérat tire si sauvagement sur les chairs que la griffe…

À cette seconde, tombée du ciel comme le clairon du jugement dernier, c'est-à-dire, plus prosaïquement, du toit de la diligence, la voix du postillon beugla :

– Morgan's Mooooor ! Fin du voyage. Morgan's Mooooor !

La dame ouvrit son sac pour vite y ranger son mouchoir, le referma avec soin et entreprit de boutonner son manteau. Mais l'auditoire ne l'entendait pas de cette oreille.

– … que la griffe… ? voulait-on savoir.

Toute à sa boutonnière, la femme inclina la tête. Un instant, elle parut se demander ce que ces gens réclamaient. Puis, à la façon d'une confidence :

– Dans la bestialité de son forfait, chuchota-t-elle, une pièce de métal se détache de son arme, une sorte d'écrou. Ou de boulon, je ne sais. L'objet roule sous un fauteuil. Seulement, le gredin ne s'en aperçoit pas, trop occupé à fuir par la fenêtre ! L'objet reste sur place, par terre. Moi seule l'ai vu tomber. Moi seule, entendez-vous, sais que cet objet se trouve là ! Ou s'y trouvera.

– Dans… votre rêve, bien sûr.

– Ma *vision.*

L'attelage freinait.

Le dormeur blond s'éveilla d'un bond. Son paquet roula de ses genoux au sol, où l'emballage se déchira. En jaillit un animal qui les dévisagea tous, de ses prunelles rondes, noires, flegmatiques.

– Excusez-moi, bredouilla le jeune homme, se baissant pour arranger le papier autour du bestiau tout raide.

Croisant les expressions de stupeur, ou d'effroi, de ses compagnons, le garçon reficela tant bien que mal l'empaquetage autour de l'animal.

– Ne craignez rien, mesdames, ce renard empaillé ne mord plus. Il est bien mort. Je suis taxidermiste. Je viens m'établir à Morgan's Moor.

Il renoua en hâte la ficelle, fourragea d'une main dans sa tignasse blonde presque blanche, puis il sauta dehors le premier.

La diligence était arrêtée sur la place du village, endroit stratégique car non loin du maréchal-ferrant où l'on mènerait les chevaux, et face à l'auberge où l'on allait pouvoir se sustenter.

Hormis l'extravagante aux visions, le taxidermiste et la demoiselle jeune qui avaient tous atteint leur terminus, le reste des voyageurs reprendrait le lendemain la route vers l'ouest, par un véhicule de correspondance.

La pluie, magnanime, avait décidé d'épargner cette partie du Northumberland, le vent d'automne d'y radoucir ses vigueurs.

Malgré la lune, malgré la nuit, il n'était pas tard. Pas assez en tout cas pour empêcher les enfants et les curieux d'assister au déchargement de la diligence, spectacle qui provoquait autant d'émoi qu'une arrivée de forains avec singes jongleurs.

Les « soirs de diligence », les échoppes de la place restaient ouvertes plus longtemps. De jeunes garçons se précipitaient, s'improvisant guides, ou porteurs, des fillettes proposaient des muffins ou des *pies* aux rognons.

La passagère extralucide, lissant son bavolet autour des épaules, traversa la petite foule éparpillée devant l'auberge. Son œil vif repéra une gamine âgée de treize ou quatorze ans, à la mine gaie, aux rousseurs aimables.

– Jeune fille, quel est ton nom ?

– Flannery Cheviot. Mes parents tiennent cette auberge, *The Cornish Cliffs*. Voulez-vous que je vous y escorte ? Nous avons pour vous une jolie chambre, un lit confortable, et…

– J'espère surtout que tout cela sera propre, coupa la dame. Peux-tu me dire, jeune Flannery, comment…

– Vous n'en trouverez pas d'aussi propre dans tout le comté ! riposta Flannery, toute rose d'indignation. Ni qui sente aussi bon ! Ma mère fait bouillir les draps avec du romarin ! Ça tue les puces et leurs petits !

– Hum, fit la dame, je me passerai d'un civet de draps, pour me contenter de simplement y dormir. Dis-moi, comment se rend-on à Harborough Hall, chez le juge Ap… le jug… le, le…

Sa voix subitement s'étrangla.

Flannery Cheviot vit les yeux de la dame s'élargir et rutiler comme deux flaques, sa bouche s'ouvrir en un vaste rectangle. Son index s'éleva, tel le glaive de George terrassant le dragon. Et justement, c'est ce saint qu'elle invoqua dans une clameur qui ébranla les murs autour :

– *By George !* C'est lui ! Cet homme… C'est lui !

Sa cible était un homme à favoris gris, au front ombreux, qui arrivait pour accueillir le jeune taxidermiste blond.

– *C'est lui !*

Tout le monde se tourna vers elle. Puis vers lui. La jeune Flannery eut la vivacité de la soutenir, car la dame chancelait d'exaltation, non sans s'époumoner derechef :

– Cet homme est un assassin ! Je l'ai vu tuer le juge Apley !

3

Une demi-heure avant – avant l'arrivée de la diligence –, Horton Palance achevait de tailler un coupon de plumetis pour une cliente dont la cuisine avait besoin de voilages neufs.

– Voici le métrage, Mrs Braceguirdle.

Horton Palance était un homme haut, la voix ombrageuse, même lorsqu'il désirait se montrer poli ou vous entretenir du beau temps et de la pluie. Son esprit semblait rongé d'une perpétuelle colère. Peut-être l'était-il. Au village, tout le monde était habitué et l'on n'y prêtait guère plus d'attention qu'à sa paire de favoris, ou à son bras en bois.

– Voulez-vous les cordons assortis ?

Mrs Braceguirdle voulut bien. Il la conduisit, avec son air d'irritation routinière, vers les casiers au fond du magasin.

À l'opposé, à l'extrémité du comptoir en chêne, dissimulée par une pile de cartons à rubans, sa fille Catriona pliait des mouchoirs qu'elle rangeait ensuite dans une boîte plate. Elle coula un regard par-dessus les cartons pour vérifier que son père tournait le dos. Elle délaissa alors les mouchoirs et, d'un geste aussi discret que vif, elle tira une lettre de son corsage.

Elle la lissa, puis la relut, pour la vingt-troisième fois aujourd'hui, depuis que son jeune frère Fergus la lui avait apportée, le matin, en cachette.

Ma Catriona, ma chérie, ma douce bien-aimée,

Je ne désespère pas de convaincre mon père. À nous deux, nous réussirons à abattre les forteresses, j'en fais le serment. Notre amour est notre seule force, mais quelle force !

Mon rêve le plus précieux est de garder ta chère main dans la mienne, toujours, toujours. Elle est indispensable à ma vie, tout comme tes yeux, mon aimée, et ton rire.

Retrouvons-nous demain, comme hier, à notre cachette habituelle. J'ai l'espoir que tu auras enfin pris, ma bien-aimée, la tendre décision que j'attends et chéris. Nous serons dès alors les amants les pl…

La jeune fille étouffa un cri de frayeur. Le papier venait de s'envoler par-dessus le comptoir, emporté par la furie d'un ouragan !

Elle fit le geste de le rattraper… mais la lettre demeura suspendue à la hauteur de son nez, empalée par la pointe d'un croc en fer qu'elle connaissait bien, puisque c'était celui qui sortait au bout du bras en bois de son père et lui servait de main.

La lettre s'y balançait, hameçonnée, telle une feuille morte sur un rameau d'hiver. Sur le comptoir gisait le gant de cuir qui masquait ordinairement le crochet, aussi inerte et lugubre qu'un rat mort.

La cliente venait de quitter la boutique. Absorbée par son amoureuse lecture, Catriona ne s'était aperçue de rien. L'œil paternel la cloua sur place. Elle cessa de respirer.

– C’est ainsi que tu travailles ? D’où vient ce torchon ?

Une terreur affreuse submergea la jeune fille.

Son père savait parfaitement de qui la lettre provenait, sa question n’était que pure torture. Si elle répondait, le pire l’attendait. Le pire aussi, si elle ne répondait pas.

– Papa, balbutia-t-elle, reprenant haleine. Laisse-moi ranger cela, je me remets tout de suite au travail.

Elle tendit la main. La lettre fit un bond en arrière.

– M’as-tu désobéi, Catriona ? Réponds. As-tu bravé mon interdiction ?

De sa vraie main, il fouilla la poche de son veston, à la recherche de lunettes. Sa fille pria qu’il les eût oubliées dans un coin, cela arrivait parfois.

Malheureusement non… Elles étaient bien dans la poche. Bientôt, elles chevauchèrent le nez paternel. Catriona se tint immobile, le cœur battant, pendant qu’il lisait – et avec quelle lenteur il lisait ! Elle entendit le déclic familier du coude mécanique lorsqu’il tourna la feuille de papier. Elle vivait un supplice.

Elle retint un autre cri. Le croc de fer avait fiché sa lettre dans le chêne du comptoir, tandis que la main vivante la déchirait en quatre. Les larmes jaillirent des yeux de Catriona, muettes.

– Papa ? s’écria la voix de Fergus, derrière eux.

Son frère avait surgi de la réserve. En un clin d’œil, il comprit la situation. Sans prendre le temps de poser le gros rouleau de drap qu’il portait en travers de l’épaule, il s’élança, tenta d’expliquer.

– Papa…

Son rouleau percuta une lampe qui alla se fracasser au sol. Pâle jusqu’aux lèvres, le père se tourna vers le fils qui, bien qu’il eût à peine quinze ans, était aussi haut et plus large que lui.

– Vous osez défier un père ? gronda-t-il, les narines sifflant de rage.

– C'est ma faute, dit le fils en désignant les quatre lambeaux de lettre. C'est moi qui la lui ai transmise.

– Ah ! Tu t'avoues le complice de cette vermine d'Apley !

– J'ignore qui l'a écrite, mentit hardiment le garçon. Catriona refusait tout d'abord de la lire…

– Mais pas de la relire ! grimaça le père.

Pétrifiés, ils attendirent.

Horton Palance décrocheta le dernier fragment de lettre qui pendait à son crochet, le jeta parmi les autres. Sa main unique, aux doigts plats et puissants, s'éleva et s'abattit d'un claquement sur sa fille. Elle s'effondra en sanglots à ses pieds.

Fergus esquiva de peu le coup qui fondait vers lui. Le rouleau d'étoffe bascula lourdement de ses épaules, et partit heurter de plein fouet le père, qui chuta sur l'angle aigu d'une vitrine de boutons.

Au comble de la consternation, le garçon vit un éclat de métal se détacher du bras artificiel et sautiller par terre avec des cliquètements hideux. Le front de Horton Palance se mit à saigner, mais rien ne fut plus abominable que la série de *piu glik piu glik piu glik* qui s'échappaient de l'articulation orthopédique. On eût dit les couinements d'un animal saisi dans un piège. Une traînée de sang brouillait le verre de la vitrine.

– Papa ! gémit Fergus, au désespoir. Pardon, papa, je ne voulais pas…

Palance tâtonna, ramassa le crochet et le fixa à l'attache de bois. *Piu glik piu glik piu glik.* Ses deux enfants auraient voulu se boucher les oreilles. Le père délogea la burette d'huile qui ne quittait jamais sa veste, graissa le boulon de sûreté avant de le revisser. Il ramassa ensuite le gant de cuir, en coiffa son ersatz de main.

La clochette de la porte tinta. Un client.

Horton attrapa un des mouchoirs de la boîte, s'essuya vivement le front et se retourna, pressant le tissu en bouchon sur sa plaie.

4

C'était une cliente.

– Bonsoir, Miss Godden. Nous n'avons pas reçu votre tapisserie, déclara Palance, hargneux, légèrement essoufflé.

Idonee Godden n'en prit pas ombrage. Arrivée depuis peu au village, elle était infirmière au cabinet du docteur Gedeon March, mais avait déjà eu le temps de s'instruire du style très personnel d'un Horton Palance, tout autant que des odeurs de laine, de fil et de coutil de sa boutique qu'elle fréquentait souvent, car elle aimait broder au chevet des malades. Elle ne sourcilla pas à la vue du mouchoir trempé de sang.

– Vous êtes blessé. Puis-je vous aider ?

– Rien du tout. C'est cette maudite lampe en chutant. Nous n'avons pas reçu votre tapisserie, martela-t-il.

Elle hocha la tête, ses beaux traits calmes éclairés d'un demi-sourire.

– J'avais entendu. Nettoyez quand même cette blessure au permanganate, protégez-la avec un bandage. N'hésitez pas à m'appeler. Au revoir, Fergus. Gros vent, n'est-ce pas ?

L'infirmière ne pouvait pas voir Catriona prostrée au sol, tremblante, de l'autre côté du comptoir. Sur le seuil, elle pivota.

– Voilà Jamesina. Qu'elle prenne soin de cette blessure.

Le père, le fils, la fille, tous demeurèrent immobiles tandis que la nurse prenait le temps de rajuster ses mitaines avant de s'éclipser en saluant Jamesina Palance qui arrivait, en effet.

Jamesina, femme incolore et frêle, ôta son chapeau. Débarrassé de l'ombre des bords, son visage sembla se réduire encore. Et lorsqu'elle fit glisser son châle, ses épaules fluettes eurent l'air de se décrocher.

– Seigneur, souffla-t-elle, apercevant la face ensanglantée de son mari.

Puis elle vit son fils qui aidait sa sœur à se relever et elle murmura à nouveau, mais plus bas :

– Oh, Seigneur.

Elle alla pousser le verrou de la mercerie, baissa le rideau de devanture. Sans un mot, elle découpa des lanières dans une pièce de coton blanc. Quand elle voulut rincer la plaie, son mari l'écarta avec morgue.

– Laisse ça. Ta fille est une fille perdue, ton fils une crapule qui crèvera au bagne.

Elle fut un instant sans mouvement. Son dos se voûtait un peu plus à chaque accès de fureur de son époux. Ce qui avait lieu souvent.

– Qu'est-ce qu'il se passe ? demanda-t-elle.

Il jeta à terre son mouchoir souillé, parmi les fragments de lettre éparpillés.

– Que veux-tu qu'il se passe ?

Jamesina ramassa et rassembla les bouts de papier, y déchiffra ce qu'elle pouvait, se recroquevillant au fur et à mesure de la lecture. Lorsqu'elle releva le visage, il était aussi serré qu'une pomme de pin trempée.

Elle ouvrit la bouche pour des paroles qu'elle ne dit finalement pas. Ses yeux las rencontrèrent ceux de son mari.

– Ne crie pas, Horton, implora-t-elle. Catriona, monte dans ta chambre. Fergus, la diligence ne va pas tarder, donne-toi un coup de peigne avant d'aller accueillir notre cousin Mohune.

Fergus ne se fit pas prier, il disparut dans l'arrière-boutique. Catriona s'éclipsa par l'escalier qui donnait dans l'appartement familial, au-dessus du magasin. Leur mère était le seul être au monde capable d'étouffer les violences de leur père, au prix de brimades et d'une patience qui la laissaient exsangue.

À l'étage, la jeune fille baigna abondamment ses joues et ses yeux à l'eau fraîche. *Il avait gardé la lettre.* Elle regrettait amèrement d'avoir pris si peu de précautions. Qu'elle s'était montrée imprudente et stupide, mon Dieu ! Elle monta la flamme de la lampe pour mieux s'observer dans le miroir au-dessus de la cuvette en faïence. Elle tendit l'oreille. Son père criait après leur mère.

Elle le détestait. Elle le détestait. Elle le détestait.

Sa joue portait la marque rugueuse de la gifle. Pourvu qu'elle ait disparu demain, quand elle retrouverait Muir.

Car Catriona avait enfin pris sa décision : elle irait à ce rendez-vous. La réaction injuste de son père avait exalté sa rébellion, la poussait à désobéir.

S'il la retenait prisonnière comme il l'en menaçait, elle filerait par la fenêtre se jeter dans les bras de celui qu'elle aimait et qui l'aimait. Depuis des mois, Muir l'implorait de fuir avec lui, de l'épouser sans attendre un consentement qui ne viendrait jamais. Catriona s'était, jusqu'ici, refusée à quitter sa famille, tourmentée par le chagrin où elle plongerait sa mère et son petit frère. Sans parler de la honte.

Mais c'était avant l'épouvantable scène qui venait de se dérouler. Désormais, elle n'hésitait plus, elle partirait. Elle dirait oui à Muir Darcey Apley.

✣

Réfugié dans un recoin de la réserve, sur un énorme caisson où étaient tassées, par dizaines, bobines de soie et pelotes de lin, Fergus Palance était assis. Malgré sa pose de stylite figé sur sa colonne, on ne pouvait pas dire qu'il réfléchissait.

Il ne méditait pas non plus. Le fil de ses pensées était autrement plus embrouillé que celui des navettes et écheveaux amoncelés autour de lui. Sa préoccupation, pour l'instant, était d'essayer – d'essayer de toutes ses forces – de ne pas entendre.

Ce son. Oh, ce son. *Piu glik piu glik piu glik.* Ce miaulement métallique de chat pris dans un piège. Il l'entendait, bien qu'il écrasât les deux poings contre ses oreilles. Depuis l'enfance, il l'entendait. Comme il le haïssait ! De tout son cœur il le haïssait.

Il percevait aussi, en fond, les récriminations de leur père, à peine amorties par le rempart d'étoffes. Horton rabrouait sa femme, l'accablait de reproches et d'imprécations, malmenant son bras artificiel, *piu glik piu glik piu glik.*

Pour finir, la porte claquerait, son père irait, comme après chaque querelle, au *Red Goose*, s'abrutir de gin jusqu'au cœur de la nuit, avant de revenir s'abattre, telle une bête éreintée ou malade, sur le paillasson de la maison.

Fergus enfonça un peu plus fort ses poings dans les oreilles. Il s'en voulait âprement de concevoir de si sauvages rancœurs à l'encontre de son géniteur. Il en tremblait d'une douloureuse culpabilité. Mais il n'en pouvait plus de ces fureurs odieuses et de ces brutalités.

Il tressaillit. *Piu glik piu glik piu glik…* Le son abominable approchait.

– Fergus !

Le fils ne broncha pas. Il se rencogna derrière un empilement de plaids et de tartans. La porte de la réserve s'ouvrit avec un bruit de fouet.

La carrure abhorrée se découpa, haute et robuste, contre la lumière qui venait du magasin. Son père portait un pansement au-dessus du sourcil. En dépit du contre-jour, Fergus distinguait chaque détail, et chaque détail lui faisait mal.

– Es-tu prêt, bon sang ? aboya Palance. As-tu oublié que le cousin Mohune débarque ce soir, crâne de bécasseau ?

De lointaines clameurs sur la place annonçaient en effet l'arrivée de la diligence. Mais, à l'abri derrière sa muraille de tissus, Fergus ne pipait mot, Fergus faisait le mort. Son père le gratifia d'un rosaire de jurons, le somma de rappliquer séance tenante, puis finit par faire demi-tour.

– Attends au retour, vaurien. Tu ne perds rien à attendre.

Sur le point de quitter la boutique, il écarta sa femme d'un geste agacé.

– Ton chapeau, Horton, dit-elle de sa voix d'essoufflée.

Il revint sur ses pas, d'une main fixa son couvre-chef, refit demi-tour. Son épouse le rattrapa sur le seuil.

– Ta cravate. Elle est dénouée…

Il se laissa faire. Pour une cravate, il fallait plus qu'un bras seul.

Remontant la place, il repéra assez vite, parmi les voyageurs descendus, la tignasse au blond si caractéristique, presque blanc, de leur cousin Mohune.

– Cousin Horton ! s'écria le jeune homme, plein de gaieté. Me voilà arrivé.

Il se délesta de son gros paquet ficelé pour mieux lui ouvrir les bras. Horton se borna à lui tendre sa main valide. Pourtant, Keir Mohune le serra chaleureusement. Et lorsque, de son bras costaud, il heurta la raideur de la prothèse sous le veston, sa physionomie ne se départit pas de sa cordialité.

– Rien de grave, j'espère, cousin Horton ? s'enquit-il en remarquant le pansement.

– Ils ont tous hâte de te voir, fit l'autre sans répondre.

– Où sont mes petits-cousins ? Et ma cousine Jamesina ? Je suis si heureux de m'installer ici ! C'est que je suis bien seul désormais, comme tu sais. Julia vit maintenant avec son mari à Leeds, depuis que la petite Charlotte et notre pauvre maman…

– J'ai reçu ta lettre m'annonçant la mort de ta mère, l'an dernier…

Si Palance chercha à prononcer une parole de compassion, il n'y parvint pas.

– Tes cousins auraient aimé venir t'accueillir, reprit-il. Mais… mais on a pas mal d'ouvrage en retard. Viens, éloignons-nous de cette foule, la boutique n'est pas loin.

Plus avant sur la place s'élevaient une effervescence soudaine et, semblait-il, des cris. Ils y prêtèrent peu d'attention, les enfants étant nombreux autour.

– Allons d'abord décrocher tes bagages. Que trimballes-tu dans ce colis mal ficelé ? Un renard !..

– Un souvenir.

Ils n'avaient pas fait cinq pas que, subitement, une femme, que Horton Palance n'avait jamais vue, se planta devant lui. La phalange pointée, pointue, l'œil incendié d'on ne sait quelle folie, elle se mit à hurler :

– C'est bien lui ! Cet homme est un assassin ! Il a tué le juge Apley ! Je l'ai vu !

Elle braillait si fort, et dans un tel état de nerfs, qu'elle manqua choir entre les bras de la jeune Flannery, l'aînée des filles Cheviot de l'auberge, qui survenait juste derrière.

En moins d'une minute, les vociférations de l'inconnue avaient rameuté la bourgade entière, tout le monde accourut ; et la vie de Horton Palance bascula dans le cauchemar.

5

Au début, on ne comprit goutte au tapage embrouillé de la dame. La seule chose à peu près claire était que Horton Palance était l'incriminé.

À peine haussa-t-il un sourcil. Le mercier toisait, impavide et farouche, et de toute sa stature, cette illuminée au doigt accusateur. Sans lui prêter plus d'importance qu'à une mouche, il rajusta son chapeau et mit le cap sur la diligence où le postillon libérait les malles.

L'inconnue vint le rattraper par son bras valide :

– Arrêtez-le ! C'est bien lui…

Palance secoua le bras comme pour se débarrasser d'un roquet aboyeur, mais l'importune ne lâchait rien.

Une petite foule s'agglutinait. Portes et fenêtres s'ouvrirent. Auberge, échoppes et maisons éclairèrent la place. D'une lucarne, une clarté jaune tomba en cône sur Horton Palance tel un filet sur le papillon.

– Que nous chantez-vous ? s'agaça-t-il, excédé. Laissez-moi, espèce de cinglée !

Elle demeurait pendue à sa manche, dans un flot de clameurs confuses. Il la repoussa de son autre bras, celui en bois. Elle agrippa le gant de cuir. Palance se dégagea avec violence. Le gant resta dans la paume de la dame. Le croc nu étincela tel un coupe-chou.

Elle poussa une exclamation, où se mêlaient stupeur, effroi et triomphe.

– La griffe. C'est donc ça… *La griffe !*

Elle se cramponna de plus belle. N'y comprenant rien, mais au comble de l'exaspération, Palance interpella le cousin Mohune :

– Porte les bagages au magasin. Le temps que je me débarrasse de cette détraquée.

À l'intérieur de la mercerie, Jamesina, alarmée par les cris, et la foule qui enflait, se lança à la recherche de son fils pour le supplier d'intervenir. Quelques secondes plus tard, Fergus accourait sur la place, sa veste à moitié enfilée, suivi de Catriona. Tout le village était maintenant attroupé.

– Que vous veut cette femme ? Vous la connaissez, Palance ? questionna Harry, de la forge.

– Ni d'Ève ni d'Adam.

Après une interminable cacophonie, Jon Cheviot, l'aubergiste, rassembla tout le monde dans sa grande salle. On fit asseoir la dame, on lui offrit le verre d'eau qu'elle réclamait.

– Restez, ordonna Cheviot à Palance, qui faisait mine de ressortir. Si cette dame a quelque chose sur le cœur, écoutons-la.

Avec un soupir, l'homme à l'éternelle fureur s'écroula sur un banc. Le teint aussi gris que ses favoris, il fit signe à Alastair, le garçon de salle, de lui servir une pinte, et se résigna à attendre de savoir en quoi cette folle pouvait le concerner.

Laquelle avait cessé de crier. Une demoiselle à manchon s'avança.

– J'étais dans la diligence avec… cette personne. Elle nous a conté une histoire extraordinaire.

Elle se toqua finement le front, en un geste que tous comprirent. L'inconnue écarquilla les yeux, capturant l'assemblée par leur brillance.

– Je ne suis pas folle, dit-elle d'une voix qui avait recouvré sa fermeté. Cet homme est celui de ma vision. Il commettait un crime!

Horton s'étrangla avec sa bière. C'était probablement la première fois que Morgan's Moor le voyait éclater de rire. Mais pour étonnant qu'il fût, ce rire n'était pas plus agréable que sa colère.

– Un rêve, hein? lança-t-il, comme un crachat.

Une main pâle vint s'appuyer à son épaule. C'était Jamesina, sa femme, qui s'était faufilée jusqu'à lui. Et Morgan's Moor assista à une chose inattendue, plus surprenante encore que le rire de Horton Palance: sa main vivante reposa le verre sur la table, puis rampa jusqu'à son épaule. Là, ses doigts enlacèrent ceux de son épouse.

– Mon nom est Donalda Brown, articula la dame. J'arrive de Londres car, il y a trois nuits, m'est apparue l'image du juge Apley qui…

Et elle conta tout ce qu'elle avait déjà conté dans la diligence. Le récit fut long, ponctué de détails qui arrachèrent, ici et là, soupirs ou exclamations. Lorsqu'elle eut terminé, un silence plana par-dessus les têtes et les pintes de bière, avec la lourdeur d'un nuage noir sur un paysage de campagne.

– Une démente, murmura le mercier.

Sa voix tremblait. Cela, non plus, ne s'était jamais entendu.

Mrs Cheviot prit la taille de sa jeune Flannery et la serra contre elle, avec un regard de pitié vers Catriona et Fergus qui se tenaient en retrait de leur père, à côté de leur cousin. Pâles et pétrifiés, ils avaient écouté le récit.

– J'ai vu le juge aujourd'hui, déclara alors Harry. Il est passé à la forge, pour ferrer Stormy Cloud, son cheval. Il m'a même houspillé que j'allais pas assez vite. Je peux vous assurer qu'il était tout ce qu'il y a de vivant !

– Quand était-ce ? s'écria vivement Jamesina.

– Ce midi.

– Le mieux serait d'aller vérifier auprès de lui, non ? suggéra Mrs Cheviot.

– Non !

Horton Palance, déplié de toute sa hauteur, ressuscitait son masque de colère. Il posa sa pinte vide avec une rage qui ébranla la table et tout ce qui s'y trouvait.

– Allons voir le juge, soit ! Mais nous le ferons dans les règles des lois de ce pays. J'exige d'abord…

Son œil d'encre compulsa la foule.

– Fergus ! tonna-t-il.

Dans un sursaut qui renversa et fit rouler une carafe, le garçon parut s'extirper d'un songe. Il cligna, essuya ses lèvres, pourtant sèches, d'un revers de manche.

– Au lieu de bayer aux corneilles, graine d'idiot, pars chercher le Chief constable George. Je veux qu'il soit présent, avec nous, quand nous serons face au juge ! Je veux…

Le mercier, menton haut, défia la salle de sa morgue.

– Je veux que le Chief constable consigne officiellement le fatras de fadaises et les calomnies de cette écervelée ! Ensuite de quoi, eh bien, je ferai un procès à cette impudente. Car mon honneur, ce soir, est entaché. Tu entends, Fergus ?

Galvanisé, Fergus fit un bond de sa chaise.

– Qu'attends-tu, bougre d'abruti ? Vite, au galop ! Cours ! Vole ! Trouve-moi le constable. Nous ne bougerons d'ici qu'avec lui.

Le fils, sans un mot, obéit au père. On le vit filer à travers la salle à la vitesse de l'éclair. Keir Mohune se dressa à son tour, l'air indécis. D'un battement de cils, Jamesina l'encouragea. Alors, il s'élança à la suite de son cousin, et leurs deux silhouettes fondirent dans le soir.

Après un soupir, Miss Donalda Brown demanda à disposer de sa chambre, où elle attendrait l'arrivée du Chief constable. Ce qu'on lui accorda volontiers car, aux regards mauvais de Horton Palance, on craignait pour elle un foudroiement sur place. Il tapotait le bord de la table, fier et ombrageux. Le gant de cuir étouffait le bruit, mais tous, ici, savaient qu'un crochet d'acier se cachait dessous.

Flannery aida Miss Donalda à hisser ses bagages. La plupart des villageois, curieux de l'affaire, demeurèrent dans la salle ; d'autant que l'aubergiste proposa une tournée qui allégea un brin l'atmosphère.

Horton, sa femme Jamesina, sa fille Catriona, et le renard empaillé du cousin, étaient renfoncés sur un banc en angle, à attendre, figés, à la façon des sombres personnages du *Martyre de San Bartolomeo* sur le tableau du Greco.

6

Le Chief constable et l'agent Bates débarquèrent à l'auberge trois quarts d'heure plus tard, à cheval, en uniforme, la mine faussement grave.

Fergus, que sa course avait mis en nage et hors d'haleine, apparut juste derrière, effaré, les yeux démesurément vides. Il partit s'écrouler près des siens, sa veste roulée sur les genoux, le front appuyé sur les poings, rejoint par Keir Mohune qui arriva quelques minutes plus tard, et qui lui administra une bourrade de réconfort. Catriona caressa les cheveux de son frère d'une paume apaisante. Mais, au bout d'un moment, le jeune homme se retira subitement pour aller s'isoler sur un autre banc, sa veste toujours chiffonnée sous le bras, à défaut de pouvoir s'éloigner davantage.

Flannery Cheviot courut rappeler Miss Brown qui descendit bientôt re-conter son histoire aux deux policiers. Elle s'était rafraîchie et changée mais semblait, elle aussi, à bout de forces.

Si le constable, plutôt amusé par l'insolite de l'affaire, décochait ici ou là un clin d'œil hilare, il n'était pas moins méticuleux. Il posa les questions de manière précise et opiniâtre, réclama force détails et éclaircissements à propos du crime présumé, de son auteur présumé, de l'arme présumée. Réponses que l'agent Bates consigna scrupuleusement.

Avant de clore, le Chief constable se risqua à quelques interrogations subsidiaires : Miss Brown somnolait-elle au moment de sa, hum, « vision » ? Avait-elle soupé lourdement la veille ? Bu quelque liqueur forte ? Souffert d'une grippe récente ? Du foie ? De fièvre ?

Il comptait bien sur le médecin du village pour examiner cette Miss Brown. Par malchance, le docteur March se faisait attendre, il travaillait ce jour-là à l'hôpital d'Ambroseburg.

– Allons-nous enfin rejoindre le juge ? Le temps presse, se récria Miss Brown, mécontente. Vous pensez que je divague, et j'aimerais le croire aussi. Hélas, mes visions se réalisent toujours... Sauf si une mise en garde arrive assez tôt. Si cet individu (et, tel un clou très long, son index désigna Horton Palance) est l'assassin du juge...

– Juge qui a été aperçu vivant aujourd'hui ! ricana le mercier.

– ... ou s'il méditait de le tuer, il ne le pourra dorénavant plus. Mon témoignage ferait de lui le premier suspect ! conclut-elle avec jubilation.

– Témoignage ? Une berlue, oui ! Des hallucinations !

Le constable coupa court. Ton officiel, un rien narquois, il annonça qu'on allait se rendre sans tarder à Harborough Hall, le manoir de sir Benedict Apley, juge de Sa Majesté au comté du Northumberland.

Tandis que les concernés se levaient pour le suivre, l'officier de police adressa son ultime clin d'œil à Horton Palance.

– Elle vient de Londres, lui marmonna-t-il à l'oreille. Ça explique pas mal de choses, pas vrai ?

Palance eut ce drôle d'étirement de joue, qui retroussait un peu de sa lèvre supérieure sur un peu de sa gencive, et qui, il faut l'admettre, était son sourire.

– J'ai une grand-tante Leocadia, grommela-t-il, une Londonienne pure souche, qui s'en va chaque mois regarder les tables tourner chez Mr Conan Doyle.

Le Chief constable absorba d'un trait la demi-pinte que Peggy Cheviot venait de faire apparaître sous son nez, pour bâillonner le fou rire qu'il sentait monter.

On ne trouva aucune voiture assez spacieuse pour emporter d'un seul tenant Jamesina, Horton, le constable George, l'agent Bates, et Miss Brown. L'on réquisitionna donc la diligence et son cocher. Lequel regimba avec tonus : il avait conduit toute la sainte journée, les chevaux reposaient déjà à l'écurie… Il s'inclina néanmoins devant l'autorité.

La chose prit un certain temps car, après cinq verres de gin, son postillon avait perdu de sa célérité. Mais enfin, l'on partit.

Depuis les fenêtres de l'auberge, la jeune Flannery Cheviot vit la voiture qui s'éloignait, lourdement penchée, dans une nuit d'automne saturée de feuilles mortes, et en eut des frissons.

✣

À moins de trois miles du village, Harborough Hall était une demeure d'un style Tudor un peu découragé, mais encore crâne. L'ensemble affichait une usure de bon ton, un refus de la parade et de l'ostentation. Il attestait d'un passé de prestige où les habitants peuvent se montrer fiers sans être bravaches ou vulgaires. Les Apley s'enorgueillissaient d'un ancêtre audacieux, prénommé Aloysius, assez futé pour avoir trépassé au bras droit de Richard Cœur-de-Lion, à la bataille de Greencove.

En tout cas, à la lueur des lanternes que brandissaient Bates et le Chief constable, l'endroit arborait un certain solennel.

La diligence stoppa au portail grand ouvert. Le cocher refusa de rouler plus avant, au motif que ses chevaux n'appréciaient ni les gravillons ni les bogues de châtaignes pourries tombées le long de l'allée.

Résignés, surtout impatients, les passagers remontèrent à pied ladite allée. La maison se trouvait à quelque trois cents mètres de l'entrée, sa façade à ogives plongée dans l'obscurité, excepté au rez-de-chaussée où une fenêtre aux carreaux en losange était illuminée.

À mi-chemin, des *clap clap clap* de sabots les firent se retourner. On haussa les lanternes pour mieux y voir. Deux cavalières arrivaient.

Chignons gris, jodhpurs, vestes à basques, écharpes et gants assortis, elles se ressemblaient, comme se ressemblent deux dames anglaises d'âge mûr qui pratiquent les mêmes activités et vivent le même genre d'existence. Cependant, si l'on étudiait mieux, l'une d'elles présentait une ressemblance frappante avec sa monture ; une bête haute, pommelée, qu'elle appela Colonel Blimp lorsqu'elle tira sur le mors.

– Lady Babbage, la salua courtoisement le Chief constable. Miss Vienna.

Ces messieurs avaient ôté leurs chapeaux. L'on s'apprêtait à expliquer les motifs de cette incursion, à cette heure, quand une voix devança tout le monde.

– Miss Vienna Apley ! Me reconnaissez-vous ? Je suis Donalda Brown. Nous avons fait connaissance à Londres il y a, ma foi, fort longtemps. Le temps passe si vite, il est vrai. J'entamais alors mon initiation chez Mme Girard, la grande div…

– Je m'en souviens à la perfection, coupa Vienna Apley, qui s'empressa de leur souhaiter la bienvenue, avant d'expliquer qu'elles revenaient, lady Babbage et elle, d'une longue chevauchée qui les avait menées plein nord, presque au mur d'Hadrien.

– Simple repérage ! déclara lady Babbage, la mine réjouie. On y trouve quantité de frais gibier, grouse, lièvre, bécasse… Nous avons décidé d'aller y chasser un de ces jours. Mon neveu, lord Bingley, possède là-bas un domaine.

– Mais que nous vaut cette visite en groupe ? reprit Vienna.

Son regard intrigué s'attarda sur Palance et Jamesina, glissa sur Miss Brown, se fixa sur l'officier de police qui se racla le gosier. Par quoi commencer ? L'affaire était si inhabituelle, pour ne pas dire biscornue. Allait-il conserver son sérieux ? C'était là le grand souci du Chief constable George.

– Nous désirons nous assurer que monsieur le juge se trouve… en parfaite santé.

– Plaît-il ? Mais naturellement qu'il est en bonne santé. Hormis ce maudit lumbago, parfois, qui… Mais depuis quand un lumbago fait-il accourir la police ? C'est plutôt le domaine de notre cher docteur March.

Vienna Apley fut saisie d'une subite inquiétude.

– Êtes-vous venus m'annoncer un accident ? Mon frère nous a prévenues qu'il ne bougerait pas d'ici de l'après-midi, n'est-ce pas, lady Babbage ? Il avait une masse de travail à finir. D'ailleurs, voyez. Son bureau est éclairé.

– Non, non, nul accident ! intervint avec brusquerie Horton Palance, ouvrant la bouche pour la première fois. Mais cette Miss Brown, que voilà, prétend que le juge est au plus mal, que même il est complètement mort, que c'est moi qui l'aurais tué ! Alors que le monde entier sait, sauf cette sorcière, sans doute, que je n'ai pas remis les pieds à Harborough Hall depuis des lustres !

Tout en parlant, il abreuvait de regards venimeux une Vienna Apley qui les lui rendait à égal.

– Des lustres, répéta-t-il, que je n'ai posé une semelle ici !

– Je ne prétends rien ! se défendit Miss Brown. Je décris des faits. Il se trouve simplement que ces faits ont lieu… dans le futur.

Colonel Blimp fit un écart, avec un faible hennissement, comme déconcerté par l'incongruité de la dernière phrase. Mais, si sa cavalière battit des paupières d'étonnement, Vienna Apley, elle, ne sourcilla pas.

– Allons voir ! dit-elle d'un ton sec. Allons constater que mon frère se porte comme un charme.

On carillonna bientôt à la lourde porte ferrée qu'un domestique vint ouvrir.

– Chauffez-nous vite un thé, Voltaire, ordonna Vienna en lui confiant son écharpe et ses gants.

– C'est prêt, Miss Vienna. J'ai bien pensé que vous ne tarderiez plus, lady Babbage et vous.

– En avez-vous proposé à mon frère ?

– À 5 heures. Comme toutes les fois que M. le juge travaille ici.

Voltaire, à l'image de la maison qu'il servait depuis des temps antédiluviens, arborait le même style découragé, un peu crâne, la même usure de bon ton. Vienna passa devant lui, précéda les visiteurs dans une galerie assez sombre qui menait à l'ouest. Une lumière filtrait sous la dernière porte, lumière qui correspondait – nota *in petto* le Chief constable – à celle de la façade.

Vienna Apley toqua au battant. Ils n'eurent pas de réponse. Le constable frappa à son tour, trois fois. Silence.

– Me permettez-vous, Miss Vienna... ?

Sans attendre, le policier tourna le loquet ouvragé. La porte n'était pas fermée. Saisi d'une intuition déplaisante, le constable George fit un signe à l'agent Bates, lequel fit aussitôt barrière entre les personnes présentes et son chef, qui pénétra seul dans la pièce en prenant soin de rabattre derrière lui. En premier, il aperçut le sang sur le tapis et le fauteuil. Les pages d'un dossier s'éparpillaient par terre, imbibés de sang elles aussi.

Le juge était écroulé sur le sol, la moitié inférieure de son corps disparue sous le bureau, l'air d'avoir glissé du siège. Une pointe de métal courbe était fichée dans son cou, à la façon d'un hameçon.

– Que se passe-t-il, constable ? s'enquit une voix anxieuse dans la galerie, par-delà le battant. Mon frère n'y est pas ?

Il est bien là, marmonna le policier dans sa mentonnière. Mais... plus tellement là, quand même.

Il remarqua un éclat sur le tapis. Il se pencha, sut immédiatement de quoi il s'agissait. Il lâcha un soupir, se redressa et s'en retourna à reculons pour ouvrir.

La porte lui parut plus lourde qu'à l'arrivée.

7

Flannery Cheviot était couchée lorsque la diligence s'en revint à l'auberge. Les roues sur les pavés de la place l'arrachèrent à un sommeil où elle n'était pas tout à fait plongée. Les éclats de voix, une effervescence inquiétante, les claquements de portes de la salle, en bas, la tirèrent du lit.

Sa sœur Briony, six ans, dormait à poings fermés. Sa narine gauche, bouchée, pépiait comme un oisillon.

Flannery entrouvrit la chambre, se faufila en chemise sur le palier et se pencha à la rambarde qui ouvrait sur la cage d'escalier tout agitée de bruits inhabituels.

– Ils ont arrêté Horton Palance ! résonna la voix de son père.

– Mon Dieu ! s'écria celle, très émue, de sa mère. Le juge… ?

Quelqu'un répondit :

– Mort. La gorge trouée par un croc en fer.

– Pauvre, pauvre Jamesina… Et leurs pauvres enfants !

– Exactement comme cette cinglée l'avait dit. Du sang partout, jusqu'aux fenêtres. Une pinte, Cheviot, bon Dieu, on en a besoin…

Flannery, le cœur battant, s'assit sur la première marche et se colla aux barreaux de la rampe. Une boule chaude vint se réfugier au creux de sa chemise. Le chat Better-Go, pourtant client aguerri aux chahuts ordinaires de l'auberge, sentait qu'ils étaient, ce soir, extraordinaires.

– Chut, lui dit-elle tout bas. Écoute.

En bas, on s'échauffait :

– Près du cadavre, on a découvert quelque chose… une chose qui dénonce le coupable. Aussi sûrement que les boulettes du lièvre trahissent son passage dans la bruyère. Aucun doute. Tel que cette sorcière de Londres nous l'a décrit ! Tout pareil.

– Quelle chose ?

Flannery reconnut sa mère. La voix qui répondit fut celle du cocher. Comme effrayée de son propre son, la voix baissa d'un ton. Mais l'ouïe de Flannery Cheviot était presque aussi raffinée que celle de Better-Go.

– Un système qu'on visse.

– Quel genre ? demanda Harry, qui rappliquait à la pêche aux nouvelles depuis sa forge.

– Paraît-il, un écrou. Un genre de boulon qui sert à fixer le crochet au bout d'un bras artificiel. Ma foi, je le connais pas, ce Horton Palance, je l'avais jamais vu avant aujourd'hui, je suis cocher, parbleu, je viens, je pars, je fais que passer… Mais j'aimerais pas être à sa place en ce moment.

Flannery demeurait assise sur sa marche, Better-Go sur les genoux, qui lui tenait chaud, à écouter ce qui se racontait en bas…

Elle se réveilla en sursaut juste à temps, lorsqu'elle entendit son père traîner les sièges de la grande salle. Tête basculée entre deux barreaux de rampe, elle grelottait malgré Better-Go toujours lové contre elle. Les lumières avaient baissé, les voix s'étaient tues, ses parents n'allaient pas tarder à monter ! Vite, elle se releva pour courir se fourrer au lit, le chat sauta sur l'édredon.

La narine de Briony couinait moins fort, mais Flannery n'avait plus sommeil. Elle repensait à Mr Horton Palance qui faisait tant peur, que si peu de gens estimaient. Et même, personne du tout. Avait-il été capable de tuer le juge comme cette dame étrange l'avait annoncé ?

Elle repensa à la fois où, plusieurs années auparavant, elle avait eu affaire à lui. C'était justement à cause du chat.

Better-Go, encore chaton, avait escaladé le gros coudrier derrière l'auberge, et n'avait pu en redescendre. Elle et sa sœur avaient couru pour obtenir de l'aide, mais les parents étaient trop occupés par le service de midi. Le gentil docteur Gedeon, croisé en chemin, leur promit de revenir mais, pour l'heure, il avait une urgence ; Alastair, le garçon de salle, avait daigné venir voir, mais il était balourd, et trop petit, il n'avait pas réussi à dé-percher le chaton.

Quant à l'échelle dans la remise, elle était immense et trop lourde pour deux petites filles. Flannery avait fini par jucher sa sœur debout sur ses épaules. Ce n'était pas une si mauvaise idée… mais hélas trop courte. Il aurait fallu que Briony possédât un bras trois fois plus long.

Après moult sauts et cabrioles au pied de l'arbre et bien des miaulements de détresse, il se passa brusquement quelque chose.

Une ombre très haute, large, très obscure, était apparue près des fillettes superposées. En un clin d'œil, une main avait délivré l'animal. Les deux sœurs avaient levé la tête vers le sauveur, et étaient restées statufiées. Mr Horton Palance !

Mr Horton Palance, ses yeux couleur de mauvaise humeur, ses favoris qui lui enfermaient les joues comme dans une paire de pinces. Il portait le chaton d'un côté, de l'autre son bras… ce bras… ce bras mort qui pendait.

– Un bifteck poilu, cela vaut-il de se rompre le cou ? avait-il grogné.

Il expédia le chaton dans les bras de Flannery, aussi aimablement que s'il se fût agi d'un pot de clotted cream moisie. Lorsque Briony comprit qu'il parlait de Better-Go, elle retrouva la voix.

– Ce n'est pas un bifteck ! protesta-t-elle avec feu. C'est notre chat, il n'a que quatre mois.

– C'est en effet un peu jeune et un peu mince pour un dîner, répliqua-t-il. Sans compter que ça doit rétrécir à la cuisson.

Briony, sur le point de sortir les griffes, fut stoppée net par une douleur aux orteils. Sans le moindre état d'âme, sa sœur aînée venait de les lui aplatir d'un coup de talon.

– Vraiment mille mercis, Mr Palance, débita Flannery d'une voix gracieuse. Sans vous, on n'y serait pas arrivées. Nous voyons bien que vous avez dû quitter la route afin de nous venir en aide.

Après une hésitation, elle avait ajouté :

– Nous savons que vous ne pensez pas réellement ce que vous dites à propos du bifteck poilu, même si vous nous l'avez balancé comme un ballot de farine charançonnée.

Paroles qu'elle ponctua d'un merveilleux sourire.

Avait-elle rêvé celui qui se dessina entre les favoris en pinces ? Ce fut rapide, et ç'aurait pu être tout aussi bien une grimace, mais une lueur d'humour avait remplacé la mauvaise humeur des yeux. Flannery en était sûre. Briony aussi, car elle éclata de rire. Mr Horton Palance était donc un pince-sans-rire.

Pouvait-on être à la fois assez serviable pour secourir deux petites filles et un chaton, et cruel au point de tuer un homme ? Les treize ans de Flannery lui soufflaient que oui. Depuis cette vieille scène, que s'était-il passé pour que Mr Palance fût peut-être devenu un ass… ?

Elle soupira dans son oreiller. Ah, si le fameux Mr Sherlock Holmes et son docteur Watson pouvaient quitter leur 221B Baker Street, à Londres, et venir à Morgan's Moor débrouiller l'affaire !

Elle se mit à imaginer la manière dont elle les accueillerait ici. Dont elle brillerait des méninges pour les seconder ! Avec quelle dextérité, quelle maestria, quel panache, elle surpasserait à elle seule cette pitoyable bande de garçons de Baker Street qui épaulait parfois l'illustre détective ! Elle se montrerait autrement plus dégourdie !

C'étaient là des évocations délicieuses, enchanteresses…

Elle s'endormit au moment où, ayant déjoué ensemble un retentissant complot impliquant le prince de Galles, Mr Holmes annonçait par voie de presse qu'il prenait l'éblouissante et perspicace Miss Flannery Cheviot comme première assistante…

8

Horton Palance eut beau hurler son innocence, tout l'accablait.

Notamment lorsqu'on trouva chez lui, parmi ses crochets de rechange qu'il alignait avec soin dans un écrin rangé au fond d'un tiroir de son cabinet de comptes, un crochet neuf taché de sang sec. Le docteur attesta qu'il s'agissait bien des crochets réalisés sur mesure pour son patient.

Suffoquant d'une fureur blême, qui était peut-être de la peur, Palance répéta que c'était impossible, absolument impossible ! Puisqu'il ne s'était plus rendu à Harborough Hall depuis des années ! Puisque, jamais de sa vie, il n'avait tué quiconque !

Pour son malheur, il s'avéra qu'il avait été absent du magasin un assez long temps, ce jour-là. Il assura être allé livrer deux caisses de teintures à tissu, pour un atelier de Haworth Banks. L'enquête confirma que la livraison avait été faite en effet, mais également que son absence et son trajet lui avaient laissé le temps et la possibilité de commettre son forfait.

À l'issue d'un procès qui dura six jours, Horton Palance fut condamné pour assassinat prémédité.

Après un mois d'emprisonnement, il fut pendu.

Son fils Fergus et le cousin Mohune assistèrent à l'exécution. Avant de mourir, l'homme à la perpétuelle colère cria à travers le capuchon qui lui enserrait la figure :

– Je suis innocent ! Et Dieu est vraiment un sot !

Puis le grand corps partit en tournoyant au bout de sa corde, frappant en balancier au tronc de la potence.

Mohune, la face plus blanche que sa chevelure, comprimait le bras de son cousin Fergus. Fergus, tout gris, lui, les poings enfoncés sur ses paupières, qui ne voulait rien voir. Mais le bruit métallique entra à nouveau dans ses oreilles, avec une atroce précision, ce miaulement qu'il connaissait si bien, de chat pris dans un piège, *piu glik piu glik piu glik*…

✣

Catriona ne s'enfuit pas avec Muir Apley. Il fut emmené par sa tante Vienna pour un tour de l'Europe, après quoi elle l'envoya aussitôt étudier à Oxford pour deux ans. À vrai dire, Catriona ne le revit jamais vraiment, sauf hasard, les deux ou trois fois où, entre les allers-retours du jeune homme, ils se croisèrent au village.

Elle évita alors douloureusement de rencontrer son regard. Non parce qu'elle avait cessé de l'aimer, mais parce qu'il est terrible à la fille de l'assassin de lever les yeux, sans trembler, sur le fils de sa victime.

Tous les deux, pourtant, étaient désormais orphelins.

Très vite, Vienna Apley s'était organisée pour éloigner son neveu de Morgan's Moor et de Catriona Palance. Leur tour de l'Europe dura près d'un an.

La malheureuse Jamesina Palance, devenue la veuve Palance, se voûta et s'alanguit davantage chaque jour. Chaque jour, elle abandonna un peu de force parmi les étoffes de la mercerie.

On s'étonnait qu'elle pût pleurer un mari aussi rêche que Horton Palance, de tant s'étioler et se faner après sa disparition. Le village avait déjà oublié qu'en plein désarroi, à l'auberge, c'était à elle que la main unique de cet homme âpre s'était raccrochée, ce jour où une inconnue était venue de Londres pour l'accuser de crime.

Jamesina pâlissait, virant quasi transparente au cours des trois années qui suivirent la pendaison, l'air de disparaître. Toute conversation avec elle revenait invariablement à la personne du pendu, et s'achevait par cette phrase qu'elle répétait, et répétait :

– Horton n'a pas tué le juge, Horton est innocent.

Elle en parlait au présent. Un matin d'octobre, elle fut incapable de quitter son lit. Catriona fit venir le jeune docteur Gedeon March, qui la confia aux soins de Miss Godden, sa nouvelle infirmière. Le frère et la sœur voulurent demeurer au chevet de leur mère, mais la pauvre femme, se sentant mourir, refusa de leur infliger ses ultimes heures de tourments. La nurse Godden la veilla donc seule, durant ce qui fut la dernière nuit de Jamesina sur terre.

À l'aube, Miss Godden fit appeler le père Silas Harrylime pour la bénédiction finale. Jamesina, veuve Palance, mourut en serrant les doigts d'une infirmière et la bible d'un prêtre.

Quant à Miss Donalda Brown, l'affaire donna à sa réputation de médium un extraordinaire élan de grandeur. Elle déménagea de l'hétéroclite quartier Saint-Paul pour celui de Bloomsbury, réputé plus intelligent – quoique assez inintelligible, donc parfait pour elle.

Elle y ouvrit un cabinet de consultations spirites qui ne désemplit plus.

2e PARTIE

TROIS ANS PLUS TARD…

La griffe est prête.

Des yeux luisent dans la nuit.

Dans l'obscurité, il y a des yeux, des gants, et il y a la griffe.

Les yeux sont froids et décidés.

Les gants sont rouges. Ils reposent comme deux taches de sang sur un muret enneigé.

Ils glissent avec agilité sur les cristaux de neige et le gel, puis ils empoignent l'arme effilée.

Plus tard, les gants écarlates tournent silencieusement la poignée d'une porte.

La longue griffe s'élève sous la lune dans un éclair de glace.

La griffe attend…

9

À mi-chemin du large escalier qui surplombait le hall central de Harborough Hall, Vienna Apley redressa instinctivement un portrait accroché au mur. Celui de son frère Benedict, juge Apley, mort violemment trois ans plus tôt dans sa maison, cette maison. Elle pivota sur la marche.

– Auras-tu besoin de moi, Muir ? demanda-t-elle à son neveu qui faisait les cent pas, en bas, sur le damier en pierre du hall.

Elle distinguait le sommet de la chevelure brune, les boucles abondantes. Le jeune homme tressaillit, comme surpris qu'elle fût là.

– Non, ma tante, je te remercie, répondit-il. Bonne nuit.

Pensait-il à *elle* ? s'interrogea la tante. Il était de retour à Morgan's Moor depuis moins d'une semaine. Situation qu'elle avait redoutée durant ces trois années écoulées. Trois années n'avaient-elles pas suffi à lui évacuer, du cœur et de l'esprit, Catriona Palance ?

Après les obsèques de Benedict, et sitôt clos le procès de Horton Palance, Vienna et son neveu de dix-sept ans embarquaient sans attendre pour le Val de Loire, puis la Riviera française, les villes et lacs italiens, la Suisse, la Bavière… Ils avaient même poussé jusqu'à Constantinople, où ils avaient passé l'hiver à fréquenter les thés, les soupers et les concours de polka de la communauté anglophone. Là-bas, Muir avait paru oublier Morgan's Moor…

Vienna y avait presque cru. Notamment lors de leur rencontre avec Rosemary Pym-Prentiss, l'éblouissante fille cadette de lady Felicity Pym-Prentiss. Mais, hélas, après abondance de thés, profusion de soupers, pléthore de polkas en compagnie de Rosemary, Muir s'était soudain pris de passion pour le badminton, sport qu'il n'avait pourtant guère prisé jusque-là, mais qui se mit à occuper tout son temps. Au départ des Pym-Prentiss et de la belle Rosemary, il n'avait manifesté qu'un étonnement poli. Après une brève halte à Harborough Hall consacrée aux préparatifs de son destin universitaire, il était parti pour Trinity College.

Il venait d'en revenir, bardé de diplômes et de coupes de compétitions.

La pendule du salon carillonnait 11 heures lorsque Vienna, sur la dernière marche, entendit Muir qui s'adressait à elle.

– Ma tante, pardonne-moi, j'allais oublier… Je vais à Ambroseburg.

– Ce soir ?

– Maintenant, oui. Blodgett… Tu sais, ce vieux Mark Blodgett, un sacré luron d'Oxford, organise ce soir un tournoi de bridge. Je lui ai promis d'en être. Désolé de te prévenir si tard, ma tante, ça m'était sorti de la tête.

– Il y a donc tellement de choses à l'intérieur de cette tête ? interrogea Vienna avec une once d'acidité.

Ils s'observèrent, elle du haut de la balustrade cirée, lui en contrebas. Entre eux, le vide grelottait encore du onzième coup d'horloge.

– Me permets-tu de faire seller Belle of June ? s'enquit le jeune homme.

Vienna avait espéré que les excitations de ses années estudiantines effaceraient à jamais les liens avec une certaine jeune fille… Mais on était au cinquième jour de son retour, et Muir déambulait telle une âme désorientée entre les murs du domaine.

Le pire était qu'il ne soufflait mot de rien. L'idée effleura Vienna que son neveu était peut-être en train de lui mentir. Oserait-il ? Se rendait-il *vraiment* à un tournoi de bridge chez un camarade d'université ?

Elle plongea droit son regard dans le sien. C'était sa façon de savoir, quand il était garçonnet, s'il la bernait aux cartes. Il était alors si candide et maladroit, c'était facile. Mais ce soir ils ne jouaient pas aux cartes, et Muir Darcey Apley n'était plus un garçonnet. Il avait vingt ans.

– Bien sûr, fit Vienna en écourtant le soupir qui s'échappait d'elle. Belle of June n'a pas galopé depuis avant-hier, ça lui fera du bien. Couvre-la, s'il neige. Et toi aussi, couvre-toi bien.

– Je tâcherai de rentrer vite. Merci, ma tante.

Elle le vit s'habiller et sortir avec un empressement qui la contraria.

Dans sa chambre à cinq murs, Vienna trouva le feu flambant et la hotte à bûches remplie. Sur le chevet étaient consciencieusement alignés flacons, comprimés et liniments apportés dans l'après-midi par la nurse, Miss Godden, ainsi qu'une carafe d'eau fraîche. L'édredon, bien battu, gonflait le lit à la façon d'un entremets fouetté, et Vienna savait que, dessous, les draps seraient chauds. Comme chaque soir, avant de partir, Voltaire avait accompli les tâches à accomplir.

Voltaire avait beau être affublé d'un patronyme continental et subversif, il dirigeait à la perfection la marche immuable de Harborough Hall depuis plus de trente ans. Bien que son logement, au-dessus des écuries, fût assez spacieux pour une famille entière, l'homme demeurait un coriace célibataire. Ce qui arrangeait tout le monde, et n'empêchait pas qu'on entrevît, de temps à autre, quelque silhouette féminine se faufiler par une porte latérale des écuries.

Vienna posa ses gants sur un coin de la crédence, s'empara du sachet de paillettes de dauphinelle séchée afin de nourrir ses poissons chéris. C'est Flannery Cheviot qui la pourvoyait. La jeune fille récoltait les feuilles, y compris en hiver, les faisait sécher sur un fil dans la remise de l'auberge, les pilait ensuite jusqu'à les réduire en paillettes. Les poissons de Vienna en raffolaient.

Une plaisante petite, cette Flannery Cheviot, même si ses propos, inattendus souvent, et ses allures un peu précipitées, chiffonnaient parfois Vienna. Lorsqu'elle était apparue, cet après-midi, sur le seuil du salon, décoiffée, la teinte de ses joues avivée par le froid, le sachet de paillettes sous le bras, la sœur du défunt juge n'avait pu s'empêcher de se faire la réflexion que l'aînée des Cheviot devenait une piquante beauté.

Vienna saupoudra la surface de l'eau d'une pincée de paillettes. Elle avait grand plaisir à le faire. Pour rien au monde elle n'aurait laissé Voltaire nourrir ses bien-aimés poissons. Elle leur avait attribué à tous un prénom: Tom. Stewart. Harriet (qui était peut-être Harry, mais un Harry pouvait-il posséder de si belles nageoires blanches flottant en traîne de mariée ?). Bobby. Et Mitch. L'aquarium, bas, occupait presque toute la largeur du mur face au lit. De cette façon, couchée, Vienna pouvait contempler la danse silencieuse de ses protégés, dans le décor et les ornements qu'elle avait conçus pour eux – conques, coquillages, spires, herbes flottantes, rocher à la sirène de porcelaine –, et… s'endormir.

Elle s'assit devant l'écritoire, y acheva un assez long courrier qu'elle cacheta ensuite, puis elle se prépara pour la nuit.

La coiffeuse se trouvait à l'angle du cinquième mur de la chambre. Lequel mur possédait une singularité : sa fresque grandeur nature, peinte par un ancêtre barbouilleur, historien à ses heures.

L'œuvre retraçait les faits de gloire du fameux aïeul qui s'était distingué à la bataille de Greencove au bras droit de Richard Cœur-de-Lion. On y voyait donc sir Aloysius Apley pourfendant à la rapière une douzaine de félons de Français, le corps offert en bouclier devant Richard, sous les yeux ébahis de sa garde et les auréoles célestes de St George, St Malo, St Felicity, St Pelagia et St Rita, tous en bures.

Vienna et son frère avaient fréquemment ironisé à propos de cette fresque qu'ils s'accordaient à trouver pompeuse et risible. Jamais, pourtant, l'idée ne leur serait venue de la masquer d'une tapisserie. Depuis que cette chambre était la sienne, Vienna s'en était accommodée, pour ainsi dire elle ne la voyait plus.

Ayant vaqué à sa toilette, elle fit choir le loquet en fer qui la barricadait, puis alla se coucher. La tiédeur des draps, les valses hypnotiques de Stewart, de Tom, de Harriet-possiblement-Harry, de Bobby et Mitch peu à peu la livrèrent au sommeil.

Un bruit, au cœur de la pleine nuit, l'en arracha brutalement. Elle ouvrit un œil.

La surprise lui ouvrit l'autre. Et ce qu'elle vit la rendit absolument incapable de crier : dans un faisceau glacé de lune, l'un des personnages était en train de quitter sa fresque !

Une ombre brune – St Pelagia ? St George ? – s'était détachée du mur peint, telle une silhouette découpée sur une page, *et cette ombre marchait vers elle !*

Vienna Apley aperçut trop tard l'éclair de verre qui étincela au-dessus de sa tête. Lorsqu'il lui troua le cœur, sa brûlure glacée lui coupa le souffle.

Tout près du sien se pencha alors un visage que Vienna reconnut avec netteté. « Pourquoi êtes-vous là ? » articula sa bouche étonnée mais d'où nul son ne jaillit.

La brûlure froide la transperça deux autres fois. Lorsque son corps fut complètement inerte, l'assassin se rétablit, s'écarta du lit, et parut flotter quelques instants dans le bleu congelé qui nimbait l'aquarium. L'ombre souleva la hotte à bûches, la vida dans le foyer de la cheminée où les flammes s'avivèrent, montèrent en grondant.

Enfin, la porte s'ouvrit, et la chambre fut vide.

Parmi les poissons s'ensuivirent fortes turbulences et vigoureux bouillonnements. Il ne fallut pas moins d'une longue heure avant que les seuls témoins de la mort de Vienna Apley – Stewart, Tom, Harriet-ou-Harry, Bobby, Mitch – pussent retrouver la paix aquatique de leur ballet muet.

10

La voiture du Chief constable attendait à la gare d'Ambroseburg. L'air était d'un bleu de glace derrière les fumées du train, la campagne d'un blanc céleste.

Le jeune Pitchum Daybright saisit son mince bagage et la grosse valise du superintendant Linwood Tanybwlch, son chef, qu'il aida à franchir le marchepied gelé. L'éminent superintendant n'en rata pas moins la dernière marche située fort haut, loin du quai et de ses possibilités acrobatiques.

Le phaéton annoncé se révéla être une banale carriole découverte, conduite par un cheval et un fermier, mais le constable avait eu la bonne idée de la pourvoir en couvertures.

Sitôt grimpés (non sans mal, car le superintendant dérapa trois ou quatre fois encore sur le pose-pieds verglacé, de sorte que le jeune Pitchum dut oser une irrévérencieuse, mais efficace, poussée de main sur le postérieur de son supérieur), ils se couvrirent les genoux. Ils avaient douze miles de chemin hivernal jusqu'à Morgan's Moor.

Linwood Tanybwlch sortit sa pipe sans l'allumer. Le vent froid de la course lui dressait en arrière du crâne, telle une plume d'Apache, la longue mèche qui escamotait d'ordinaire sa calvitie. Il transportait sa cinquantaine d'un air valétudinaire. En réalité, c'était un vigoureux qui ne cassait pas.

– Interminable voyage. Pas fâché d'être rendu, marmotta-t-il. Ces chemins de fer vous émiettent une centaine d'os. Notre grand Charles lui-même a failli y perdre les siens, rappelez-vous…

Pitchum se rappelait. Ô combien ! Durant les heures de leur trajet, il avait écouté le superintendant lui conter de long en large, et à plusieurs reprises, l'historique déraillement sur le viaduc de Staplehurst, en 1865, où, dans un train oscillant dans le vide par-dessus la rivière, Charles Dickens était revenu ramper dans son wagon afin de sauver son dernier manuscrit ; puis comment l'écrivain avait, ensuite, aidé les secours et les blessés.

– Hum, avait répliqué Pitchum non sans une malice qui, il le savait, piquerait au vif son patron. Il a abrité son manuscrit d'abord. Sauver le reste fut sans doute sa rédemption… et la garantie de sa réputation.

Le superintendant, bien entendu, enfourcha avec fougue le cheval de la bataille, au grand amusement de son jeune auxiliaire. Lequel n'était pas fâché, lui non plus, d'être enfin à destination. Les trains le fascinaient, mais plus encore ce pour quoi ils étaient là, venus tout exprès depuis Londres.

– Jeune Daybright, dit le superintendant, mettons à profit le petit périple qui reste pour émorfiler les éléments de notre affaire.

– Émorfiler, sir ?

– Précisément.

Pitchum ôta son gant droit pour mieux dénicher au fond de sa poche le cahier vert qui ne le quittait pas, feuilleta les premières pages.

– La victime se nomme Vienna Apley, lut-il. Âge, euh, quelque part entre quarante-huit et cinquante-cinq ans…

– À vérifier.

– À vérifier, sir. Elle habite, euh, habitait au domaine de Harborough Hall, seule avec son neveu depuis la mort de son frère, le juge Apley.

– Benedict Apley, oui… Nous nous sommes rencontrés, lui et moi, il y a pas mal d'années, pour motifs professionnels. Un crime affreux, là aussi, je m'en souviens fort bien.

– Il y a environ trois ans, en effet, sir. J'ai étudié ce dossier annexe. Les circonstances étaient différentes.

Le superintendant Tanybwlch extirpa de ses basques un flacon gainé de toile qui contenait sa boisson d'enfance, un authentique whisky gallois. Il goba une lampée, en proposa à son jeune collaborateur qui refusa comme toujours, très poliment. Du bouchon de son flacon, il pointa :

– Il se peut, nonobstant, qu'il y ait un lien.

– Le meurtrier du juge fut identifié, jugé et pendu : un nommé Horton Palance, mercier de profession. L'arme du crime était alors le croc de la prothèse qui lui tenait lieu de membre supérieur. Aujourd'hui, d'après le Chief constable George, l'assassinat de Miss Vienna Apley a été perpétré par une arme non identifiée, dans des conditions, euh, proches de l'impossible. C'est d'ailleurs la raison de votre venue ici, sir.

– L'impossible en criminologie est… impossible. Vous et moi le savons. Résumons, jeune Daybright. Et laissez-moi un peu de cette couverture je vous prie, je suis bien plus âgé que vous, et votre supérieur, après tout.

Confus, les joues d'un rouge coupable, le jeune homme s'empressa de remonter la couverture qu'un cahot avait fait glisser des genoux du superintendant. Qui lorgna son auxiliaire d'un œil où rôdait la taquinerie.

– Vous devriez en finir avec cette fâcheuse addiction, Daybright.

– Plaît-il, sir ? Addiction ? Euh… laquelle ?

– Celle de rougir à propos de n'importe quoi, comme une donzelle au soir de ses noces. Vous n'êtes ni une donzelle ni au soir de vos noces, que je sache. À ce propos, vous êtes-vous déniché une fiancée ?

Pitchum émit un soupir. Depuis qu'il avait quitté la Royal School of Studies in Criminology où il avait gagné lauriers, diplômes et certificats avec deux années d'avance et mentions d'excellence, celui qui avait été son professeur et mentor (avant de récemment devenir son chef à Scotland Yard) le tracassait à tout bout de champ avec cette même fichue question.

– Allons ! Les demoiselles doivent tomber en pâmoison devant le beau garçon que vous êtes. Cette tignasse flamboyante que vous arborez !

Il lui agita le bec de sa pipe sous le nez. Pitchum remercia le vent glacial qui fouettait les joues, les siennes en particulier.

– Avec votre respect, sir, et sans offense, vos joues elles-mêmes sont en cette minute aussi roses que les miennes. Si la cause en est féminine, elle se nomme « bise d'hiver ». Or donc, nous en étions… Ah oui. Le corps sans vie de Vienna Apley a été découvert il y a cinq jours, dans sa chambre qui était…

– Bah ! Vous ne répondez pas à ma question.

Le superintendant se remit à téter sa pipe éteinte. Le jeune Pitchum posa le cahier ouvert sur sa cuisse.

– Je reconnais, dit-il en fronçant ses sourcils qu'il avait clairs, mais fournis et bien dessinés, que le sujet des demoiselles et, à vrai dire, des dames en général, en effet, me… questionne.

– Et cela ne va pas s'arranger.

– Elles sont un tel mystère, un tel rébus…

– Et cela ne va pas s'arranger !

– Vous vous moquez de moi, sir.

Le jeune Pitchum lança un regard de reproche avant de récupérer son cahier qu'un énième cahot venait d'engloutir sous les couvertures. Linwood Tanybwlch lui tapota la manche avec une indulgence amusée.

– J'ai beaucoup rougi, moi aussi. Et plus souvent que par la bise d'hiver ! Mais si c'était là le prix pour gagner le cœur de la chère Mrs Tanybwlch, mon épouse depuis trente-deux ans, je m'en acquitterais volontiers à nouveau, avec bonheur, gratitude… Et ignition.

Le silence transi de la campagne était ponctué du seul clapotement du cheval. Un vol de corneilles à l'horizon annonça les premières maisons de leur destination.

– Eh bien ? repartit le superintendant Tanybwlch, agitant un bras impatient dans l'atmosphère glacée. Continuez ! *Le corps sans vie de Vienna Apley a été découvert il y a cinq jours, dans sa chambre qui était…* était quoi ?

Emportée par la vivacité du geste, la pipe s'émancipa du poing qui la tenait, et s'envola tel un pigeon d'argile avant de disparaître dans le blanc paysage.

– Arrêtez ! tonna le superintendant en direction du conducteur.

La carriole freina. Pitchum refoula son chef qui bondissait déjà.

– J'y vais, sir ! Ce sera… plus sûr.

Il sauta sur le gel, dérapa sans chuter au bas du talus où les herbes blanchies de givre ressemblaient à des tignasses de vieillards. La pipe était invisible.

– Plus loin ! Par là-bas ! ! Par là-bas ! brailla le superintendant.

Pitchum se dirigea docilement vers le lieu nommé *par-là-bas*. Il dépassa des roseaux secs et aussi frigorifiés qu'une bande de déserteurs. Après les avoir contournés, il déboucha sur un étang, lisse, dur, brillant.

La pipe était au milieu de la glace, dans la pose du merle moqueur.

– Prenez garde ! meugla le chef, à l'abri au fond des couvertures. La surface est peut-être mince.

Pitchum tâta la croûte de gel du bout de sa botte et amorça une prudente progression, talons à plat pour s'éviter une galipette. À un yard du but, il s'agrippa aux branches raidies d'un saule et se pencha vers l'objet.

À cet instant, la glace vibra et tressauta, l'air gronda. Un éclair bleu fila sous son nez, le rasant d'un souffle ardent. Pitchum tourbillonna sur lui-même, se cramponna à son saule… qui craqua. Il se retrouva les quatre fers en l'air, du feuillage cassé plein les bras.

Il tourna la tête. Une jeune fille patinait sur l'étang. Elle opéra un demi-tour dans un envol de jupons bleus, puis elle revint vers lui d'une glissade.

Elle freina pile, dans un mouvement aussi gracieux que maîtrisé. Elle rajusta sa toque en peluche rose et lui tendit une main gantée de même couleur.

– Je ne vous ai pas vu. Aussi, qu'est-ce que vous fabriquiez sous cet arbre ? Vous vous cachiez ? De quoi ?

Il dédaigna la paume secourable et se repositionna, avec plus ou moins de dignité, à la verticale. Il constata avec dépit qu'avec le remue-ménage la pipe s'était éloignée de plusieurs mètres.

– Je ne me cachais pas, assura-t-il, giflant généreusement les pans de son manteau pour chasser les cristaux de glace. Je tentais de récupérer cet objet que vous voyez là, certain qu'il n'y avait personne.

– Désolée, il y avait moi. Et maintenant il y a ma petite sœur. Hou, hou, Briony ! Par ici…

Briony, neuf ou dix ans, bonnet, gants et pommettes rouges, sortit des bosquets de la rive. La petite possédait, sur patins, la même agilité que la grande. Et freinait tout aussi gracieusement.

– Qui est-ce ? demanda-t-elle. Qu'est-ce qu'il fabrique sous les arbres ? Il se cache ? De quoi ?

Elle désigna la carriole où le superintendant Linwood Tanybwlch manifestait, là-bas, des signes de frénésie.

– Et lui ? C'est qui ? Il se cache aussi ?

– Le superintendant Tanybwlch ne se cache pas ! déclara Pitchum avec toute la hauteur que permettait sa position précaire sur cette surface perfide. Nous sommes ici sur mandat de Scotland Yard.

Les demoiselles avaient d'identiques yeux noirs qu'elles écarquillèrent pareillement.

– Scotland Yard ?!

La grande ôta son gant droit pour lui serrer la main, l'air nettement plus amène.

– Flannery Cheviot. Résolument enchantée.

La petite l'imita.

– Briony Cheviot. Divinement enchantée.

Il serra les doigts qu'on lui offrait. Avec précaution. Son regard rencontra celui de la jeune fille et il sentit alors la rougeur familière et funeste qui lui rampait au front.

– Pitchum Daybright. Maintenant, euh, si vous permettez, je m'en vais chercher cette…

– Ne bougez pas, j'y vais.

Mais il avait pris son élan. Elle aussi. L'un de ses patins s'en vint buter contre la botte de Pitchum. L'assistant du superintendant sentit la glace de l'étang soulever ses semelles à la manière d'un tapis volant. Les branches du saule refusèrent de se sacrifier une seconde fois. Les deux jeunes gens tombèrent ensemble sur la glace dans un spectaculaire roulé-boulé de jupe, de mollets, de bottes, de bras et de peluche rose.

Le nez de Pitchum Daybright plongea droit dans la joue de Flannery Cheviot et sembla s'y plaire assez pour y demeurer. Ainsi que ses deux bras autour d'elle. En vérité, la chute les avait complètement sonnés.

Flannery reprit la parole la première.

– Nous avons l'air d'idiots, non ?

– Je m'en voudrais d'être vexant en vous répondant.

Il tenta de se remettre d'aplomb, sauf que la boucle de sa botte avait happé la lame d'un patin. Son talon prit la direction opposée à celle qu'il souhaitait, et il retomba dans la même position, le nez dans la joue de la demoiselle, à ceci près que ce fut l'autre joue.

– Vous êtes une brute ! dit-il, vraiment fâché.

– Quel flatteur vous faites !

– Tu crois qu'il va réussir à se relever ? interrogea Briony, spectatrice lointaine mais intéressée.

– Sûrement. Il a de si belles oreilles.

– Et une belle couleur de cheveux aussi, commenta la petite. On dirait qu'ils flambent avec les reflets sur la glace.

– Pourvu que ça ne la fasse pas fondre. Bien, Mr Pitchum Daybright. Quand pensez-vous me libérer ?

– Je… j'essaie, Miss Cheviot.

Il essayait même de tout son cœur. Seulement, chaque fois, la satanée boucle l'agrippait, et hop… tapis volant.

– Voulez-vous un conseil ? finit par dire la demoiselle, qui commençait à ressentir l'humide froidure de la neige à travers ses jupons.

– Pas si je peux m'en passer.

– Alors je vous en donne deux : retirez cette botte, ou arrachez sa boucle.

– En voici un troisième pour vous : enlevez ce patin ! s'énerva-t-il. Essayez d'y mettre du vôtre !

– Dans les limites réduites que vous me concédez, je fais ce que je peux ! cria-t-elle à son tour.

– Vous n'en avez pas l'air !

– C'est trop fort ! Quelle sorte de personne pensez-vous que je suis ?

– Je me le demanderais si cela avait le moindre intérêt.

La petite Briony passa à l'action. Elle attrapa la cheville

bottée du jeune homme, tira. La boucle s'envola et partit percuter la pipe… qui glissa un peu plus loin sur le lac.

– Les enfants sont un don des dieux, geignit Pitchum en se relevant.

– Comme le gin… d'après papa ! pouffa la gamine.

Il constata que le fond de son pantalon était péniblement trempé.

– Vous n'aiderez pas une dame à terre ? l'admonesta Flannery Cheviot, main tendue.

Il se retint de demander où diable voyait-elle une dame par ici ! Et se garda en tout cas d'obéir. Il craignait de retrouver une dangereuse proximité avec la glace. Il godilla avec prudence vers le milieu de l'étang pour ramasser boucle et pipe. La jeune fille, enfin debout, secouait jupons et toque.

– Dire qu'il a fallu deux millions d'années de séismes, de famines, de pestes, de guerres ! déclama-t-elle, un bras levé au ciel. Pour qu'un nez rabougri vienne de Londres atterrir au milieu de ma joue, sur un étang gelé du comté de Northumberland !

– De quel nez rabougri… ? Ha, et puis baste !

Il était trop exaspéré pour relever, derrière l'apparente fâcherie, les rires cachés entre les mots. Il tourna le dos et regagna la carriole où piaffait le superintendant. Pitchum lui rendit son bien, empocha sa boucle de botte cassée, et le cheval repartit.

– Qui étaient ces demoiselles ?

– Précisément : des demoiselles.

Le garçon rumina sombrement durant quelques instants. Un claquement de doigts le fit sursauter, et le ramena où ils étaient.

– Croyez-vous qu'on ait du temps à perdre, jeune Daybright ? Finissez de lire ce bon sang de rapport : *Le corps sans vie de Vienna Apley a été découvert il y a cinq jours, dans sa chambre qui était… qui était… ?*

11

– … dans sa chambre qui était close. Complètement, hermétiquement close. Le loquet de la porte enclenché de l'intérieur. La clef se trouvait dans la serrure, côté intérieur, mais n'était pas tournée.

Lecture faite, le Chief constable referma son dossier, l'index glissé à la page. Linwood Tanybwlch se pinça les narines, tic qui le prenait lorsqu'il cogitait puissamment.

Pitchum Daybright, l'air de cogiter aussi, fixait la bride cassée qui pendait de sa botte, ruminant qu'il n'avait que cette paire pour braver l'aquilon nordique de la Northumbria, et qu'il n'avait pas repéré de cordonnier dans cette fichue contrée oubliée. À sa prochaine rencontre avec cette peste et sa sœur, il leur décocherait une volée de boules de neige ! Ça n'en manquait pas.

– Miss Vienna ne tournait jamais la clef à l'intérieur. Elle tombait simplement le loquet de métal dans l'étrier. Elle répétait qu'avec ces serrures centenaires on courait le risque de rester prisonnier. Cela lui était arrivé lorsqu'elle était enfant, en jouant à cache-cache. Ses parents avaient retrouvé la pauvre petite en pleurs, après des heures de recherches. Elle en avait conservé un souvenir traumatisant.

Le domestique racontait cela d'une voix pondérée, au calme tremblant. De taille succincte, mais robuste en sourcils. Il avait un nez en forme de cloche vu de face, de chope à bière de profil. Il travaillait à Harborough Hall depuis trois décennies, respirait la patience et la miséricorde. On le nommait Voltaire.

– Au petit-déjeuner, Miss Vienna n'était toujours pas apparue. C'était fort inhabituel. Alarmant, oserais-je dire. Je suis monté frapper… Miss Vienna ne répondait pas. Seul, vous comprenez, il m'était impossible de forcer sa porte. C'est du chêne très épais, comme vous voyez.

– Qui l'a ouverte ?

– Bates, le docteur et moi, intervint le constable. Ce fameux loquet intérieur a plutôt l'aspect d'une tringle plate, large de quatre doigts. Il nous a fallu vingt minutes avant que l'étrier, en fer lui aussi, cède.

– J'avais dû, en effet, me résoudre, poursuivit Voltaire, la voix accablée, à alerter le docteur March et la police. Oh, Dieu…

L'homme déplia son mouchoir.

– Chaque fenêtre avait sa crémone verrouillée. Je les ferme moi-même, chaque soir. Et avec ce froid de loup, n'est-ce pas… Miss Vienna était dans son lit, en tenue de nuit. Morte. Oh, Dieu… Comme M. le juge, son frère. L'édredon était par terre, tout chamboulé. Je l'avais secoué et défripé le matin même.

De son mouchoir immaculé, Voltaire essuya la sueur et l'indignation à son front.

– Qui était présent dans la maison, cette nuit-là ? interrogea le superintendant.

– Miss Vienna était seule. Mr Muir passait la soirée à Ambroseburg, chez des camarades. Quant à moi, j'habite une dépendance, aux écuries, à cent mètres d'ici. Je n'ai, hélas, rien pu entendre. Comment pouvais-je deviner…

– S'agit-il de Muir Apley, le neveu ?

– Lui-même, inspecteur. Dois-je lui demander de venir ?

– Plus tard. Ah… une chose. Le neveu était-il présent quand on a découvert sa tante ? N'était-il pas revenu de sa soirée à Ambroseburg ?

– Oh si. Son manteau de ville était suspendu dans le hall. Mais, tôt dans la matinée, je l'avais entendu quitter les écuries. Depuis son retour d'Oxford, il aime galoper seul, à l'aube. Le malheureux ne pouvait évidemment se douter…

– Merci, Voltaire. Vous pouvez disposer.

Une moitié du cerveau de Pitchum griffonnait des notes dans le cahier vert, l'autre moitié tordait le cou à une porteuse de toque en peluche rose. Il tressaillit. Le superintendant s'adressait à lui.

– Sir ? balbutia-t-il.

– Je subodore une attention vacillante, jeune Daybright ! Me trompé-je ? Que pensez-vous de tout cela ?

– Eh bien, commença le jeune homme, rougissant sous la réprimande. Il apparaît que, si un meurtrier a pu entrer et tuer, il n'a pas pu ressortir, avant ouverture, d'une pièce barricadée de l'intérieur. Il devait donc s'y trouver encore lorsque ces personnes ont enfoncé cette porte.

– Mmm. Vous avez vu quelqu'un s'échapper de la chambre lorsque vous l'avez ouverte, constable ?

– Personne. Il n'y avait absolument personne, je l'affirme. Nous avons sondé placards, meubles, sol, murs, plafond. Il n'existe aucun passage secret, ni double cloison ni cachette, certifia l'officier, roulant un œil si catégorique en direction du jeune assistant que ce dernier flamboya de plus belle.

– Notez cela, jeune Daybright, marmonna Linwood Tanybwlch avec un frémissement des narines.

À force de se les pincer, d'ailleurs, celles-ci arboraient le poli du verre, on s'y reflétait presque.

– Avez-vous encore besoin de mes services, superintendant ?

– Merci, non. Vous êtes libre, Chief constable. À bientôt.

Les deux détectives de Scotland Yard restèrent dans la chambre de Vienna Apley. Ils inspectèrent et examinèrent chaque fenêtre, chaque paroi, sondant à l'oreille les cloisons et les épaisseurs. Le parquet fut analysé au centimètre. Le jeune auxiliaire s'attarda devant l'aquarium. Linwood Tanybwlch, quant à lui, traîna autour de l'écritoire, renifla l'enveloppe cachetée qui était glissée dessous, la reposa. Puis il se mit à rôder autour de la fresque.

– Reconnaissez-vous cette figure, Pitchum ?

– Richard Cœur-de-Lion ? Greencove ?

– Bravo. Je me demande qui est cet individu à sa droite, l'escogriffe à joues d'amphibien qui pourfend l'ennemi...

– J'ai cru comprendre qu'il s'agit d'un mythique ancêtre Apley.

Le superintendant avait maintenant sorti sa loupe, afin d'étudier les alentours du seuil. Penché, il émit quelques grognements, astiquant ses narines, et observa le loquet. Lequel avait, somme toute, fait son métier de loquet en s'opposant vingt minutes à trois hommes qui voulaient le démolir. Il pendait sur sa charnière. L'étrier pulvérisé avait été, lui, remisé et scellé dans un étui transparent, avec la mention « pièce à conviction ».

Le superintendant leva le nez. La loupe ballonnait son œil, lui octroyait l'aspect d'un coléoptère sous microscope.

– Quant à ces cinq personnages auréolés, continua Pitchum, toujours debout face à la vilaine fresque, je suppose que ce sont des saints mais je ne les reconnais pas.

– St George, St Malo, St Felicity, St Pelagia et St Rita! énonça une voix claire, et tout à fait imprévue, qui déclencha un saut de carpe chez la jeune recrue de Scotland Yard.

Il n'en crut pas ses rétines lorsqu'il pivota vers la porte où le superintendant fixait, avec une sévérité quelque peu surjouée, la toque en peluche rose qui franchissait le seuil avec un extraordinaire aplomb.

12

– Je viens nourrir les poissons, expliqua l'intruse, munie d'un sachet en étamine bombé. Les malheureux n'ont rien dans le ventre depuis sûrement trois jours ! La pauvre Vienna a dû leur offrir leur dernier repas, et Voltaire est trop secoué pour y avoir songé… Évidemment, vous ne pouvez pas connaître leurs prénoms, enchaîna-t-elle sans les laisser placer un mot, dénouant son sachet. Stewart, Tom, Bobby, Mitch et Harriet. Harriet est peut-être un Harry, à vrai dire. On n'a jamais su. Avez-vous des notions sur la façon de distinguer un poisson d'une poissonne ?

Le regard candide et interrogateur de Flannery Cheviot passa tour à tour du superintendant Tanybwlch à l'assistant Daybright. Tous deux raides muets.

– Harry ou Harriet ? insista-t-elle en dispersant une généreuse rasade à la surface de l'eau où mâles et femelle supposée se précipitèrent avec une avidité paritaire. Vous avez une idée ?

– Jeune fille !!! rugit soudain le superintendant d'une voix qui ébranla jusqu'aux parois de l'aquarium, fit pâlir et trembler ladite jeune fille. Savez-vous où vous vous trouvez présentement ?!

– D… d… dans la chh… chambre de Vvv…

– Sur une scène de crime ! tonna-t-il. Vous êtes sur une scène de crime ! Or, nul n'est censé arpenter une scène de crime, excepté la police !

La peluche rose oscilla d'incertitude.

– Seriez-vous membre de la police, Miss ? susurra ensuite Linwood Tanybwlch, superintendant de Scotland Yard, brusquement affable et doucereux.

– N… non, frémit-elle, encore sous l'émotion. Cependant (elle se racla la gorge, rectifia sa toque), je connaissais Vienna Apley, je pourrais vous fournir des détails, des éléments…

– Lesquels ? ironisa Pitchum.

Des boules de neige… Si seulement il en avait eu des poignées, là, tout de suite. Une toque était une cible diablement attrayante… Rose, en plus !

– Interrogez-moi, dit-elle, déjà tout à fait remise de sa frayeur et retrouvant son toupet. Je répondrai à toutes les questions.

– Soit ! dit le superintendant, après réflexion. Pour l'heure, jeune fille, vous allez néanmoins quitter un lieu réservé aux investigations de la police.

Elle s'octroya le temps d'un saupoudrage supplémentaire, et de renouer son sachet.

– Harriet montre une petite mine, je trouve. D'habitude, ses nageoires resplendissent la blancheur. Elles paraissent un peu cendrées. Elle devait être affamée, la pauvre. J'ai bien fait de passer.

Elle pivota vers la sortie. Pitchum ne put s'empêcher d'envier son insolence, d'aimer sa façon de traverser la pièce, un peu comme nageaient les poissons… Parvenue au seuil, elle marqua une pause, se pencha pour considérer le parquet. Elle tourna sur elle-même, les yeux plissés.

– Vous avez, bien sûr, remarqué cette tache par terre ?

– Quelle tache ? fit Pitchum, la moutarde lui grimpant au nez car une moue fanfaronne avait ponctué la question de la péronnelle.

– Nous l'avons remarquée, assura le superintendant Tanybwlch. De quelle nature serait-elle, à votre avis, jeune fureteuse ?

– De l'eau, répondit-elle sans hésiter. Une eau qui a stagné et pas encore totalement évaporée. Ça n'y était pas la dernière fois que je suis venue. Vienna faisait très attention à l'impeccable ciré de son parquet.

– De l'eau, dites-vous. Pourquoi pas une graisse, un corps huileux quelconque ? insista le superintendant. On a pu, par exemple, faire tomber par mégarde quelques gouttes en lubrifiant le mécanisme du loquet.

Elle s'inclina vers la trace qui auréolait le bois d'un parquet qui possédait, par ailleurs, une teinte uniformément miel. Elle palpa l'endroit.

– Pourquoi pas, je ne sais pas, du brou de noix, du café, du darjeeling des Hauts Plateaux, grinça Pitchum, du jus de cerise…

– Avec ce cercle blanchâtre autour ? fit-elle, le fixant comme on fixe un enfant bien gentil qu'on ne veut pas gronder. C'est une trace d'eau claire. Le café ou le thé colorent le bois. J'en sais quelque chose, c'est moi qui décape, à l'auberge, lorsqu'un client renverse sa tasse en chambre. Une calamité. Il n'y a que la brosse en fer et l'huile de coude pour en venir à bout.

Elle se redressa, sobrement triomphante.

– Cette auréole pâle, c'est le calcaire qui reste, une fois l'eau séchée. Ni gras, ni café, ni thé, encore moins de cerise, l'hiver, dans notre Angleterre. Une banale tache d'eau en voie d'évaporation. Je l'affirme.

À l'intérêt manifeste de son chef pour le verbiage de l'impertinente, l'échine de Pitchum se hérissa.

– Vienna Apley aura aspergé le plancher en arrosant ses poissons, trancha-t-il. La proximité d'un aquarium accroît la probabilité de ce type d'accident, n'est-ce pas ?

Enhardie par le regard vif du superintendant, Flannery Cheviot réinséra deux pieds à l'intérieur de la pièce, poussa la porte, examina embrasure, chambranle, serrure et loquet plat, rouvrit le battant, haussa une épaule.

– Mm. Plausible.

Elle gratifia le superintendant d'un sourire des plus exquis. Il s'inclina courtoisement. Pitchum Daybright, lui, resta de marbre.

– J'aime m'instruire, déclara-t-elle. Au reste, je vais de ce pas étudier les critères de genre chez les poissons.

Elle était sur le point de s'éclipser – et Pitchum de soupirer d'aise – lorsque, d'un autre demi-tour, elle se ravisa.

– Croyez-vous aux malédictions ? Je veux dire…

De deux nouveaux pas à l'intérieur, elle gagna encore un peu de terrain.

– L'horrible assassinat du juge il y a trois ans… Maintenant, sa sœur. Ne dirait-on pas qu'une main funeste s'acharne sur Harborough Hall ?

– Vous divaguez, ricana Pitchum, les yeux vers les moulures. Les deux crimes n'ont rien de commun.

– Pardon, ils ont été commis dans la même maison, sur les membres d'une même famille. Les deux d'une violence inouïe. Peut-être avec une arme analogue, qui sait ?

Leurs regards se mesurèrent, égaux en animosité.

– Pour ce qui est de l'arme, Miss Cheviot, argua-t-il avec une feinte civilité, on ne peut que supposer, puisque celle qui a tué Miss Vienna Apley n'est toujours pas identifiée à ce jour. Quant au meurtrier du juge, tout le monde sait qu'il a été confondu et pendu. Or, sauf à penser que son fantôme soit de retour…

– Infortuné Horton Palance ! coupa-t-elle dans un soupir. Jusqu'à la corde, il a nié. Je m'en souviens. Mais si… ?

– Bridez votre imagination, jeune fille, intervint le superintendant. Nous avons lu les procès-verbaux, ainsi que les minutes du jugement, rien ne permet…

– Tout l'accablait, soupira-t-elle encore. L'extralucide avait tout prédit, tout vu. Pauvre Muir, et pauvre Catriona…

– Qui est Catriona ?

Elle eut un regard preste vers le superintendant. Elle avait fixé son attention ! Manifestement, pensa Pitchum, ce qu'elle souhaitait, cette effrontée.

– Catriona est la fille de Mr Palance. L'homme qu'on a pendu. Muir Apley désirait l'épouser, ils s'aimaient depuis l'enfance, mais bien sûr, après la mort épouvantable du juge, comment encore songer à s'unir ? Le crime a ravagé l'amour ! acheva-t-elle, les bras écartés en un lyrique transport.

Pitchum perçut le bref frémissement du superintendant. Lui-même n'était pas dupe des cabotinages de Miss Cheviot, mais il se sentait troublé par une révélation qui ne figurait pas dans les documents officiels. Le fils du juge Apley (mort), incidemment neveu de Vienna Apley (morte), et la fille de Palance (mort) avaient donc songé au mariage…

Flannery sourit. En profita pour rajouter deux autres pas au terrain déjà conquis. Remua le bout du nez d'une manière qui évoquait le mulot sur la piste d'un fromage. Pitchum se sentait bouillir. Qu'elle déguerpisse, nom d'une pioche ! Qu'ils puissent reprendre sereinement leur ouvrage.

– Vous êtes venus exprès de Londres, continua-t-elle. Pour quelle raison Scotland Yard dépêche-t-il ainsi deux éminents limiers, des personnalités d'importance telles que vous, dans un pauvre bourg perdu du Northumberland ?

Naturellement, elle ne partirait pas avant d'avoir obtenu des réponses. Si le superintendant envisagea une réplique, son subordonné lui grilla la politesse.

– Parce que, articula-t-il sèchement, il a été estimé que cette affaire, d'un ordre inhabituel, était du ressort du superintendant Linwood Tanybwlch.

– Mazette ! souffla la demoiselle. D'un ordre inhabituel… Je vois.

Ses prunelles s'étaient mises à briller.

– Vous parlez de l'arme inconnue, de la chambre close, toute cette sorte de choses ?

– Toute cette sorte de choses.

– Il est indéniable, murmura-t-elle, rêveuse, qu'un constable George n'a rien d'un Mr Sherlock Holmes, ni d'un chevalier Dupin, ni…

– Nous non plus, hélas, chère mademoiselle, coupa le superintendant, après un gloussement vite réprimé. Nous représentons les modestes rouages d'un département peu connu de la grande machinerie Scotland Yard.

Les prunelles, cette fois, prirent l'aspect d'étincelles.

– À quel département peu connu faites-vous allusion ? s'enquit-elle, retenant son souffle.

– Bah, un genre de cabinet, fit le superintendant, le geste vague. Un simple cabinet. À peine une ligne en marge, sur l'organigramme de notre immense maison.

– Expliquez-moi, je vous prie. Je l'ai dit, j'aime m'instruire.

Farfouiner, oui. Malgré lui, Pitchum Daybright haussa le menton et, sans s'en rendre compte, bombait légèrement le torse.

– Par réserve, le superintendant Tanybwlch ne vous dira pas qu'il est le créateur de ce département qui, bien qu'à la marge en effet, a toute l'adhésion de la reine. Au reste, c'est elle-même qui en a trouvé l'intitulé.

– Oh. Et cet intitulé s'intitule… ?

D'un regard, Pitchum Daybright quêta la permission de son supérieur. Lequel, lassé de l'échange, s'était subitement remis à vaquer autour de la pièce, non sans glousser de temps à autre.

– Le Service des dossiers insolites et des intrigues non conventionnelles, révéla le jeune homme avec un rien d'emphase. Alias le *SDDI and INC.*

Flannery joignit les doigts, outrageusement excitée. Si elle ne s'était point trouvée dans les appartements d'une morte, nul doute qu'elle eût dansé la gigue.

– Mais c'est passionnant ! Savez-vous, Pitch ? Je sens que je vais vraiment m'instruire !

Enfin, elle s'éclipsa pour de bon. Mais trop promptement pour entendre la protestation qui suivit :

– Pas Pitch !… Pitchum.

Les deux hommes soupirèrent d'aise lorsque la porte du hall lui claqua derrière.

– Divertissante, marmotta le superintendant. Utile, peut-être ? Cette petite m'a l'air d'avoir l'œil. Un œil sagace.

Sagace ? Le jeune Daybright s'agaça plutôt, à vrai dire. Il baissa une seconde les paupières sur l'image, ô délectable, d'une pluie de boules de neige bombardant en météorites une toque de peluche rose.

– Aviez-vous noté cette fameuse tache – d'eau, admettons –, mon cher jeune ami ?

– Je… je n'avais pas encore bien examiné ce côté, avoua le cher jeune ami.

– C'est pourtant là, précisément à cette porte, trouvée fermée de l'intérieur au matin du meurtre, que commence l'impossible.

– En effet, sir.

– Voyez-vous, mon garçon, les crimes en milieu clos sont presque toujours une affaire de moment. Soit l'assassin a tué avant qu'on verrouille la porte. Soit il tue après qu'on l'a ouverte.

– Plaît-il, sir ? De moment… ?

– Et de détournement de l'attention, oui.

Le superintendant but, au flacon gainé, son whisky d'enfance galloise, en proposa à Pitchum qui déclina : il méditait.

– *Après* l'ouverture ? répéta-t-il. Dans l'affaire qui nous occupe, cela signifierait que le Chief constable et Bates sont aussi des suspects ? N'est-ce pas trop pousser la logique ?

– Je vous concède l'extravagance de la chose, jeune Pitchum. Reste le valet. Quant au docteur Gedeon March, nous ne l'avons pas encore rencontré. J'ajouterai, si vous le voulez bien, le neveu à notre tableau de suspects, ce Muir Apley. Il a fort bien pu revenir de sa balade à cheval sans être vu.

– Il serait entré dans la chambre et aurait tué sa tante, en présence de trois autres personnes, sans être vu d'elles ? s'exclama Pitchum, interloqué. Je n'imagine pas…

Le superintendant sourit à sa montre en oignon, la remisa dans sa poche de gilet, en se lustrant les narines.

– Vous avez raison. Retournons à l'auberge. J'ai faim, pas vous ? Et nos bagages sont à défaire.

✣

Sur le chemin, le superintendant Tanybwlch manqua se fendre dix fois le crâne sur les plaques de verglas. Son jeune compagnon ne cessait d'anticiper les lois de la gravité par un bras vigilant, toujours prêt à le cueillir aux dérapages.

On soupira de soulagement lorsque les cheminées fumantes des *Cornish Cliffs* se profilèrent sous les arbres nus.

– Entendez-vous ? s'exclama le superintendant en opérant un arrêt audacieux qui lui valut, à lui, une glissade, et une sueur froide à son subordonné.

– Les enfants qui jouent dans ce petit pré gelé, non loin de l'auberge ? Ils font un bonhomme de neige.

– Je me fiche des enfants et de leur bonhomme de neige ! s'impatienta le superintendant, la paume en cornet acoustique. Je parle de cette sonorité distincte. Écoutez. Derrière les cris d'enfants… Cette musique.

Musique… ? Pitchum Daybright tendit l'oreille. Oh. Effectivement, il perçut bientôt une mélodie. Un léger carillon, ou des clochettes.

– Un traîneau sur la neige ? hasarda-t-il, bien qu'il ne vît rien qui ressemblât à un véhicule de ce genre.

– Arbres, précipitations, gel, vent. De l'addition de ces quatre éléments résulte cette mélodie tintinnabulante. Je l'entendais, enfant, dans mon pays gallois. Écoutez bien, mon garçon. Cette variation pour mathématique est un ravissement rare.

Pitchum Daybright retroussait une narine perplexe. Puis il comprit. Le froid avait durci la neige des jours précédents autour des branches nues, y avait même sculpté des stalactites. Ce carillon, cette sonatine pour cloches, c'était la brise qui balançait les ramures givrées, entrechoquait l'une contre l'autre leurs gaines de gel.

– Dans ma paroisse, il se disait que les fées jouaient de la harpe, que leurs cordes étaient en cristal…

Le superintendant s'était fait songeur.

– C'est une nouvelle déplaisante, reprit-il. Le signe que ce froid va durer. La semaine sera polaire.

Les deux hommes furent encerclés par une brochette d'enfants à joues rougies et mouillées.

– Sir ! Sir ! piailla l'un d'eux, un grand avec des bouclettes où se perchait une casquette en tuyau.

Il fixait, très intéressé, le chapeau du superintendant.

– Sir… Cette vieille cruche qui vous sert de galurin, est-ce que vous auriez pas dans l'idée d'en changer bientôt ?

– Ce n'est, hélas, pas prévu, petit gars. Sauf à le voir choir, par accident, dans un tas de fumier.

– Dommage. C'était pour le coiffer, lui.

Le gamin désigna le bonhomme en neige, dont le reste de la bande s'échauffait à la fabrication, mais avec une expression de vif regret pour le couvre-chef en feutre du représentant de Scotland Yard.

– Il me semble pourtant, reprit ce dernier, que le bout de tuyau qui te sert de bonnet pourrait autant faire l'affaire que ma vieille cruche ?

– Allez dire ça à sa mère ! rigola un autre.

Et tous s'égaillèrent vers leurs camarades, en un essor de petits points noirs sur la neige aveuglante.

Alors que les deux détectives abordaient l'auberge, une silhouette derrière le bonhomme de neige leur lança de joyeux signes de bienvenue. Ils reconnurent l'écharpe et les gants rouges.

– La petite sœur de notre Miss Je-Sais-Tout-Sur-Tout, grommela Pitchum.

– Tout savoir, nota son supérieur avec un regard en coulisse, n'est pas une infirmité, jeune Daybright.

– C'est exact, sir. Dommage que la demoiselle ne sache que cela.

13

– Messieurs, je vous attendais ! s'écria l'aubergiste à leur arrivée. Vous me voyez en pleine contrariété… Il nous reste deux chambres vacantes.

Le papa de Flannery et Briony était un homme débonnaire, aux yeux pleins d'énergie et de discernement. Tout le monde l'appelait Jon.

– Deux chambres ? fit le superintendant. Quelle veine, nous sommes justement deux.

Jon secoua la tête.

– Je vous explique. Hier, nous attendions dans la soirée une voyageuse venant d'Écosse. Hélas, elle ne s'est ni présentée ni annoncée. La neige l'aura assurément retardée, la lande écossaise est malaisée par ce fichu climat. Elle arrivera sans doute plus tard, et…

– Et alors il y aura deux chaises pour trois, comprit le superintendant qui se tourna vers son adjoint. Jeune Daybright… cela dérange-t-il vos principes de partager la chambrée d'un barbon qui ronfle et déclame *Les Mangeurs de lotus* de Tennyson quand il dort ? Et qui, lorsqu'il ne dort pas, enduit sa calvitie d'un onguent, aux effluves méphitiques, censé la refleurir… ?

Ah, j'oubliais : et qui grignote ses shortbreads avec une infusion de verveine pas trop chaude ?

Bouche bée, Pitchum considéra ce superintendant de renommée royale, se demandant si c'était de la poule ou du dindon. Il lui était pénible – voire rebutant – d'imaginer son maître et mentor en ronfleur, le crâne badigeonné de pharmacopée malodorante, digérant shortbreads et décoction pas trop chaude.

– Certes non, sir, répondit-il, héroïque. J'ai longtemps dormi avec un grand frère qui gagnait des tournois de cricket pendant ses crises de somnambulisme.

– Eh bien, voilà qui est réglé. Il n'y a plus qu'à monter déballer nos bagages.

– Si, d'aventure, cette dame avait renoncé à voyager, ou ne se montrait pas demain, la seconde chambre sera pour vous, promit l'aubergiste. Mille mercis, messieurs. Permettez-moi de vous proposer le réconfort d'un déjeuner. Votre matinée à Harborough Hall a dû être… consistante.

– Ma foi, moins que ces œufs brouillés, bouillon, pommes de terre et saucisses que nous immolerons avec joie. Et j'avoue que ces truites me paraissent…

– Il va de soi que ce repas vous est offert par les *Cornish Cliffs*, ajouta l'aimable Jon avant de retourner s'activer auprès de la clientèle.

Ils s'attablèrent non loin de la cheminée où rougeoyaient des bûches épaisses comme des colonnes de temple, pendant que se préparait leur commande. Un chat couleur civet vint se pelotonner sur le banc voisin. Le superintendant se frotta les mains.

– Après ceci, courte sieste. C'est au cours de mes siestes que se déploie le meilleur de mes intuitions, savez-vous ? Oui, vous le savez, je me répète assez. Nous partirons ensuite à la rencontre de l'entourage de la défunte.

– Le neveu, le docteur, énuméra Pitchum, le nez dans son cahier vert. Pourquoi pas cette Catriona, et cette lady Babbage qui semble proche des Apley… Par quoi commence-t-on ?

Un plateau couvert d'une nourriture fumante et alléchante se présenta à cet instant.

– Je commencerais par les saucisses, fit une voix par-dessus leurs têtes. Débuter avec le bouillon vous sature un estomac en cinq cuillerées.

La flamboyante tignasse du jeune Daybright accomplit une rotation alambiquée avant de découvrir qui avait parlé. C'est-à-dire qu'il le savait, mais qu'il refusait d'y croire.

Flannery Cheviot se tenait devant leur table, un tablier entortillé autour d'une taille qu'elle avait souple, un foulard sur les cheveux, son plateau sur une main.

– Encore vous, gémit-il. Ou avez-vous trois jumelles ?

– J'habite ici, dit-elle le plus posément du monde. Jon et Peggy Cheviot, mes parents affectionnés, tiennent cette auberge. Vous me verrez donc souvent, conclut-elle, visiblement réjouie par la perspective.

En revanche, la nouvelle qu'ils se retrouvaient pour ainsi dire sous le même toit contraria Pitchum. Voilà qui gâcherait le séjour. Nul doute qu'ils l'auraient sans cesse dans les pattes.

Elle se pencha et, tout en agençant assiettes et plats, murmura entre ses dents :

– J'ai repensé à cette porte barricadée de l'intérieur.

À l'inverse de son assistant, le superintendant ne parut aucunement irrité par l'intrusion. Il était même intéressé. La jeune fille s'assura qu'aux tables mitoyennes on n'écoutait pas, baissa la voix pour demander :

– Est-on certain que Vienna Apley est morte dans son lit ? N'a-t-on pas pu la tuer ailleurs et la transporter ensuite dans sa chambre ?

– Pour autant, chère enfant, répliqua Linwood Tanybwlch, le problème ne change pas de nature. Il reste posé et identique. Comment, après ça, l'assassin a-t-il pu fuir sans ouvrir la porte ?

– A-t-on examiné les fenêtres ? L'une d'elles était peut-être faussement fermée.

– Le constable et le valet sont formels. Toutes étaient verrouillées lorsqu'ils ont pénétré dans la pièce. Et dans celle-ci, excepté la malheureuse défunte, ils n'ont trouvé absolument personne.

Flannery Cheviot se mordilla les lèvres, le front plissé. On s'attendait à voir jaillir de ses oreilles la fumée de ses cogitations. À propos, s'avisa Pitchum *in petto*, celle du bouillon sur la table dégageait un arôme prometteur.

– Auriez-vous un peu de pain ? s'enquit-il poliment.

– Bien sûr, Pitch. Tout de suite.

Comme de bien entendu, avant qu'il pût objecter que son prénom entier était Pitchum, elle s'était esquivée.

Un homme jeune, aux traits doux et fatigués, les observa un instant avant de s'avancer. Large d'épaules, le ventre plaisamment rond, il ôta ses lunettes cerclées d'or, et les salua.

– Superintendant Tanybwlch ? Mr Pitchum Daybright ? Je suis le docteur Gedeon March. Désolé de n'avoir pu être présent à Harborough Hall, ce matin. J'étais pris par un étouffement à deux lieues d'ici.

– Diable ! s'étonna le superintendant en gobant une moitié de saucisse et trois pommes de terre roulées dans une part d'omelette de la largeur d'un procès-verbal. Vous vous êtes étouffé à deux lieues d'ici ?

Le docteur se mit à rire. Il avait un rire pareil à son visage, doux et fatigué.

– Pas moi. Un infortuné fermier qu'asphyxiait une tranche de ragoût avalée de travers, expliqua-t-il. Une façon de mourir plus répandue qu'on ne croit. Et probablement le crime parfait auquel personne ne songe jamais.

– Que cela ne vous interdise pas de partager ces victuailles avec nous !

Le médecin déclina le repas, il n'avait que le temps de prendre un verre. Il accepta l'invitation à s'asseoir. Pitchum poussa le chat, se poussa lui-même, afin qu'il pût prendre place.

– Avez-vous eu l'occasion de retourner à Harborough Hall depuis le décès de Vienna Apley, docteur March ? demanda-t-il, avec une caresse d'excuse à l'animal.

– Je suis allé épauler Muir Apley pour l'inévitable paperasserie qui vous inonde après ce type d'événement. Le malheureux se retrouve seul à vingt ans à peine. Il est désemparé.

– Votre profession doit favoriser votre connaissance des résidents de Morgan's Moor, avança Pitchum.

– J'y suis né. Avant moi, mon père en était le praticien.

Flannery Cheviot vint servir la bière commandée par le docteur.

– Bonjour, docteur March. Prévenez Mrs Kathleen qu'il manque des pages à mon exemplaire de *Dracula*. Sûrement les séquelles d'un passage entre les mâchoires du vampire Briony !

Quand ma sœur était petite, expliqua-t-elle aimablement à Pitchum, elle dévorait les livres… au sens littéral. Tout y passait ! Dickens, Thackeray… (Elle revint au docteur.) En échange, je viendrai avec mon *Northanger Abbey*. Celui-là est entier, il a résisté aux mandibules.

– Je le lui dirai, promit-il. Merci, Flannery. Cette petite est assez gentille pour venir faire la lecture à mon épouse, leur expliqua le docteur lorsqu'elle eut quitté leur table. Elle attend un bébé… Mon épouse, veux-je dire, précisa-t-il, un peu embrouillé et confus de ces détails annexes. Kathleen affirme qu'elle lit merveilleusement bien.

Pitchum suivit Flannery Cheviot des yeux. La jeune fille se mit à traîner dans les parages, à discuter avec les tablées du voisinage. Il paria qu'elle ouvrait grand ses oreilles – fort menues, par ailleurs.

– Parlez-nous de ce jeune Muir, de ses rapports avec sa tante, suggéra le superintendant, qui mastiquait avec une concentration inhabituelle (il gardait à l'esprit cette asphyxie au ragoût, et la gamine qui vous brisait son Dickens, son Thackeray ou son Bram Stoker à belles dents).

Le docteur March eut un haussement flou des épaules.

– Muir doit tout à Vienna. Il n'était encore qu'un nourrisson à la mort de Rosalee, sa mère. Vienna est alors venue habiter au domaine, et a pris en charge son éducation. Ceci avec une complète abnégation. Même si elle montrait mal ses sentiments, elle adorait son neveu.

– Est-il désormais seul héritier des Apley ?

– Je le suppose. Mais, réagit le médecin après une pause, si vous croyez que ce pauvre garçon aurait pu…

Le superintendant l'arrêta de sa fourchette brandie.

– Docteur… De même qu'un humain à la mine bien portante est un malade éventuel, un humain d'apparente innocence est un coupable possible.

Le docteur March en convint d'un battement de cils.

– Cela ne m'interdit pas, dit-il avec douceur et force, de vous certifier la loyauté et la probité de cet excellent jeune homme qu'est Muir Apley. La charge de sa fortune l'embarrasserait plutôt. Il écrit des poèmes.

– Byron aussi ! rétorqua le superintendant. Voyez le sauvage qu'il était ! Qu'en est-il de Catriona Palance ? fit-il à brûle-pourpoint.

– Oh. Vous êtes au courant. Bien que cela ne soit plus d'actualité, à vrai dire. Ils ne se sont plus revus de longtemps. Leurs sentiments ont dû changer.

Derrière l'or des lunettes, le regard se durcit.

– Catriona est une âme pure, que la vie n'a pas ménagée. Elle a bravement repris le négoce de ses parents, et tient à bout de bras son frère, Fergus, que la mort du père puis celle, toute récente, de leur mère ont anéanti. Mais je ne crois pas qu'une union avec Muir Apley soit souhaitable, ni même envisageable.

– Pitchum Daybright ! s'irrita le superintendant. Qu'avez-vous à tournicoter du cou dans tous les sens ?

Depuis un moment, entre deux bouchées, il épiait les gestes de son adjoint. Lequel, tout en cajolant distraitement le chat couleur civet, ne semblait plus tout à fait connecté à la conversation.

– Sir… Je… je crois que nous sommes écoutés.

– Si votre espion est cette fille de l'aubergiste, je l'ai remarqué aussi. Que nous importe, jeune sot. Cette discussion ne lui apprend sûrement rien qu'elle ne sache déjà.

Gedeon March regarda sa montre.

– J'ai une consultation bientôt, et j'ai promis à Kathleen de passer avant à la maison. Merci pour votre accueil et votre…

– Une dernière question ! s'écria Pitchum, rattrapé par un soudain souvenir. À l'instant où vous, la police et le domestique, avez ouvert la chambre de Vienna Apley, le matin de sa mort, quelque chose vous a-t-il sauté aux yeux, de prime abord ?

D'un pouce circonspect, le médecin se massa la tempe.

– À vrai dire, pas seulement une, dit-il avec lenteur. En fait, trois pensées m'ont frappé l'esprit.

Les détectives patientèrent. L'un en suspens, l'autre en émiettant son quignon de miche.

– La première, poursuivit le médecin, était qu'on étouffait dans cette chambre. La réserve à bûches était vidée, et le bois brûlait encore à plein dans le foyer. Voltaire a fini par ouvrir une fenêtre car le constable George suait sous son casque. Ma deuxième pensée fut que les blessures de la défunte avaient peu saigné. Les organes touchés étaient pourtant d'une nature hémorragique.

Il marqua une pause. Le superintendant épongea un fond de sauce avec une boulette de mie piquée sur sa fourchette. Les étudiants de la Royal School of Studies in Criminology étaient accoutumés à la conduite illustrement baroque de leur professeur. On s'amusait des frasques, on pardonnait au talent, on excusait le génie. Mais le docteur March, qui ne pratiquait le déconcertant Linwood Tanybwlch que depuis vingt minutes, s'en trouva désarçonné.

– La troisième ?

– La… la troisième ?

– Trois pensées, disiez-vous, ont traversé votre esprit.

– Oui… (Il se frotta l'autre tempe.) C'était l'expression sur le visage de Vienna. Cette figure ! Elle avait conservé une expression de surprise intense. On l'eût dite frappée de stupéfaction. D'incrédulité. Comme si… comme si…

– Oui ?

– Comme si elle ne parvenait pas à croire ce que lui révélaient ses yeux.

– Elle aurait reconnu son agresseur, d'après vous ? s'enquit le superintendant.

– Qui peut savoir ce qui se passe dans l'esprit de celle ou celui qui affronte sa mort… Je ne parle que de mon impression.

Il y eut un silence.

– D'autres choses ont-elles capté votre attention ? reprit Pitchum, son idée toujours en tête. Par terre, par exemple ? Près du seuil ?

Le docteur prit le temps de polir ses verres de lunettes.

– Près du seuil, par terre ? Ma foi, réfléchit-il à mi-voix, il s'y trouvait les éclats de bois tombés du battant que nous venions de forcer. Ainsi que l'étrier que le choc avait arraché au cadre, et que le Chief constable a plus tard scellé dans une pochette… Un peu d'eau également, quelques écaillures de plâtre détachées par nos coups. Non, rien d'autre.

– Nous détenons cette pochette scellée, nous avons relevé les éclats de bois, de même que les écaillures. Un peu d'eau ? répéta Pitchum, neutre, presque nonchalant.

Il s'assura que Flannery ne trottinait plus aux alentours…

Elle accueillait la clientèle à l'entrée. Parfait. Le superintendant Tanybwlch lui lança un bref regard d'intelligence.

– Oh, une flaque banale. De la taille de ma main, disons. Une partie avait coulé dans les nœuds et rainures du parquet.

– Cette eau aurait-elle pu être renversée par une personne présente ? Le valet portait-il un pichet, un récipient ?

– Non, je l'aurais remarqué. Tous les bras ont été nécessaires pour venir à bout de la porte.

– De la neige fondue provenant de vos semelles ?

– La flaque était déjà là quand nous avons ouvert.

– Merci, docteur March. Nous ne vous retiendrons plus, dit le superintendant. Mes hommages à madame votre épouse.

Lorsque le médecin eut pris congé, les deux détectives s'observèrent.

– L'espionne toquée avait raison, dit Pitchum, rêveur. Une flaque d'eau… Flaque d'eau plutôt inconvenante sur un parquet méticuleusement ciré, au pied d'une porte que le meurtrier semble avoir traversée tel un spectre… Faudra-t-il investiguer sur cette flaque, sir ?

Le superintendant contempla son assiette, médusé de l'avoir déjà entièrement ratissée. D'une bille de mie, il racla le fantôme d'un résidu de sauce. Exhala un soupir morose.

– J'enverrai un homme du constable vérifier s'il s'agit ou non d'une fuite… Il ne faut rien dédaigner, jeune Daybright. Question Un : le savoir nous avance-t-il ? Question Deux : en quoi le savoir nous avance-t-il ?

Il guigna l'assiette à moitié pleine de son assistant qui avait une faim visiblement plus modérée. D'une fourchette barbare, mais résolue, il y harponna un quartier de patate.

Dans la minute, il se mit à rouler des yeux effarés, éructa dans sa serviette, dansotta sur son banc, l'air d'avoir un porc-épic coincé dans l'œsophage. Affolé, Pitchum lui tambourina dans le dos à deux poings, comme pour y déloger le malfaiteur retranché dedans. En hâte, lui regarnit son verre.

La patate enfin réorientée sur la route adéquate, et sa respiration reprise, le superintendant Tanybwlch, la calvitie couleur aubergine, les cordes vocales un brin déraillantes, laissa tomber ce verdict :

– Après tout, jeune Daybright, ce n'est qu'une flaque d'eau.

Pitchum remercia en silence le ciel que rougir ne signifiât pas obligatoirement virer aubergine.

14

Une fois ses effets déballés et rangés, laissant son supérieur sacrifier aux tyrannies de la sieste, Pitchum sortit se familiariser avec la géographie de Morgan's Moor.

Il longea la place, repéra la forge – qui faisait aussi sellerie –, où Harry lui rafistola sa boucle de botte en quelques coups de maillet.

– Vous êtes là pour cette pauvre Vienna, hein ? dit le maréchal-ferrant, sans que ce fût vraiment une question. La grande maison produit décidément bien du malheur.

Le noir de sa chevelure brillait tel un charbon cru, et la peau de ses joues telle la braise qui rissolait dans sa forge. C'était un grand type bourru, dont les biceps avaient le calibre de mollets, les mollets celui d'épieux de charpente.

– Vous la voyiez souvent ? s'enquit Pitchum, en suivant les virtuosités du maillet.

– Chaque fois qu'elle ferrait Belle of June. Elle soignait cette jument comme son enfant. On la voyait au bourg, des fois. Moins souvent depuis la mort du juge. Pour éviter de croiser les Palance, je suppose.

– Les enfants Palance ? Les enfants de l'assassin ?

– Mouais. Il était pas commode, le Palance, mais on se demande tous, ici, pourquoi il a fait ça. Poignarder sans rime ni raison un quidam qu'est juge. Chez lui, en plus. Personne n'a compris. Voilà votre boucle. Montrez la botte... Je vais vous y fixer un rivet, ce sera plus sûr.

De son gros pouce, il fit valser une fixation d'une vieille selle pendue à son clou, reprit ses voltiges au maillet.

– Personne aurait jamais pensé à Palance. Personne. Y avait pas de raison. Sans cette folle, l'illuminée avec ses visions... Palance, il aurait jamais été inquiété.

Il évoqua Donalda Brown, la cinglée venue de Londres à la suite d'une prémonition, pour alerter (trop tard !) la future victime.

– Dans ses soi-disant rêvasseries, elle aurait vu Palance occire le juge avec son crochet de bras. N'en avait qu'un. De bras, j'veux dire. Horton venait des fois à la forge pour que je lui raffûte sa mécanique. Cette femme et lui, ils ne s'étaient jamais vus, mais elle l'a de suite reconnu, qu'elle a dit. À cause de ses rêves, quoi...

Pitchum, très intéressé, se fit adroitement donner un supplément de détails. C'était là une part ésotérique de l'affaire que les pages du procès Palance passaient sous silence. Pitchum ne s'en étonnait pas. Une originale qui se prétend médium, une prophétie qui s'accomplit, un tueur avec un bras unique... Le judiciaire omet souvent ce qu'il ne comprend pas, il le raille même volontiers. L'occulte Service des dossiers insolites et des intrigues non conventionnelles en savait quelque chose.

Il remercia Harry et quitta la forge, tout fringant avec sa boucle revigorée et un rivet de sûreté neuf.

Il chercha la mercerie, saluant civilement au passage les villageois qui lorgnaient avec curiosité cet échantillon de Scotland Yard grimpé de Londres, dont la jeunesse et la plaisante tignasse en explosion de dynamite se conformaient assez modérément à l'image qu'ils s'en faisaient.

La mercerie n'était pas loin, il freina le pas. Dans la vitrine, une jeune fille était agenouillée. Elle agençait une décoration en guipures et rubans de satin. Il la vit tourner le visage dans sa direction, et si Pitchum fut d'abord touché par la délicatesse de sa beauté, ce fut l'infinie détresse de ses yeux qui le bouleversa. Elle avait ce regard d'aveugle qu'ont ceux dont le chagrin et la mélancolie sont des compagnons assidus. Elle nota soudain sa présence à travers la vitre. Bien que ce fût un regard machinal, glissé au simple passant qu'il était, Pitchum, bien sûr, rougit, comme pris en faute. Il avait eu le dessein d'entrer dans la boutique, il y renonça pour le coup. Plus tard…

Il s'éloigna, dépassa le bonhomme de neige, solitaire et inachevé au milieu de son pré. Cheminant, Pitchum se demanda, une fois de plus, de qui diable il tenait cette facilité à rougir. Quel pitoyable ancêtre lui avait légué ce talent désolant ?

C'était comme si ses joues vivaient une vie bien à elles, sans se préoccuper de leur propriétaire. Toute son enfance, sa mère l'avait appelé son « bébé rose », parfois sa « fée Électricité ». Même encore, alors qu'il avait maintenant dix-sept ans, cinq mois, et une foule d'austères diplômes, de telles expressions échappaient toujours à Mrs Daybright en public. Chose qui faisait virer son fils… écarlate.

Une voix le fit sursauter.

– Je suis gaie, ni sotte ni vilaine, mes dents sont en bon état. N'est-ce pas de la chance ?

Il ne se retourna pas. Il savait trop bien qui parlait. Il redoutait, en outre, une trahison de ses satanées joues.

– Vous possédez aussi une langue bien pendue, Miss Flannery, rétorqua-t-il, allongeant le pas.

– Et un joli chapeau. Regardez. Hé, regardez donc !

Il regarda. Et pria pour que ses yeux lui obéissent : il les voulait mornes, torves, sinistres, en un mot. Mais il ne fut, hélas, pas certain du résultat, car Flannery Cheviot était absolument adorable, même si ledit chapeau était parfaitement idiot.

Elle accéléra, afin de le rejoindre et se maintenir à sa hauteur.

– Pitch ! Devinez quoi ? Je suis convaincue de pouvoir vous aider dans cette enquête.

– Le superintendant Tanybwlch saura évaluer le sérieux de vos bavardages. Et mon prénom est Pitchum.

– C'est que je ne peux pas exposer mes hypothèses à n'importe qui. À vous, je pourrais les raconter.

Il opéra une volte-face sévère.

– Le superintendant Linwood Tanybwlch n'est pas n'importe qui. En outre, je suis son adjoint. En tant qu'adjoint, je devrai lui rendre compte de tout ce que vous me direz, Miss Flannery.

Elle sourit. Ses dents étaient non seulement en bon état mais jolies comme des perles et d'une blancheur de pomme.

– Vous êtes loyal, voilà qui me plaît. Loyal et honnête. On l'aurait deviné... vous avez de si beaux cheveux !

– Qu'est-ce que ma loyauté a à voir avec mes ch... ?

– Rien du tout, nigaud ! fit-elle dans un éclat de rire.

Elle montra les deux ou trois livres qu'elle serrait sous le bras.

– J'ai appris à lire, vous savez. Je pense que toutes les femmes, je dis bien toutes, doivent apprendre à lire, et s'instruire. Nous avons chacune notre place dans ce royaume. Au reste, notre reine n'est-elle pas une femme ? Papa prétend que si je n'y prends garde je pourrais bien me retrouver premier ministre. La chose n'est pas du tout impossible, notez bien. Seulement, je n'en ai pas envie. Ce n'est pas là mon but. Je veux être chirurgien.

– Prévenez-moi, s'il vous plaît, lorsque votre conversation deviendra intéressante.

Ils remontaient au pas de charge la grand-rue en direction du pont où la route partait vers Harborough Hall. Pitchum entendait la jeune fille qui s'essoufflait à vouloir tenir la cadence. Il en éprouvait remords léger… et satisfaction infinie.

– Mais *elle l'est* ! Mon goût pour la médecine et la science m'a justement fait remarquer un détail à propos de la mort de Vienna Apley… Un principe organique qui peut orienter l'enquête.

Les mains nouées dans le dos, Pitchum doubla l'allure. Elle l'imita, haletante, sans trop perdre de distance.

– Je suis sérieuse !

– Avec ce chapeau ? ricana-t-il.

Il reçut un petit choc mou sur la nuque. Il se tourna. Elle lui avait jeté le chapeau. Qui gisait, plume tortillée, sur le pavé verglacé. Après hésitation, il se baissa pour le ramasser, le secoua. La plume resta tordue. Il le lui tendit.

– Bon, soupira-t-il. Je vous écoute.

– Trouvons un endroit où nous serons seuls.

Il fronça les sourcils. À vrai dire, surtout pour créer une diversion… Car la candide proposition déclenchait le retour de cette satanée rougeur. Il proféra un gloussement (inepte, il dut l'admettre) censé affermir le dérivatif.

– Dans l'auge aux cochons ? Je n'y vois personne. Dans le puits non plus.

– Pitch ! Vous me prenez pour une imbécile ?

– Encore une fois, ne m'obligez pas à répondre. Et mon nom est Pitchum.

Elle le rattrapa. Sa main saisit la manche du jeune homme, le força à s'arrêter et à la regarder droit dans les yeux.

– Je sais ce que vous pensez.

– J'espère que non !

Il se dégagea et repartit.

– Vous pensez que les femmes sont incapables de raisonner, de réfléchir, de se montrer logiques, et qu'elles…

– Vous m'agacez. Êtes-vous capable d'autre chose ? Je vous rappelle que j'enquête sur un meurtre, je n'ai pas de temps à perdre.

Elle cessa de le suivre. Il en ressentit un bref et bizarre regret, mais ne ralentit pas.

– Pitch… Vous êtes une brute.

Elle le dit très doucement. En dépit de la distance, la phrase fut claire et audible.

– Quelle flatteuse vous faites ! cria-t-il à la campagne gelée.

– Copieur, en plus.

Elle haussa la voix :

– Demandez-vous pourquoi la blessure de Vienna Apley a si peu saigné alors que le sang de son frère, tué de manière analogue, avait éclaboussé jusqu'aux vitres de son bureau.

Il stoppa net. Sur le gel, ses talons crissèrent tels les fers neufs d'un cheval. Elle n'avait pas tort, l'évaporée à chapeau ! Le docteur March lui-même s'en était étonné. Pourquoi fichtre la plaie de Vienna… ? Lentement, il fit demi-tour. Lentement, revint sur ses pas.

– C'est vrai. Pourquoi ? dit-il après un silence qu'ils passèrent à se dévisager et pendant lequel les joues de Pitchum oublièrent de se colorer tant la question était pertinente et bigrement taraudante.

Il eut un soupir à la grimace.

– Au fond, je sais pourquoi, grogna-t-il. Parce que vous, vous et vos grandes oreilles baladeuses, avez entendu la remarque de Gedeon March tout à l'heure, à l'auberge.

– C'est vrai, reconnut-elle sans embarras ni excuses. Le résultat est que je viens de concevoir une théorie…

– … qui rajoute des plumes aux chapeaux ?

– … qui mérite qu'on y réfléchisse. Vous devriez l'écouter. J'aime vos cheveux à l'excès, Pitch, cela vous dérange-t-il ?

Il ouvrit la bouche pour lui redire une bonne fois qu'il n'était pas Pitch mais Pitchum. Il la referma en hâte pour effectuer un sec demi-tour. Seigneur, qu'elle n'aperçoive pas tout ce cramoisi mortifiant qu'il sentait lui enflammer figure et cerveau !

– Tant pis pour vous ! cria-t-elle. Je ferai mes propres investigations.

Il s'éloigna sans plus écouter, ressassant cette histoire de maigre flux sanguin observé par le docteur.

Qu'il lui faudrait étudier de près cette bizarrerie.

Que la prétendue théorie de la chipie était peut-être – allez savoir – astucieuse…

Et qu'il ne détestait pas, en définitive, ce sobriquet de Pitch.

15

Ses livres sous le bras, Flannery aborda la Thamy, petite rivière qui baignait le district et dont le flot ankylosé par l'hiver charriait avec apathie des glaçons aussi gros que des melons. Depuis la sortie du bourg, Flannery n'avait croisé personne.

Plus loin, au creux d'une butte – dite la Butte –, se nichait le cottage du docteur March et de son épouse Kathleen, un des plus charmants de Morgan's Moor. La belle saison le camouflait sous les roses, glycines, capucines et clématites. En cet instant, avec le toit de neige, sa mignonne barrière bleue, il était un ornement comestible sur une pâtisserie de Noël. Kathleen March avait joliment de la chance d'habiter pareil logis.

Flannery ne l'enviait pourtant pas. Elle savait que son avenir serait différent. Elle vivrait un jour à Londres, à Paris ou aux *West Indies*. Elle aimait apprendre, connaître, observer, découvrir… Sa fortune à elle était de généreux parents qui encourageaient ses aspirations.

Une note de couleur guida son regard sous l'arche du petit pont où elle venait de s'arrêter. Si elle ne s'était inclinée pour contempler l'eau, elle n'aurait rien vu. Sur le blanc ambiant, le rouge tranchait comme une blessure. Peut-être un oiseau accidenté…

Elle posa les livres sur le parapet, contourna l'extrémité en pierre, et amorça une descente prudente du talus enneigé. Ses bottines y gravaient des trous, comme des doigts dans un sorbet.

Elle parvint à l'endroit et vit, soulagée, qu'il ne s'agissait pas d'un animal, mais d'un gant. Un gant de femme en chevreau, élégant bien que détrempé par cette escale dans la neige. Elle le secoua, le mit dans sa pochette fourre-tout, avant de regagner le pont où elle récupéra ses livres.

Elle reprit la direction du cottage March, tira la barrière, secoua la cloche. L'infirmière vint ouvrir et l'accueillit avec un large sourire.

– Entre te chauffer, ma chérie. On t'attend là-haut en trépignant. Du moins, autant qu'on puisse trépigner lorsqu'on voiture un bébé à naître dans huit semaines !

Le docteur March aimait à dire de Miss Godden qu'elle accomplissait tout ce que lui-même n'avait ni le temps ni le goût d'accomplir. Par exemple, sortir par une nuit de déluge calmer les accès d'hypocondrie de lady Babbage (dont les douleurs cessaient, par magie, sitôt qu'on ouvrait sa porte). Ou changer les bandages fétides du vieux Mr Quincannon qui souffrait de goutte. Ou bien lutter contre l'assoupissement lorsqu'on veillait un fiévreux après une journée de soins et de visites débutée à l'aube. Toutes activités que Miss Godden, nurse diplômée, savait bien sûr exécuter, mais le geste serein, la paume fraîche, la voix conciliante, l'humeur égale.

– Tu as manqué de dix minutes notre vénéré docteur. Le pauvre court partout, dit-elle en débarrassant Flannery de sa pelisse. Il t'est tellement reconnaissant de si gentiment égayer son épouse par tes lectures.

– Il a eu l'amabilité de me le dire, je l'ai vu à l'auberge tout à l'heure. Mrs Kathleen se sent mieux que dimanche, j'espère ?

– Elle se porte à merveille, tu y es probablement pour quelque chose. Qu'est-ce que c'est que ce nouveau bibi ? Il aurait besoin d'un remontant.

– Il a dégringolé dans la neige. La plume est amusante… quand elle ne plonge pas du nez.

Flannery ne raconta pas comment elle avait catapulté plume et couvre-chef à la tête d'un garçon un quart d'heure plus tôt. Un garçon indubitablement joli, qui arrivait de Scotland Yard avec des mèches en buisson ardent, des gaucheries à se tenir les côtes, et un prénom qui éternuait.

– Je vous monterai le thé tout à l'heure, promit Miss Godden.

Quelle différence avec Mrs Marmaduke, la précédente infirmière ! Tout Morgan's Moor avait eu un jour affaire à Mrs Marmaduke qui sévissait déjà du temps du Dr March père. Jeunes et anciens conservaient le souvenir de ses potions hargneuses, de son huile de poisson acerbe.

Elle avait, par bonheur, pris sa retraite. Quand l'affable Idonee Godden avait débarqué pour prendre la relève, le village avait caracolé d'euphorie.

Flannery tira de sa poche le gant de chevreau rouge.

– Je viens de trouver ceci, près de la rivière. Avez-vous une idée de la main qui va avec ?

Miss Godden considéra longuement l'objet, sans le prendre.

– En tout cas, il n'appartient pas à Mrs March, dit-elle. Que j'imagine d'ailleurs mal vagabondant et foulant la neige de la rivière dans son état. Peut-être à une patiente venue consulter le Dr March ? Ou à n'importe qui d'autre.

Elle s'en retourna travailler dans le cabinet de consultations situé au rez-de-chaussée, et laissa Flannery monter. Sur le palier, la jeune fille croisa Sharulatha, la femme de chambre cinghalaise de Kathleen, qui portait une pile de draps.

– Mrs Kathleen n'est pas trop fatiguée ?

– Elle vous attend, Miss Flannery. Elle vous attend beaucoup.

Sharulatha parlait l'anglais avec des sonorités d'oiseau. Elle-même avait des allures d'oiseau, délicate et fredonnante, des ailes aux pieds, les yeux comme des petits points. Elle voltigea jusqu'au bas de l'escalier, malgré sa charge de linge.

– Je commençais à me languir ! soupira Kathleen March sitôt que Flannery apparut.

– Il y avait du monde à l'auberge. Mais me voilà.

Flannery attisa le feu, arrangea les oreillers autour de la jeune femme, lui renoua sa liseuse en molleton. L'édredon sur son ventre formait une petite colline bleue au centre du lit.

– Ce sera une fille, certifia Flannery, comme à chacune de ses visites. Je propose, aujourd'hui, que nous la mettions en relation avec Miss Jane Austen.

– Il me faut au moins Jane Austen pour endurer cette barrique qui se cramponne à moi. J'ai la sensation que je vais mettre au monde un baleineau.

Flannery s'installa dans le fauteuil près du lit et, après une pause digne d'une tragédienne du West End, débuta la lecture de *Northanger Abbey*.

Elle aimait lire à voix haute, et sa sœur Briony avait longtemps été sa proie consentante. La lecture pacifiait son bouillonnement naturel. Sa voix, domptée par le texte, lui devenait alors agréable, et Flannery avait compris assez vite qu'elle l'était également aux autres.

Mais trente minutes plus tard (alors qu'après avoir passé une heure à la *Pump Room* de Bath, à regarder tout le monde et à ne parler à personne, Catherine Morland est présentée à un certain Mr Tilney, jeune homme très près d'être beau), Flannery interrompit sa lecture.

Sa joue délicate inclinée sur le poing, jouant avec une de ses boucles, Kathleen March contemplait la fenêtre, fort loin de Jane Austen et de son héroïne, Miss Morland.

– Alors Catherine empoigna Mr Tilney par la cravate, enchaîna Flannery sans changer de ton. Et lui expédia un coup de crâne bien ajusté en plein milieu du nez.

Elle se tut. Au silence, Kathleen finit par réagir.

– Tu ne lis plus ?

– Ah, tout de même. Je vois bien que votre attention est ailleurs. C'est le bébé qui vous préoccupe ?

– Non, ma petite Flannery, pas du tout. Lui, il me réconforte. Je me mets à adorer les baleineaux.

Avec un soupir, elle se tourna de nouveau vers la fenêtre.

– C'est… c'est cette pauvre Vienna. Gedeon veut me ménager et refuse de m'en parler, mais je ne cesse d'y penser. Quel malheur, Seigneur, quelle mort effrayante, n'est-ce pas ?… Que dit-on au village ? Je suis si isolée, ici.

En guise de marque-page, Flannery cala sa pochette fourre-tout à l'endroit où Catherine Morland se hâte vers la *Pump Room* de Bath, avec son meilleur sourire et la certitude d'y revoir Mr Tilney… Flannery prit place sur le lit, près de son amie qu'elle embrassa affectueusement.

– Le village ne parle que de ça, bien entendu. Cela remet en mémoire tous ces mauvais souvenirs d'il y a trois ans. Deux détectives de Scotland Yard sont arrivés de Londres. Ils appartiennent à une unité d'élite, spécialisée dans les mystères impossibles à résoudre. Car les circonstances de la mort de Vienna Apley sont, de leur avis, tout à fait extraordinaires. Il semble que l'assassin soit passé à travers les murs de la pièce close en emportant son arme. L'un d'eux est une sorte de futur Sherlock Holmes ! Il est à peine plus âgé que moi, mais seconde déjà brillamment le superintendant, il se nomme…

Flannery fut arrêtée par les yeux ébahis de Kathleen March. Elle toussota.

– Eh bien ! Comme tu t'emportes, ma chère Flannery. Tu m'étourdis presque. Deux détectives de Scotland Yard, dis-tu… Ils vont interroger Gedeon. Mon pauvre mari était sur les lieux, comme tu sais, au moment où…

– Ils se sont déjà entretenus ! À l'auberge. Je les ai vus, et aussi, hum, un peu, hum, entendus…

– Vraiment ! Qu'ont-ils dit ?

Flannery lui rapporta les bribes que ses oreilles zélées avaient réussi à intercepter.

– Ensuite papa m'a appelée, il m'a bien fallu m'éloigner pour accueillir les clients, soupira-t-elle, s'en retournant au fauteuil où la chère Catherine Morland espérait toujours revoir son jeune homme très près d'être beau.

Sans compter, songea Flannery, qu'elle avait dû la jouer finaude, avec le futur Sherlock Holmes qui la surveillait depuis sa table. Elle reprit le livre, faisant chuter la pochette fourre-tout-marque-page qui se répandit sur les coussins du fauteuil.

– Au fait, dit-elle. J'ai trouvé ce gant de dame tout à l'heure, quand je traversais le pont. Il était dessous. La couleur sur la neige faisait penser à un animal blessé. Selon Miss Godden, il serait possiblement à une patiente du docteur. Je le laisse ici, au cas où on viendrait à le réclamer.

Elle le montra à Kathleen. Celle-ci, toute à ses réflexions, y jeta un œil distrait. Pour instantanément revenir s'y fixer.

– Montre-moi !

Elle s'empara du gant, le palpa en tous sens. Elle leva la tête, en proie à une forte émotion.

– Il appartient à Vienna Apley ! chuchota-t-elle. Je le reconnais. Elle le portait quand elle est venue me rendre visite quelques jours avant que… qu'elle soit… Je me rappelle bien, elle a posé la paire sur le chevet, a même failli les oublier en repartant. Mon Dieu… Flannery ! N'est-ce pas là un signe ? Un signe qu'elle envoie ?

Elle se renversa dans les oreillers, oppressée, le gant serré contre son buste.

– Ne dirait-on pas… Ne dirait-on pas que, de là où elle est, Vienna est en train de crier *Ne m'oubliez pas…* ?

16

Aussitôt que Muir Darcey Apley parut, afin d'accueillir les deux détectives qui patientaient au salon, Pitchum fut saisi par l'expression de ses yeux.

C'était un grand jeune homme séduisant, avec des boucles sombres qu'on tentait d'assagir par le peigne, mais, sur son visage, Pitchum discerna une étrange similitude avec la mélancolie perçue, tantôt, à travers la vitrine, sur celui de Catriona Palance. Une même tristesse, une même affliction rongeait les deux amants.

– Je suis désolé, dit-il d'une voix lasse, de n'avoir pu vous recevoir plus tôt. Vous me voyez dans la plus complète… confusion.

– On le serait à moins dans pareille épreuve, déclara le superintendant avec bienveillance. Ce ne sera pas long, je vous le promets.

Il laissa son assistant ouvrir l'interrogatoire, tandis que Voltaire venait servir le thé.

– Mr Apley, amorça Pitchum, crayon en main, cahier vert sur les genoux. Étiez-vous présent chez vous la nuit du drame ?

– Non.

– Où vous trouviez-vous ?

– Je me promenais. À cheval.

– Toute la nuit ?

– Plus d'une heure. Peut-être deux, je ne sais plus. Le temps était sec, la lune éclairait la neige. On y voyait distinctement.

– Le froid était intense. Cela ne vous a pas... hum... refroidi ?

Il eut la satisfaction de voir un mince sourire détendre les traits de son interlocuteur.

– J'éprouvais le besoin de sortir. J'étais bien couvert, le cheval protégé.

– Vous souvenez-vous du parcours ?

Muir Apley haussa une épaule indolente.

– Pas précisément. J'ai suivi mon cheval, pour ainsi dire.

– Vous a-t-on aperçu ?

– Je ne crois pas.

– Un passant ? Une rencontre, même succincte ?

– Non.

– Cherchez à vous rappeler. Ce peut être important.

Le jeune homme prit un temps.

– Je... je n'en ai pas le souvenir. Navré.

– À quelle heure avez-vous quitté Harborough Hall ?

– Un peu après 11 heures. Au quart, peut-être. Le temps de préparer Belle of June.

Pitchum Daybright noircit son cahier quelques secondes, fit une courte pause.

– Il semble, Mr Apley, que vous ayez annoncé que des amis vous attendaient pour un bridge, dit-il, avec une douceur qui atténua cette contre-attaque.

Muir Apley n'hésita qu'une fraction de seconde.

– En fait… je ne suis pas allé à Ambroseburg.

– Y avait-il un motif à modifier vos projets ?

– En route, j'ai changé d'avis.

– Qu'est-ce qui vous a fait en changer ? intervint le superintendant, qui s'était fait oublier jusque-là.

– Je… je ne saurais dire. Je n'avais plus envie, rien de plus.

– Voilà un réel désagrément pour vous, Mr Apley. Vous avez conscience, je suppose, que votre emploi du temps empli de « peut-être » est invérifiable. Que cette absence d'alibi pourrait vous être fâcheuse.

Muir Darcey Apley ouvrit un plat coffret en bois, sur la table, y piocha une cigarette qu'il alluma en s'y reprenant à plusieurs fois. Après une bouffée, il toisa ses deux visiteurs, l'un après l'autre, d'un regard net.

– C'est pourtant ainsi. Je n'ai tué personne. Mon affection pour tante Vienna…

– Elle et votre père, coupa le superintendant, s'opposaient pourtant à celle que vous portiez à Catriona Palance…

Le jeune homme battit des paupières. Pitchum baissa les siennes. Dans les interrogatoires, c'était le genre de séquence qui le mettait au supplice. Lorsque son chef poussait dans ses retranchements un témoin ou un suspect. Son petit cœur ne s'y habituait pas.

Muir Darcey Apley écrasa la cigarette dont il avait extrait une bouffée et demie.

– Votre père n'étant plus, votre tante à son tour disparue, et unique héritier d'une fortune et d'un domaine remarquables, vous voilà dorénavant libéré, souligna le superintendant, sans pitié.

Le jeune homme porta la main à sa figure.

– C'est... odieux! Comment pouvez-vous être aussi odieux! Jamais je n'ai songé... Jamais je n'aurais pu... J'aime Catriona, oui! Mon père et ma tante Vienna convoitaient une alliance plus conforme à notre rang. Papa pensait que je finirais par me rallier, par obéir. Mais depuis toujours nous nous aimons, Catriona et moi. Qui peut combattre cela?

Un silence vibrant les enveloppa.

– J'ai longtemps chéri le projet de partir, d'emmener Catriona loin d'ici pour l'épouser. J'attendais, fou d'impatience, je la harcelais de lettres, de billets. Nous avions dix-sept ans. Deux innocents noyés dans une tourmente de douleurs... Catriona répugnait à abandonner sa mère et son jeune frère. Et puis est arrivé ce jour... ce jour maudit où Horton Palance a tué mon père!

De nouveau, il enfouit son visage dans les mains.

– Tante Vienna s'est retrouvée avec la charge de tout. Je n'ai pas voulu ajouter à notre chagrin. Je lui ai cédé par loyauté filiale, j'ai quitté Morgan's Moor selon son désir. Mais, malgré ces trois longues années consumées loin d'ici, j'ai toujours su... toujours aimé...

Il posa sur eux le silence poignant d'un regard à l'humble lumière.

Pitchum farfouilla dans ses poches, en quête d'un quelque chose qui pouvait être un mouchoir, n'en extirpa qu'un bouton de bretelle. Il s'essuya discrètement une narine sur le dos de son poignet.

– Ce sera tout, Mr Apley, dit le superintendant, adouci. Nous serons, je pense, amenés à vous revoir.

Muir Darcey Apley hocha la tête sans répondre, et les reconduisit à la porte après les politesses d'usage.

– Sir, cet homme, à coup sûr, n'est pas notre coupable ! s'exclama Pitchum lorsqu'ils s'engagèrent sur la route, loin de la grille.

La nuit tombait.

– Jeune Daybright, indécrottablement sentimental ! Je dirais même, douceâtre et mièvre ! Vous vous trouveriez mieux à la rédaction d'une de ces revues publiées à l'intention des dames. Ou à jouer des aubades à la mandoline sous le balcon d'une Andalouse à mantille.

– Sir, la mandoline se trouverait plutôt sous le balcon d'une Napolitaine.

– Bah. Cela n'empêche que notre jeune Muir Darcey Apley vient de joliment nous mener en bateau.

– Qu'est-ce qui vous fait affirmer cela ?

– Une chevauchée de deux heures sans but, sans témoin, par une nuit où l'on n'aurait pas mis un chat dehors ? Allons !

– L'amour infortuné peut conduire à plus aventureux, sir.

– J'admets que les égarements de Mrs Tanybwlch, ma chère épouse, m'ont conduit à déambuler une nuit d'avril pour satisfaire sa foudroyante envie de myrtilles, alors qu'elle attendait notre Judith. Mais si j'avais eu, ce soir-là, un bridge prévu avec une chambrée de vieux camarades, mon choix eût été vite fait !

Son œil espiègle s'attarda sur le jeune assistant. Lequel, mains dans le dos, marchait penché, fronçant les sourcils.

– S'il est coupable, n'aurait-il pas échafaudé un programme plus contrôlable ? Qu'a-t-il pu faire d'autre, la nuit de la mort de sa tante ?

– La tuer.

– Sir ! fit Pitchum, choqué.

– Rappelez-vous les indications de Voltaire. À l'aube, il a entendu notre jeune homme rôder vers les écuries.

– Il rentrait de sa promenade nocturne.

– En ce cas, elle a duré davantage que les deux heures prétendues. Vérifiez vos notes, jeune Daybright. Il assure être sorti peu après 11 heures. Donc, à l'aube, notre citoyen soit rentrait, soit repartait.

– Question Un : s'il était de retour, qu'a-t-il fait *avant* ? marmotta Pitchum, toujours penché. Question Deux : s'il repartait, qu'a-t-il fait *après* ?

– Je sais, quant à moi, ce que nous allons faire tout de suite. Retrouver l'excellent bouillon de l'obligeante Mrs Cheviot. Peut-être nous sera-t-il servi par leur fille, cette piquante espionne… ?

– Au fait, les avez-vous trouvées ?

– … ?

– Les myrtilles de Mrs Tanybwlch.

– Ma foi oui, affirma le superintendant avec un brin de superbe.

– En hémisphère Nord, en plein avril ?

– En pot. Sous forme de confiture.

Ils accédaient aux premiers réverbères du bourg quand un petit ouragan à bonnet, gants et cache-nez rouges leur fonça dessus.

– Vous n'auriez pas vu Better-Go ? s'exclama Briony. Je le cherche !

– Better-Go ?

– Mon chat. Enfin, il est à Flannery aussi, mais c'est sur mes pieds qu'il préfère dormir. Better-Go ! Better-Go ! clama-t-elle à tue-tête.

– Nous n'avons rien vu sur la route, certifia Pitchum.

– Je doute qu'un chat soit assez bête pour poser une patte sur ce verglas, objecta le superintendant. Tu le trouveras au chaud, dans un tonneau. Ou niché entre les volailles du poulailler.

La petite le foudroya d'un œil de reproche, et détala hors du halo du réverbère, avant de s'engloutir dans la nuit.

La griffe est prête.

Des yeux luisent dans la nuit.

Dans l'obscurité, il y a les yeux, les gants, et il y a la griffe.

Les yeux sont froids et résolus.

Les gants sont rouges.

Ils glissent avec agilité et détermination sur la neige de la forêt. Ils attendent. À l'intérieur des gants, les doigts se crispent.

Soudain, là-bas, derrière les arbres, un bruit de pas fait craquer le gel et les brindilles tombées des arbres secs.

La griffe attend.

17

Kathleen March, oppressée depuis le départ de Flannery, fit signe à sa femme de chambre qui entrait avec le plateau du dîner de venir s'asseoir près d'elle. À son habitude, la jeune Cinghalaise dédaigna la chaise et préféra le repose-pieds.

– Vois, Sharulatha. Ce gant ! Il appartient à une personne qui est partie. Elle flotte au Pays des brouillards frémissants. Touche-le. Serre-le entre tes mains…

Toute son enfance, à Ceylan, Kathleen avait trottiné dans les jupes d'une vieille nurse à la longue tresse blanche, aux pieds nus, objet de son absolue adoration. Adoration mêlée de peur et de fascination car Lalitha – c'était son nom –, qui possédait non seulement six orteils à droite (un minuscule orteil rose, presque sans ongle, se superposait au cinquième), savait également faire parler les miroirs grâce à la buée qu'on y soufflait, rendre la vie à une fleur fanée, guérir une écorchure avec un galet d'un jaune de mangue… et dialoguer avec les morts. Il suffisait, pour cela, de lui soumettre un objet qui avait appartenu à la personne défunte.

Avec le temps, Kathleen avait admis que Lalitha était un tantinet charlatan et une comédienne prodige. Cependant, rêveuse comme elle était, et plutôt ingénue, subsistaient en elle le mythe des impossibles possibles, et les doutes de l'incertitude…

– Peut-être que ce gant te dira quelque chose… ? insista-t-elle.

– Oui, madame.

Sharulatha était la petite-fille de Lalitha.

Kathleen avait quitté Ceylan à l'âge de dix ans et demi. Sa vieille nurse, en pleurs, l'avait confiée au galet jaune de mangue, et à Sharulatha, assurant qu'ainsi sa Kathleen serait deux fois protégée. Au cours d'une cérémonie d'incantations où elles avaient brûlé des racines et des huiles, Lalitha avait délégué quelques-uns de ses pouvoirs à sa petite-fille.

Entre les phalanges de danseuse de Sharulatha, le gant rouge de Vienna Apley fut déroulé, jaugé, palpé, flairé…

– Sens-tu quelque chose ? s'enquit Kathleen, qui redoutait que son mari ne fît irruption dans la chambre.

Le docteur March désapprouvait ce qu'il appelait les fadaises et puérilités de sa femme. Il ignorait (n'imaginait pas !) que, chaque soir, durant cinq minutes, elle apposait sur son ventre enceint un galet couleur jaune de mangue. Un rituel sans but précis. Kathleen se disait que, de toute façon, c'était là une marotte innocente qui ne pouvait pas faire de mal au bébé.

– Monsieur n'est pas encore arrivé ?

– Monsieur pas là.

Tâtant la matière souple du gant, Sharulatha hocha la tête.

– Je sens… pas beaucoup.

– Patience. Continue.

Kathleen sortit les jambes du lit. Elle en avait assez de rester couchée. Elle en avait assez de la position debout, avec le baleineau qui lui pressurait les reins. En somme, elle avait assez d'être enceinte et inconfortable. Sharulatha lâcha le gant pour lui boutonner sa robe de chambre.

– Il fait froid. Monsieur dispute si Madame debout.

– Tant pis. Oh, misère, tu as lâché le gant, tout est à recommencer. Garde-le bien entre les doigts, concentre-toi. Concentre-toi, comme Lalitha faisait.

La jeune domestique obéit avec un sourire qui pouvait être une manière de soupir.

– Votre potage froid, se borna-t-elle à faire remarquer.

Cambrée, un poing sur la hanche, une paume caressant le baleineau qui semblait goûter la promenade, Kathleen March s'avança vers la nuit de la fenêtre.

Sa chambre donnait à l'arrière du cottage où, après les champs, se dressait la Butte, petite falaise qui était un vestige de l'ancienne carrière de pierre, et dont la forêt avait peu à peu coiffé le sommet. Deux ou trois épicéas poussaient à l'horizontale, au milieu de sa paroi tranchée.

La nuit était totale, hormis le rayonnement lacté, vaguement inquiétant, de la neige qui couvrait tout. Le givre aux fenêtres gélifiait la vue depuis une semaine, y compris en plein jour.

Elle leva le nez vers le haut de l'embrasure. L'hiver ne reculait pas. Du toit, le froid formait de nouvelles stalactites – qui donnaient à Kathleen l'impression de loger dans une grotte préhistorique –, quant à celles apparues voilà dix jours, elles avaient épaissi. La pendulette sur la cheminée se réveilla soudain, et démarra la série de cliquetis et de crachotis qui précédaient immuablement son carillon. *Dling*… Kathleen se sentait bienheureuse dans son joli cottage bien chaud. *Dling*…

Dans la nuit, tout à coup, un sillage, ou une zébrure, traversa sa vision latérale… Elle colla son nez à la vitre – ou *essaya*, du moins, car Baleineau gardait en permanence un périmètre de sécurité autour de lui et empêchait tout rapprochement. Kathleen recula donc d'un pas, pour mieux se pencher sans se cogner. Les paumes autour des tempes, elle scruta la nuit, en direction de la butte blanche chapeautée de forêt.

Dling… Rien ne bougeait plus. Mais il s'était passé quelque chose.

Un chevreuil en fuite, sans doute ? Ou un renard qui avait dévalé la paroi… Une brume de neige flottait encore dans l'espace sous la falaise, à la façon d'un nuage de farine. La jeune femme resserra sa robe de chambre, à cause du froid qui rampait par les interstices. *Dling*…

À cet instant, derrière elle dans la chambre, un hurlement perçant fit bondir son cœur. Elle fit volte-face.

Paralysée d'épouvante, Sharulatha pointait le doigt à terre. À terre, où le gant rouge, soudain agité d'une vie propre, était en train de remuer tout seul !

Pendant une minute de pure terreur, Kathleen March, les yeux exorbités, chancelant au bord de la panique, fixa le gant qui roulait, se tordait, au son grêle des coups de carillon, *dling*… *dling*… et il sautillait, et bougeait comme si, à l'intérieur, la main de Lucifer lui-même l'animait.

18

– Better-Go ? Réponds ! souffla Briony à voix basse. Sale bête, tu veux me faire mourir de froid ?

Elle hissa en l'air la vieille lanterne sourde cueillie dans la cabane aux lapins, au fond du potager des parents. Le métal était lourd, la cire desséchée. Elle s'était échinée un bout de temps avant de réussir à allumer la mèche encrassée…

Le village était complètement désert, chacun bien calfeutré chez soi. Dans la nuit, la petite fille dépassa les fenêtres à losanges de l'auberge. Le silence glacé était si épais qu'on entendait le brouhaha de la grande salle même à travers la grosse porte fermée. Sa mère lui avait défendu de ressortir pour aller à la recherche de l'animal fugueur.

– Dehors par ce froid de loup ? s'était-elle récriée. Il y a par ici un tas de granges, ou de cahutes, où il peut se réfugier. Je ne veux pas t'y voir, Briony.

Briony avait fait mine d'obéir, d'oublier le chat et, sitôt après le souper, avait filé par l'arrière.

Jamais encore elle ne s'était retrouvée seule, au milieu du village, la nuit. Quand il faisait beau, les soirs d'été, tout le monde baguenaudait devant les maisons. Mais on était en hiver, et ce soir… ce soir…

– Il n'y a pas… un chat par ici ! prononça-t-elle pour elle-même, tout bas, juste pour le réconfort que ça donnait.

Elle entrevit, dans le pré, une forme qui lui parut avoir quatre pattes, au bas du bonhomme de neige, mais, se rapprochant, elle constata qu'il s'agissait de l'un des godillots que Daphne Hatchard avait disposés pour fabriquer les pieds. Daphne s'était même bagarrée avec Wilkie Mac Goohan qui, lui, trouvait plus rigolo de lui mettre une paire de sabots (au bonhomme, pas à Daphne). Laquelle Daphne avait fini par lui écraser le pied (à Wilkie, pas au bonhomme) en braillant.

Briony cala la lanterne sur la neige, réaligna les godillots. La neige, toute foulée et piétinée autour, faisait des plis de draps sales. Le bonhomme affichait une mine un peu penchée, son nez-carotte avait disparu. Sûr et certain que Wilkie Mac Goohan était revenu faucher la carotte et balancer quelques horions vengeurs, juste pour embêter Daphne !

Briony vérifia les alentours.

À l'autre bout du pré coulait la Thamy. Après, c'étaient les bois. La forêt qui s'enfonçait sur un mile avant de s'arrêter net à l'ancienne carrière qu'à Morgan's Moor on nommait la Butte.

Une pensée fit soudain frémir Briony. Et si Better-Go avait trop approché la rivière ? Il adorait courser les foulques et les canards. Et s'il était prisonnier de la glace… ?

Elle pressa le pas.

– Où es-tu, Better-Go ? se lamenta-t-elle. Réponds, idiot…

Sur cette partie peu empruntée du pré en friche, la neige

avait l'épaisseur d'un pudding géant. Les bottes de Briony y disparaissaient presque entièrement.

J'ai l'air de marcher avec deux moitiés de jambes ! pensa-t-elle sous sa lanterne levée, et cela la fit rire, et rire la ragaillardit.

– Better-Go… ! chuchota-t-elle

Elle atteignit la rivière, qui était à cet endroit très rétrécie, blanche, son eau toute dure faisait une croûte. Better-Go ne pouvait pas avoir crevé cette croûte, se raisonna Briony. Il était si léger. Ce fut sa conclusion soulagée.

Elle considéra la rive opposée. Là commençait la forêt.

Briony la connaissait par cœur, cette forêt. Avec Daphne et Ilona Freed, et les filles du vicaire Harrylime, elles jouaient à « Mouche, t'es morte ! ». On désignait, pouf, pouf, celle qui ferait la mouche. Ensuite, tout le monde lui courait après en hurlant. Il fallait lui toucher le dessus d'une main, c'était le signe qu'on lui avait arraché une aile. Et quand on réussissait à toucher l'autre main, ça faisait qu'elle n'avait plus d'ailes du tout, alors on criait « Mouche, t'es morte ! ».

Mais tout cela se déroulait en plein jour. Au printemps. En été. Jamais l'hiver. En tout cas jamais la nuit. La nuit, c'était une autre forêt, inconnue, comme si personne n'y était jamais entré.

Briony changea sa lanterne de main, et franchit, à pas précautionneux, la surface solidifiée de la petite Thamy. Sans qu'elle le sache, un jeune renard était en train de l'observer avec intérêt. Lorsque, enfin, elle sentit sa présence, il fila dans les fourrés, ne révélant qu'un laconique éclair doré, à la flamme de la lampe sourde.

– Better-Go…

Inconsciemment, elle avait encore baissé le ton. Les grands arbres autour, la plupart des sapins, hissaient une muraille noire. La petite fille se mit à fredonner *Polly puts the kettle on*, bouche fermée.

Dans la forêt, on trouvait aussi les débris d'une cabane construite par la classe de Miss Quincannon, l'institutrice dont le vieux frère trimballait constamment un bandage puant au pied, à cause de sa goutte. Briony imaginait une énorme goutte d'un liquide inépuisable et mystérieux, qui sortait du corps d'Eugene Quincannon comme d'une pompe.

– Better-G…

Elle sursauta. Un hibou venait de la frôler de ses immenses ailes brunes avant de disparaître dans un tronc troué, où l'on ne vit plus que le reflet de ses yeux en cercles de lunettes. Plus bas, dans les racines, une famille de mulots sonna aussitôt le branle-bas et détala loin de l'ennemi.

Briony arriva au bord d'une clairière qu'elle connaissait fort bien, car elle y pique-niquait avec sa sœur quand le temps était chaud.

Pour l'heure, l'endroit était baigné de lune, la neige propre y était presque bleue. C'était justement là qu'on trouvait les restes de la fameuse cabane de Miss Quincannon. Le chat s'y était-il abrité ?

– Better-Go, je rentre à la maison, souffla-t-elle.

Elle tendit l'oreille. N'avait-elle pas entendu un bruit ? La neige, ou une branche, venait de craquer. Le renard, encore lui ? Ou une biche ? Briony se tint immobile, le cœur à l'arrêt.

Le bruit recommençait.

Pas de doute, c'étaient des pas. Les pas d'un humain. Quelqu'un marchait à sa droite, derrière, sur les aiguilles de sapin gelées. Soulagée de ne plus être seule, et connaissant tous les habitants de son village, elle écarta une branche, prit une inspiration et ouvrit la bouche pour se signaler... Elle la referma illico. Sans réfléchir, elle rabattit en hâte le volet de la lampe qu'elle posa par terre, à l'abri d'une pierre, de façon à ne pas être vue.

Briony venait de réaliser que le marcheur avait cessé de marcher parce qu'il l'avait entendue. Que donc il se cachait. Et s'il se cachait, c'est qu'il n'avait pas envie d'être découvert.

Figée, la petite fille fouilla la nuit, les yeux large ouverts. En face, à l'autre extrémité de la clairière enneigée, distante de cinquante mètres, une ombre se déplaçait !

Silencieuse, enveloppée d'une longue pèlerine flottante, la silhouette glissait à grands pas, à peine perceptible, le long de la ligne d'arbres en arrière-plan. Sans la neige, la silhouette eût été totalement invisible.

Mais, réfléchit tout à coup Briony, ce n'était pas de la clairière qu'étaient venus les bruits de pas, tout à l'heure... Elle les avait entendus sous les arbres, à sa droite. C'était donc...

C'est donc qu'il y avait, ici, deux personnes. Trois en tout, avec elle.

Qui cela pouvait-il être ? Pourvu, songea la petite avec inquiétude, que Better-Go ne fasse pas sa réapparition maintenant ! Elle se félicita d'avoir masqué à temps la lampe sourde avec son volet. Elle attendit, engloutie dans sa pelisse et l'obscurité des grands fûts.

Les deux personnes parcouraient-elles la forêt ensemble ?

Ou bien chacune ignorait-elle la présence de l'autre ? Pour quelle raison se cachaient-elles ?

La silhouette en pèlerine, là-bas, s'arrêta soudain. Comme pour s'accorder une pause. Ou, songea Briony, angoissée, comme si elle avait entendu…

Une respiration jaillit brusquement dans son dos, et s'abattit sur son oreille. Avant qu'elle puisse résister, une main rêche et froide lui comprima la bouche, deux bras vigoureux la tirèrent sous les arbres, tel un sac.

Le souffle coupé, Briony se débattit plusieurs secondes contre la toile raide d'une grosse veste. En vain. La main resta solidement en place, l'empêchant de crier, de remuer le cou. Dans un chuchotement, une voix lui glissa à l'oreille :

– Pas un mot. Chut. Ne bouge pas. Y a la Mort, là-bas…

À qui appartenait cette voix… Elle chercha un instant. Puis elle la reconnut. O. Henry !

O. Henry, le braconnier. Elle aurait dû s'en douter. Cette forêt était son domaine. Il la connaissait comme personne à Morgan's Moor, surtout de nuit, moment où il y posait des pièges !

Elle fit signe qu'elle ne crierait pas. Il lâcha prise, avec lenteur, comme s'il desserrait un frein. Elle se tourna face à lui, haletante, en rage et révoltée. Mais tout de suite, l'œil flambant, un doigt sur les lèvres, il montra la silhouette en pèlerine qui s'éloignait à l'est de la clairière et qui, bientôt, disparut dans la forêt.

– Qui c'est ? chuchota-t-elle.

– La Mort, j't'ai dit. S'en fallait de peu que tu lui tombes dessus. Et alors… pffouitt.

Son pouce se dessina un trait vif sur la gorge, comme un couteau qui coupait.

– Un assassin ? articula-t-elle, effarée. Le croque-mitaine ?

– La Mort ! redit-il. Surtout, va pas par là, hein. File tout droit chez toi.

Elle aperçut alors la boucle en fil de fer accrochée à sa gibecière, avec deux grives pendues, aux becs ensanglantés. Elle eut subitement envie de prendre ses jambes à son cou, de fuir cette forêt qui n'était plus du tout la forêt qu'elle connaissait, et qui se transformait, la nuit, en vilain chaudron à sorcières.

Elle tâtonna, ramassa la lanterne, sans rouvrir le volet.

– Va pas par là ! répéta O. Henry, montrant la direction prise par l'horrifiante pèlerine. Compris ? Rentre ! Et vite.

Avant d'obéir, elle ne put s'empêcher de demander tout bas, d'une voix flageolante :

– Qui c'était… ce croque-mitaine ?

Sans répondre, le braconnier évacua de sa grosse veste en toile un paquet, qu'il lâcha entre les bras de la fillette,

– Y m'faisait concurrence sur un nid de merles, ton modèle réduit ! dit-il.

Il déguerpit en un preste demi-tour qui l'engloutit aussitôt dans les entrailles des bois noirs. Au creux des bras de Briony, le paquet devint subitement un petit ballot tiède, vibrant et remuant, qui s'agrippait en ronronnant à ses revers.

– Better-Go ?!! souffla-t-elle, ébahie.

C'était bien lui. Et même s'il puait un peu, le modèle réduit n'était pas mécontent de ces retrouvailles, après la poche terreuse d'un O. Henry. Et se trouva plus content encore lorsque Briony le calfeutra et le boutonna à l'intérieur de sa pelisse, afin de courir à l'aise. Il fut définitivement ravi quand elle eut rejoint sa maison, et lui son panier au coin de la cheminée.

3e PARTIE

ENCORE LA GRIFFE

19

Catriona Palance tourna la pancarte à double face pendue à la porte vitrée. De l'extérieur, on pouvait lire : « La mercerie est fermée ».

Elle enfila sa pèlerine à capuche fourrée, écharpe et manchon, rangea un paquet ficelé dans son grand cabas en tapisserie, ainsi qu'un sachet qui contenait du ruban, un foulard usagé, une paire de mitaines vertes, des boutons, et elle quitta la boutique.

Elle traversa la place où les deux gentlemen, étrangers au village, débouchaient de la grand-rue. On disait qu'ils appartenaient à Scotland Yard.

Le plus âgé lui évoquait ces personnages d'astronomes fantasques des récits d'enfants. À son approche, il leva affablement son chapeau, exhibant la calvitie embroussaillée qu'on attribue volontiers aux esprits scientifiques. Cependant, dessous, le regard aigu et pénétrant vous détaillait, et Catriona comprit qu'il n'était pas un personnage de conte pour enfants, mais bel et bien un policier. Le visage du plus jeune présentait encore les rondeurs de l'adolescence, et, lorsqu'il la salua à son tour, elle le vit rougir sous sa tignasse rousse.

Lui aussi était un policier. Venu ici enquêter sur la mort de Vienna Apley. Peut-être un air timide qu'il se donnait…

Plaise au ciel, songea Catriona en les dépassant, que le coupable, cette fois, soit vraiment coupable. Qu'on n'aille pas pendre un second innocent.

L'honnête et sensible nature de Catriona n'avait jamais souhaité la mort d'aucun humain sur terre, mais l'annonce de celle de Vienna, si elle ne la réjouissait pas, venait de déboucler cette bride qui, depuis de longues années, la muselait, l'étouffait, lui bâillonnait le cœur. Elle l'avait ressentie hier soir. La sensation d'une issue qui se dégageait.

Hier soir, pour la première fois depuis la mort de son père, Catriona Palance s'était examinée, et jugée avec une sévérité nouvelle, dans le miroir de sa chambre. En trois années, elle avait perdu le frais de ses yeux, le vermeil de ses joues, la gaie naïveté de sa bouche. Son miroir contemplait une personne qui, elle devait l'accepter, n'avait désormais rien de commun avec l'ingénue qu'elle avait été.

Son frère avait changé lui aussi. Le dévisageant à la dérobée au cours du dîner, elle s'en fit l'observation, une fois de plus. À la fin, Fergus lui avait demandé d'une voix bourrue – dont l'inflexion rappelait soudain quelque chose des impatiences de leur père – pourquoi elle le fixait ainsi. Elle s'était détournée en silence.

– Muir Darcey Apley est revenu ! lança-t-il.

– Je l'ai entendu dire.

– Je l'ai vu, moi. Pas lui. La semaine passée, un soir, alors qu'il prenait la route du nord à cheval.

Sans broncher, Catriona avait servi les parts de tourte. Elle devinait fort bien ce que ne disait pas son frère, ce qu'elle-même se répétait chaque jour depuis qu'elle avait appris le retour de Muir Apley... Il n'avait pas cherché à la revoir.

Après la place, Catriona bifurqua vers l'auberge où le maître du lieu était en train de réceptionner deux valises dont le livreur venait d'alléger sa charrette.

– Attendons d'avoir de ses nouvelles, disait Jon Cheviot, passant les mains sur son tablier, la moue circonspecte. Rangeons-les au premier étage. Bonjour, Catriona.

– Bonjour, Mr Cheviot, dit Catriona en ôtant de son cabas le sachet qu'elle avait préparé. Pourrez-vous donner ces accessoires à Briony ? C'est pour son bonhomme de neige, je lui avais promis.

– C'est trop gentil, Catriona.

– Oh, il n'y a là que des chutes de rubans, des boutons dépareillés, un foulard, ainsi qu'une vieille paire de mitaines. Ce vert est passé de mode, ajouta-t-elle en souriant, mais un bonhomme de neige n'est pas un dandy de Londres, après tout. Vous y penserez ?

Bien qu'occupé et pas mal chiffonné par l'arrivée impromptue de deux bagages sans leur propriétaire, l'aubergiste lui accorda de son temps. Jon Cheviot avait le don de l'attention aux autres. Raison qui expliquait que sa petite hôtellerie ne désemplissait pas.

– Grand merci. Ça lui rendra le sourire, j'espère. Sa mère lui trouvait une petite mine, à notre Briony, ce matin au réveil.

– La mienne me cuisait un bon vin chaud à la mélasse, avec du gingembre. Enfant, ça me ravivait en un clin d'œil !

– Jamesina était une âme tendre et bonne. Je transmettrai la recette à Peggy, sourit-il, la saluant pour retourner à son problème de valises.

Mais, à la surprise de Jon Cheviot – et à celle, plus grande encore, de Catriona elle-même, qui n'avait pas prévu de poser pareille question ! –, elle interrogea dans un élan :

– Avez-vous eu l'occasion de… de croiser Mr Apley ? On dit qu'il est revenu d'Oxford…

Elle se tut, sentit une houle brûlante lui inonder le front et, simultanément, l'envie de fuir à toutes jambes. Elle balbutia deux ou trois syllabes inaudibles, chercha anxieusement le regard de l'aubergiste. La paisible bonté qu'elle y lisait lui rassura le cœur.

– Non, Catriona, dit-il doucement. Personne encore ne l'a revu au village. Tu sais qu'il affronte en ce moment une terrible épreuve. La mort de sa tante est un tel bouleversement.

Elle hocha la tête, tenta un pauvre sourire, écho de son trouble et de sa honte.

– Vous avez raison, murmura-t-elle. Merci, Mr Cheviot.

– À bientôt, Catriona. Encore merci pour cette excellente idée de vin chaud à la mélasse.

Elle se retira en hâte, se demandant ce qui lui avait pris. Par bonheur, s'il existait une personne à Morgan's Moor qui ne colportait jamais de ragots, c'était bien Jon Cheviot. Elle lui faisait confiance, il garderait pour lui l'image de sa confusion d'amoureuse transie.

Longeant le pré, elle aperçut au loin le bonhomme de neige dont les yeux en cailloux lui donnèrent l'impression qu'il la suivait du regard. Un peu gibbeux, moins jovial qu'au moment où les enfants l'avaient façonné, il avait l'inclinaison d'un ivrogne grognon. Frissonnant, elle remonta la grand-rue. Elle poussa bientôt la porte d'une échoppe.

– Hello, cousine ! s'exclama la voix réjouie de Keir Mohune.

Lui ne changeait pas. C'était un brave et aimable garçon, elle l'aimait plutôt bien. Pourtant… Parfois, elle ne pouvait s'empêcher de repenser que leur cousin était apparu au village le jour où tout avait basculé dans la vie de son père et de sa famille. Il avait débarqué par la même diligence que la démente, cette illuminée par qui tout était arrivé… D'une certaine façon, malgré lui, il demeurait une sorte de mauvais présage, à jamais lié à la fin sinistre de Horton Palance. Même si le malheureux n'y était évidemment pour rien.

– Hello, cousin, répliqua-t-elle, toujours un peu déroutée par l'odeur particulière du lieu. J'apporte le fil de lin et les perles qu'il te fallait. Les aiguilles, bien sûr. Te reste-t-il de la bourre ?

Des yeux, elle fit le tour de la boutique, toute peuplée d'oiseaux en vol, ou au nid, de renards happant une proie, de poissons encadrés à la demande de pêcheurs fiers de leurs captures, un couple de loirs, et même un loup, à l'étrange regard polaire, abattu dans une montagne française.

– Trois sacs. Suffisant pour le moment, je te remercie.

Le taxidermiste insinuait délicatement une boucle de fil de fer à l'intérieur d'une musaraigne qu'il comptait fixer dans le bec d'une chouette chevêche, elle aussi empaillée. Catriona réprima une grimace.

– Qu'as-tu ? sourit son cousin. Ce n'est qu'une adorable musaraigne, et ma chouette est ravissante.

– On s'attend à voir jaillir le sang, murmura-t-elle.

– Oh. J'y vois, moi, la preuve que ma « réanimation » est réussie. Du moins, que mon ouvrage est à une distance convenable de la vérité.

– Tu es blessé ? s'enquit-elle. Cette plaie à ta main…

– Bah, fit-il, haussant l'épaule. C'est avec mon scalpel, hier. Je me garderais bien de te relater à quelle chirurgie je me livrais sur cette musaraigne, la taquina-t-il. Car j'ignore comment l'on ranime une demoiselle évanouie.

– Montre-moi. As-tu frotté cette blessure à l'antiseptique ?

– Un bon rinçage à l'eau. Ce n'est pas profond, et pas si grave.

– Je te rapporterai de quoi nettoyer.

Elle attrapa son manchon, qu'elle avait posé sur une chaise… empaillée, non loin du loup aux prunelles polaires, et prit congé pour entamer quelques achats. Devant l'officine de Mr Metalious, elle se rappela la lotion antiseptique.

En la voyant entrer, le pharmacien parut surpris. Mr Metalious possédait des oreilles dont la pâleur et l'ampleur présentaient un remarquable air de famille avec des feuilles d'endive. Attributs magnifiés par le port d'un calot brun et de favoris noirs. À l'occasion, l'apothicaire faisait aussi barbier.

Son salut fut suivi par un rapide regard de côté. Un frémissement de gêne parcourut les feuilles d'endive. Catriona expliqua ce qu'elle désirait. Ce faisant, elle nota que le pharmacien harcelait son favori gauche entre le pouce et l'index, comme s'il détenait une gomme et souhaitait tout effacer. Dès qu'elle eut prononcé le mot « antiseptique », il se réfugia, la mine soulagée, à l'arrière de l'officine.

Tandis qu'elle patientait au comptoir, Catriona perçut un léger bruit sur le côté. Machinalement, elle regarda. Se tenait là, en retrait d'un présentoir à bocaux, une personne qu'elle n'avait pas remarquée en arrivant.

De la minute qui s'écoula ensuite, Catriona ne se rappela plus tard qu'un long vertige noir. Elle n'entendit plus rien, ne vit plus grand-chose, sa voix fut absente, sa respiration écourtée.

– Bonjour, Catriona, murmura Muir Apley.

Il avança d'un pas. Et comme elle demeurait inerte, serrant son cabas, les paupières battantes, le cœur tonnant en cloche, il opéra un second pas.

Mr Metalious réapparut. Son cerveau, bien que situé entre des favoris noirs et une paire d'oreilles en feuilles d'endive, comprit en un éclair la situation. Tout le monde à Morgan's Moor connaissait la douloureuse histoire de ses deux jeunes clients. Il fourra l'antiseptique dans la paume de la jeune fille, prit la peine de serrer, autour du flacon, les doigts qu'elle était incapable de bouger, il fit le tour du comptoir pour obligeamment l'accompagner jusqu'au seuil.

– Nous verrons après, pour le prix, marmonna-t-il, refermant la porte, aussi délicatement que s'il se fût agi d'un manuscrit rare.

Dehors, Catriona franchit une ligne de cent pavés, avant de recouvrer la perception du monde. Cent pavés plus loin, elle lâcha le flacon dans son sac. Il lui en fallut cent autres avant de réaliser que, pour la première fois depuis trois ans, elle venait de revoir Muir Darcey Apley. Et de l'entendre prononcer son prénom…

Bonjour, Catriona.

Un bruit de pas survint derrière elle, puis s'accorda au diapason du sien. Une main souleva son cabas, un bras offrit son appui. Un bras dont elle n'avait oublié ni la fermeté ni la si familière douceur, et sous lequel elle glissa naturellement le sien.

– Catriona, lui chuchota Muir. Ma douce, je te vois enfin…

D'un sursaut, elle ôta sa main.

– Non, non, souffla-t-elle, consciente des regards que Morgan's Moor déversait sur eux en cette minute, dans cette grand-rue centrale. Il est trop tôt, nous ne devons pas… Votre malheureuse tante…

Mais leurs yeux ne purent se retenir très longtemps de se rencontrer, se saisir, de se sourire, enfin.

– De tes paroles, mon amour, je vais simplement garder que, s'il est trop tôt, il n'est, du moins, pas trop tard.

Il lui baisa les doigts, et Catriona Palance eut la sensation que, pesamment, crûment, roulait tout à coup au milieu des pavés de cette grand-rue le veau mort qui lui écrasait les épaules depuis trois années.

20

Encore une ligne de mailles qu'elle ratait ! Kathleen March repoussa sa corbeille à ouvrage avec un soupir de contrariété. Impossible de se concentrer. Au reste, toute cette layette qui s'amoncelait était ridicule... Avant que la masse de brassières, camisoles ou gilets soit épuisée, le bébé aurait atteint sa quinzième année !

Et ces chiens bruyants, au-dehors... Bien que lointains, leurs aboiements lui portaient sur les nerfs. Lady Babbage donnait encore une de ces chasses dont elle avait la passion.

Kathleen n'appréciait guère la chasse. Surtout les fins de chasse, au moment de la curée... Elle avait cessé d'y participer le jour où elle s'était aperçue que le chevreuil qu'on venait d'ouvrir en deux avait le cœur qui battait toujours... Kathleen s'étonnait qu'une fille comme Flannery Cheviot, qui assurait affectionner les bêtes, pût s'associer à pareil passe-temps. Flannery, en effet, s'arrangeait pour être de toutes les chasses.

Kathleen prit appui sur un coude. Baleineau daigna se montrer magnanime avec la pauvre chose qui serait sa mère pour la vie, et qui, à ce titre, le protégeait depuis sept mois, de sorte qu'elle put se surélever, sans trop d'éreintements, de l'ottomane où elle alignait ses points de tricot depuis le déjeuner. Elle ouvrit une fenêtre.

En même temps que les aboiements s'amplifiaient, un vent de glace déboula de la Butte et lui réfrigéra le visage. Kathleen ferma les paupières, visage offert, emplit ses poumons… Ce qui la fit tousser deux ou trois quintes, elle sentit ses joues rosir.

Elle referma la fenêtre par crainte que quelqu'un – Sharulatha, ou Miss Godden, ou un domestique – ne survienne et ne la réprimande. Gedeon était absent. Lui aussi participait à la partie de chasse de lady Babbage.

Réinstallée au creux de l'ottomane, elle chercha une position compatible avec les sauts de carpe du baleineau, et le comptage de ses rangs de laine.

✣

Flannery comprenait très bien que l'on pût chasser pour se nourrir. Elle comprenait même que, pour un individu comme O. Henry qui braconnait éhontément, la chasse fût une solution de survie. En revanche, elle détestait l'exaltation à tuer qu'elle avait vérifiée, par exemple, chez une lady Babbage. Même chez Vienna Apley qui adorait chasser, Flannery avait constaté que l'exercice s'apparentait plutôt à une hygiène physique. Vienna savourait davantage le plaisir de monter sa jument Belle of June que de tirer un lièvre.

Un jour qu'elle ramassait des champignons sous les chênes, l'attention de Flannery avait été alertée par des petites boulettes jaunâtres semées çà et là, à travers les taillis. Enfouies sous les feuilles, à l'évidence par une main humaine, elles répandaient une odeur puissante de fermentation. Lorsque, à son retour, elle en avait parlé chez elle, son père et sa mère avaient dissimulé un sourire.

– Chut. Système breveté par O. Henry.

– Il espère appâter la faune des bois avec ce mélange puant ? Je doute qu'il attrape quoi que ce soit.

– Pas la faune des bois... Les chiens.

Son père avait esquissé une grimace énigmatique. Sa mère, tout en brossant la terre des champignons, avait fourni l'explication.

– O. Henry fabrique une pâte de son cru. Une recette dénichée dans un almanach et qu'il a, selon lui, améliorée. L'odeur attire les chiens. Ceux de lady Babbage et les autres. Un arôme qui rappelle, paraît-il, le sabot du cerf, les déjections de lapin, la fourrure du renard... Bref, les chiens en sont fous. O. Henry dépose cette affriolante mixture le plus loin possible des tanières, terriers, et autres coins à gibier. De sorte que la meute suit des pistes qui ne mènent jamais à rien. Son almanach appelle ça un leurre ofl... folf...

– Olfactif ! Un leurre olfactif ? s'écria Flannery. Mais quel génie, ce O. Henry...

– Sois discrète, ma fille. Lady Babbage serait furieuse. Elle qui ne cesse de se lamenter que la région n'est plus aussi giboyeuse qu'auparavant... J'imagine qu'elle finira par s'en apercevoir. Ce jour-là, je ne veux pas être dans la peau de O. Henry.

– Personne n'a envie d'être dans la peau de O. Henry. Qui souhaite habiter une masure au fond des bois ?

Le lendemain, Flannery profita que le braconnier venait boire sa demi-pinte matinale à l'auberge pour entamer avec lui une longue discussion à voix feutrée. À la suite de quoi, un deal fut conclu.

O. Henry lui livrait la recette de la mixture (mariage rebutant de sang de porc, peaux de poisson, os, plumes, cendres, écorces, herbes, etc.), quant à elle, elle se chargeait d'en semer aux bons endroits lors des réunions de chasse, de manière à écarter les chiens de la piste, et à égarer les traqueurs.

– Prends garde qu'on devine l'astuce, la prévint O. Henry en mâchonnant la mousse de sa bière. Rien d'plus rancuneux que l'chasseur à qui on escamote sa proie.

En attendant, la faune des bois avait de beaux jours devant elle.

Voilà pourquoi on retrouvait Flannery parmi les chasseurs ce jour-là, juchée sur Half-Moon, cheval emprunté à Harry le maréchal-ferrant, et appelé ainsi parce que noir et blanc de robe. De petit gabarit, Half-Moon ne manquait point d'élégance, et c'était une bête paisible.

Flannery survint alors que la réunion était au complet au bord de la rivière. Les chevaux piétinaient de long en large la terre gelée, les jaquettes rouges des cavaliers éblouissaient le paysage blanc.

Lady Babbage, contrairement à la majorité des dames, ne montait pas en amazone. Elle était vêtue d'une redingote d'homme, et sa bombe était celle de son défunt mari. Lorsqu'on la voyait pour la première fois, on ne pouvait s'empêcher de penser qu'elle avait dû être, dans une autre vie, un robuste équidé; que sa mâchoire et sa denture en étaient les reliquats. Sur son vigoureux Colonel Blimp, cravache à la main, elle paraissait plus athlétique, plus altière et, si la chose était concevable, plus laide que jamais.

– Miss Cheviot, notre mascotte ! clama-t-elle. Quoique nous ayons rarement été aussi bredouilles que depuis qu'elle nous comble de ses bons auspices, ajouta-t-elle, scrutant l'extrémité de sa fine cravache, comme si une chenille y musardait.

– Je ne suis qu'une apprentie, plaida Flannery, toute en modestie.

– Chasseresse ou devineresse ? lança la lady, avec un demi-sourire suivi d'un demi-tour.

Le veneur, qui pilotait la chasse, était son cousin Horace Abernathy. Le maître de la meute, son valet Tufts. Flannery fit révérencieusement le tour des jaquettes rouges...

Se trouvaient là : le ventripotent Mr Kingsley, propriétaire de l'unique banque de Morgan's Moor (et de quelques autres dans le Yorkshire), escorté de Diana, sa jeune épouse, si radieuse qu'elle paraissait échappée d'une page du *London New Fashion*.

Il y avait également le fils Tolliver des aciéries Tolliver, à Ambroseburg, ainsi que deux invitées de lady Babbage, que Flannery ne connaissait pas, puis enfin le docteur Gedeon March sur Sir Nigel, son superbe cheval bai. Elle déploya pour chacun son plus angélique sourire, salua les chiens qui la reconnaissaient, et qui lui gambadèrent et lui aboyèrent allègrement autour.

À un moment, elle surprit l'impavide regard de lady Babbage posé sur elle. Spontanément et malgré elle, le genou de Flannery se serra contre son tapis de selle. Lequel tapis masquait le pochon qui contenait le « système breveté de O. Henry ». Comme chaque fois, elle avait entouré le pochon d'une étoffe humectée d'eau de muguet. Elle redoutait tant que l'odeur de la mixture ne la trahisse ! Ou pire, que les chiens alléchés ne se jettent sur elle, la prenant pour du gibier. Jusque-là, ce n'était jamais arrivé.

– Tout le monde est prêt ? claironna lady Babbage, agitant sa cravache à la façon d'un tape-mouches. Hier matin, Mr Tolliver a détecté pour nous les traces d'un renard, vraisemblablement une renarde. Là-bas, à l'ouest de la Butte. Sont-ce des indices fiables, Mr Tolliver ?

– Fiables, identifiables, indubitables, chère lady Babbage. Le terrier n'est pas loin, répondit le fils Tolliver, jeune homme « très près d'être beau », à l'instar du Mr Tilney de Miss Jane Austen, s'il n'avait été chicané par le strabisme qui lui faisait contempler simultanément le soleil levant et le couchant – formule limpide dont l'auteur était la mère de Flannery.

– Où cela, Mr Tolliver ? interrogea Flannery avec toute la candeur que l'on attendait d'une jeune fille.

– Sur la pente ouest, qui conduit à la Butte.

– Prêts ? répéta lady Babbage de sa voix d'orphéon. Allons !

Le maître de la meute fit claquer son fouet, et ce fut le signal.

Durant quelque distance, Flannery se laissa soulever par la joie simple du galop à travers la bise coupante, de sentir ses boucles battre sur sa nuque.

L'équipage et la meute longèrent la courbe d'une colline. Aux premiers boqueteaux de la forêt, Flannery commença à tirer sur la bride, et laissa les chasseurs la distancer. L'accommodant Half-Moon était le cheval idéal pour ce qu'elle avait en tête. Elle voulait prendre le raccourci du bosquet à gauche, bifurquer à l'avant des chiens… Alors, elle sèmerait subtilement le leurre qui les détournerait.

– Tout va bien, Flannery? lui cria le docteur March en contenant Sir Nigel. C'est par ici!

La remarque fit se retourner lady Babbage qui ralentit aussitôt, et rajusta sa bombe après un coup d'œil à Flannery. Flûte, songea la jeune fille, contrainte à les suivre. La vieille belette se méfiait-elle?

– Tous à l'ouest! cria la vieille belette en cravachant l'air froid.

La Butte entra dans leur champ de vision, avec son pan coupé dans la falaise, son sommet couvert de chênes, d'ifs et d'épicéas. On eût dit la tranche d'un gâteau de géants abandonné avant la fin du festin. Flannery leva les yeux vers la paroi verticale. Elle s'était toujours demandé comment des arbres pouvaient pousser ainsi, couchés à angle droit. Les épicéas étaient blancs de neige. À neuf ans, elle savait grimper jusqu'à eux, à mains nues sur la paroi.

Elle était en train de se demander si elle serait encore capable d'un tel exploit lorsqu'elle aperçut l'éclair roux sur la neige blanche. Le cœur lui manqua. Un renard!

Il filait ras au sol, oreilles rabattues, la queue dans le prolongement de son corps qui sinuait sur la neige. S'il n'y avait eu cette blancheur infinie, aucun œil humain n'aurait pu le déceler. Les chiens, truffe au vent, se déchaînèrent en un concert d'aboiements. Horace Abernathy et Tufts les lâchèrent en direction de la proie. L'animal, en trois bonds formidables, amorça l'ascension de la paroi.

– C'est bien une renarde! trompeta lady Babbage.

Flannery stoppa net son cheval, et faillit crier de rage. Oh, comme elle s'en voulait! Elle s'en voulait de n'avoir pas été assez preste, se reprochait de n'avoir pas bifurqué et dépassé la meute assez tôt, elle en voulait au docteur March d'avoir attiré l'attention (les soupçons ?) de lady Babbage, de l'avoir retardée.

Maintenant, la troupe encerclait le pied de la falaise, toutes les têtes étaient levées. La renarde se hissait par bonds, d'une aspérité à l'autre, à demi enfouie par les amas de neige, par instants on ne voyait qu'un bout de queue rousse, touffue, bien nette.

Une détonation creva le silence. Elle couvrit le cri de Flannery et l'écho la multiplia à travers la campagne glacée. Un envol de corneilles, jailli de nulle part, partit vers le ciel en un feu d'artifice noir.

Ce tir de lady Babbage fut le coup d'envoi. La pétarade éclata sitôt après, les aboiements redoublèrent, Flannery se boucha les tympans à deux poings. Elle entrevit la figure épanouie, collée à son arme, de la vieille lady. Une figure qui paraissait élargie, comme augmentée, et emplie de dents.

Flannery leva les yeux. Il n'y avait plus aucun mouvement sur la paroi. La renarde devait être touchée, morte…

Puis non. Elle reparut. Elle se trouvait plus haut, à flanc de roche ! Pas assez pour être hors de portée des balles. Elle poursuivait sa fuite verticale, presque à la hauteur des deux épicéas suspendus dans l'espace et emmaillotés dans leurs pansements de neige, telles des jambes de soldats mutilés. Les chiens bondissaient, jappaient, gémissaient au bas de la haute paroi, enragés d'être si loin, si proches, si impuissants.

Entre les détonations, au moment des réarmements des fusils, la renarde, là-haut, reprenait souffle, à l'abri sous une arête de pierre, ou dans un creux envahi par la neige.

– C'est une maligne, dit Mr Tolliver, qui n'évoquait décidément plus en rien le héros de Miss Austen, et dont Flannery, méchamment, bénit soudain le strabisme.

– Une rusée ! gloussa Diana Kingsley en rectifiant la posture de son élégant trilby.

– Ma foi… c'est un renard, conclut le docteur March, qui cessa bientôt de tirer et reposa son fusil en travers des cuisses.

– Vous arrêtez ? lui demanda Mrs Kingsley en riant.

– Je renonce, oui, dit tranquillement le docteur March. J'estime qu'une bête aussi brave et futée que celle-ci mérite qu'on lui laisse une possibilité de sortie.

– Vas-y, décampe ! hurla brusquement Flannery, narines en l'air. Détale ! Fiche le camp !

Alors, comme si elle l'avait entendue, et d'une détente stupéfiante qui la fit proprement s'envoler, la renarde décolla de la paroi… et atterrit sur l'épicéa horizontal dont l'énorme bandage de neige l'engloutit tout entière.

Elle était désormais invisible. Cependant, la cible, cette fois, était délimitée, circonscrite, plus aisée à viser. Hormis Gedeon March qui s'allumait un petit cigare, tous ceux qui avaient un fusil se remirent à tirer. Des salves de cartouches vides trébuchaient en pluie sur la glace, dans un bruit qui évoquait une chute continue de trousseaux de clefs.

Sous les balles, l'emballage blanc de l'épicéa, là-haut, s'éparpillait en écume. Écorces, aiguilles, branchages, neige, tout explosait en miettes et pleuvait sur les jaquettes rouges. Il y eut bientôt comme un brouillard floconneux autour et au-dessus d'eux.

Subitement, ce fut le silence. L'arbre penchait, à moitié arraché. Un dernier cumul de neige dévala en à-pic.

– Qu'est-ce que c'est ? chuchota soudain Flannery.

Un objet tanguait entre les branches inclinées. Il oscilla, tournoya, et se décrocha tout à fait, avant de basculer dans le vide. C'était une chose plus grande et bien plus lourde que le corps d'un renard.

Sans comprendre, ils le regardèrent chuter droit vers eux.

– Reculez ! cria le docteur March.

La chose frôla la radieuse Diana Kingsley – nettement moins radieuse, son teint virait grisâtre –, et vint s'écraser dans la neige, devant son cheval, avec un bruit consternant. Pendant quelques secondes, ils contemplèrent, muets, le trou où la chose venait de s'enfoncer d'un bloc.

C'était un corps à la gorge lacérée de grandes marques violettes. Un corps infiniment mort. Ceux qui l'avaient connu vivant prononcèrent son nom dans une sorte d'expiration, aussi effarés qu'incrédules.

– O. Henry… Mon Dieu. C'est O. Henry.

Lady Babbage le regarda, puis elle regarda ses invités, comme si le cadavre avait vraiment passé les bornes.

Là-haut, tout là-haut sur la falaise, oubliée des humains qui, trois minutes avant, n'avaient d'yeux et de fusils que pour elle, une petite ombre rousse rampa lestement hors de l'arbre qui pendouillait, qui pleuvait toutes ses aiguilles et des restes de neige. Elle franchit les quelques yards de roche la séparant du sommet, et de la forêt amie qui l'avala.

21

Le Chief constable George venait de quitter la scène de crime pour se rendre à Ambroseburg, y établir son rapport et réclamer l'escouade technique. Il avait laissé l'agent Bates et deux autres policiers postés aux limites du champ car on s'attendait au défilé imminent des curieux sitôt que la nouvelle de la mort de O. Henry serait connue.

Pour l'heure, le superintendant Linwood Tanybwlch, Pitchum Daybright, attentif (mais perplexe) auxiliaire, et le docteur March se trouvaient seuls au pied de la Butte.

Après un minutieux examen du défunt, qu'il s'empressa de couvrir ensuite avec la toile blanche policière, de sorte que, sur la neige, le disparu du monde disparut également du paysage, Gedeon March se redressa en ajustant ses lunettes.

– D'évidence, nos balles n'ont pas provoqué la mort, déclara-t-il. Le malheureux en a reçu quatre… Ce qui est stupéfiant si l'on pense que nous avons littéralement mitraillé cet arbre ! Deux ont touché le mollet. Une, l'articulation de l'épaule. La dernière a arraché son auriculaire droit. Outre qu'aucune de ces balles n'était létale, il faut noter qu'aucune n'a saigné. L'homme était déjà mort, certainement depuis plusieurs heures, lorsqu'elles l'ont atteint.

Il toussotait entre les phrases.

– C'est ce qui me semblait apparaître à première vue, en effet, opina le superintendant sans la moindre suffisance. Ces lacérations à la gorge sont plus que probablement à l'origine du décès.

– À votre avis, docteur March, s'enquit Pitchum, au vu de ces blessures, quel type d'arme a été employé ?

– Mon avis sera superficiel. Mais on peut conclure à un instrument pointu, extrêmement acéré, type croc de boucher. Ou sarcloir de potager. Dirigé avec une diabolique précision, en tout cas. Le tueur n'a pas raté la carotide.

– Il a peut-être abandonné l'arme quelque part dans les environs. J'en doute, mais sait-on jamais. Les hommes du constable verront cela. Merci, docteur, je suppose que lady Babbage requiert vos bons soins. Voilà une mésaventure assez rude pour une lady.

– Lady Babbage a coutume de sectionner le jarret des cerfs d'un seul tranchant de lame, pour sa collection, répliqua Gedeon March avec un infime sourire. J'ai néanmoins fait mander Miss Godden pour se rendre à son chevet.

– Nous irons recueillir le témoignage de lady Babbage sitôt que nous en aurons terminé ici.

– Si ma présence n'est plus nécessaire, je m'en vais, quant à moi, rassurer mon épouse. Je gage que la nouvelle ira plus vite que mes jambes.

– Faites, docteur. Nous avons encore à examiner les lieux.

– Au plaisir, superintendant. Au revoir, Mr Daybright.

Le docteur March traversa le grand champ de neige, à longues enjambées ralenties. Ils le virent échanger quelques mots avec les policiers qui surveillaient le périmètre, puis se diriger vers le cottage.

– Jeune Daybright, nous voilà avec deux énigmes…

Linwood Tanybwlch lui présenta machinalement son whisky d'enfance, récolta l'habituel refus.

– Ni whisky gallois, ni shortbreads, ni verveine… fit-il pensivement. Quels péchés dissimulez-vous donc, jeune Daybright, derrière votre front chaste ?

Car, outre cet effrayant liquide gallois, le superintendant lui avait offert chaque soir shortbreads et infusion pas trop chaude. Sous peu, il proposerait sans doute son baume barbare contre la calvitie !

Ce matin, alors qu'il se demandait comment il supporterait *une nuit de plus* les mastications shortbreadesques de son supérieur, les cliquetis des tasses nocturnes et… ses ronflements qui surpassaient la corne des navires sur la Tamise, Pitchum n'avait pu s'empêcher de bénir – en silence mais avec quelle ferveur – leur aubergiste Jon Cheviot quand il leur annonça qu'il laissait à leur disposition la chambre toujours vacante de cette voyageuse écossaise qui ne se présenterait plus. Poussé *in petto*, son énorme soupir de soulagement ne fut entendu, par bonheur, que de lui-même.

À l'œil amusé de son chef, Pitchum comprit que ses joues s'étaient mises à rougeoyer. Ce qui, bien sûr, rajouta au rougeoiement. Et le décor de neige, autour, y alla de son émulation.

– Sir, je ne… ! Co… comment…

L'autre se jeta une lichée derrière la cravate, revissa délicatement le bouchon.

– Deux énigmes, continua-t-il comme s'il n'y avait eu aucune interruption. Qui n'en sont probablement qu'une seule.

Pitchum saisit illico cette perche de déviation.

– Nous aurions donc affaire à un même assassin, sir. Celui de Vienna Apley et de O. Henry ?

– En doutez-vous ? s'écria le superintendant, cette fois avec un poil de suffisance (sans doute la boisson d'enfance y était-elle pour quelque chose). Peut-être même… un seul et unique assassin pour trois affaires !

– Je le subodorais, sir. Vous pensez vous aussi au meurtre du juge Apley ?

– On ne peut nier de frappantes similitudes aux trois crimes.

– Je suis bien d'accord avec vous, superintendant ! claironna une voix claire.

Avec un impeccable ensemble, les deux hommes exécutèrent un impeccable demi-tour. Hélas suivi, incontinent, par un de ces dérapages dont notre londonien superintendant était devenu l'esclave dans ces contrées glaciaires.

Pitchum fut si surpris par la personne qui se présentait devant eux qu'il en oublia le bras fidèle qu'il portait habituellement à son mentor. Lequel se retrouva cul par-dessus tête en un clin d'œil.

Flannery Cheviot se précipita à la rescousse. Pitchum Daybright de même. Leurs fronts se rencontrèrent par-dessus l'occiput du superintendant.

– Pas de mal, sir ? demanda Pitchum en se massant l'ospariétal.

– Superintendant, dit-elle en se frictionnant le sien. Ce sont vos souliers. Voilà des trotteurs de parade pour citadins… Mirifiques sur le pavé de Londres, mais absurdes sur la neige de nos champs !

L'œil rond de stupeur, Pitchum faillit en lâcher son supérieur. Comment osait-elle !

– … sauf votre respect, ajouta-t-elle avec une déférente ingénuité (plus fausse, de l'avis de Pitchum, que la perruque du grand-oncle Adalbert). Je reviens de chez lady Babbage, enchaîna-t-elle. Je passais par ici… à toutes fins utiles.

Elle vous trouvait toujours des prétextes. Des prétextes gros comme les jupons de la reine Victoria. Pitchum ouvrit la bouche afin d'exposer son point de vue personnel sur l'utilité de la présence d'une Miss Cheviot sur une zone de crime, en Angleterre, ou à n'importe quel endroit du vaste univers. Il se ravisa, transformant ce venimeux projet en un bâillement poli.

– Je suis un témoin, n'est-ce pas ? rappela-t-elle dans la douceur d'un sourire.

Remis d'aplomb, le superintendant la toisa, s'époussetant. Flannery Cheviot était bel et bien un témoin. Le docteur March leur avait établi la liste des personnes présentes à la partie de chasse. Elle avait d'ailleurs conservé sa tenue d'amazone. Qui lui allait à ravir, Pitchum fut obligé de se le confesser.

– Merci, Miss Cheviot, dit le superintendant. Je retiendrai uniquement le mot « mirifiques » pour ce qui concerne mes… trotteurs.

Il se cala les talons dans un nid-de-poule et laissa filtrer entre ses cils un regard scrutateur.

– Vous disiez être d'accord avec mes propos. Intéressant. Peut-on connaître le cheminement qui vous a menée à mes conclusions ?

– Pour commencer, je n'ai jamais été persuadée de la culpabilité de Horton Palance. Ensuite, ces trois crimes ont un air de famille.

– Or donc, reprit Pitchum. Admettons que Horton Palance soit la victime d'une épouvantable erreur judiciaire. Trois ans ont passé entre le premier et le deuxième crime. Pourquoi le tueur a-t-il laissé s'écouler un tel laps de temps ?

Elle cogita, parut réviser sa position.

– Or donc, le singea-t-elle. Admettons que Horton Palance soit bien le coupable du premier. Cela peut signifier, Pitch, que quelqu'un le copie.

– Peut-être n'est-ce qu'un hasard, et mon prénom est Pitchum, ou peut-être y a-t-il trois assassins différents qui se… copient les uns les autres !

Il ricana. Elle ricana.

– Jeune Daybright, dit le superintendant Tanybwlch, bien vertical dans son nid-de-poule, Miss Cheviot n'a peut-être pas tort. Certains criminels reprennent à leur compte les méthodes d'un précurseur…

Pitchum, les joues pivoine, garda le silence.

– … mais peut-être, ainsi que vous le suggérez, n'est-ce qu'une coïncidence, en effet ! acheva le superintendant, diplomate.

Il pivota avec précaution, entama une progression prudente en direction de la toile qui couvrait le corps du braconnier.

– Pauvre O. Henry, soupira Flannery avec une tristesse

sincère. Maman gardait toujours un bol de potage, ou de thé, pour lui.

Elle fit une brève et silencieuse prière.

– Miss Cheviot, dit Pitchum quand elle releva la tête. Le superintendant ne vous a-t-il pas déjà prévenue qu'une scène de crime ne doit pas… ?

– Est-on allé voir là-haut ? l'interrompit-elle, un doigt pointé vers l'épicéa dont la ramure ballante évoquait les fanes d'une carotte géante plantée en travers de la falaise.

– Le Chief constable George doit dépêcher depuis Manchester une équipe de policiers grimpeurs qui…

Pitchum se tut, une nouvelle fois estomaqué !

Miss Cheviot venait d'agripper le bas de la paroi et, en tenue d'amazone et à mains nues, amorçait l'escalade en direction de l'arbre ! Pitchum s'élança, voulut la retenir par la taille, mais la grimpette l'ayant déjà mise hors de portée, il n'attrapa que son ourlet de jupe. Flannery tira. Pitchum lâcha. Et la demoiselle continua de s'élever.

– Je suis montée là-dessus des centaines de fois ! jeta-t-elle, du haut de sa petite altitude. Comme tous les enfants de Morgan's Moor !

Que faire d'autre que lui emboîter le pas ?

22

– Soyez prudent, jeune Daybright ! cria, en contrebas, la voix du superintendant. Vous n'êtes pas un enfant grimpeur de Morgan's Moor, vous ! Mais un vulgaire trotteur citadin !

Londonien, soit. Mais Pitchum possédait quelque entraînement sportif, des muscles serviables, une élasticité atavique, et la jeunesse propice.

Percée de recoins, d'arêtes, d'alvéoles et de trous en tout genre, cette verticale n'était pas si ardue, en fait. Si seulement il n'avait pas eu son manteau. L'été, cette ascension devait être une fête ! L'hiver la sabotait un tantinet.

Il rejoignit la jeune fille à mi-chemin. Elle s'était arrêtée, légèrement haletante, sur une corniche bombée de neige. Elle ressemblait à un de ces personnages que l'on perche sur les gâteaux de cérémonie. Du talon elle chassa la neige de la corniche, ignorant que, du coup, elle faisait disparaître un gâteau de cérémonie.

– Je la connais par cœur, cette Butte, dit-elle. Il me semble qu'elle présentait de petites aspérités juste à cet endroit, comme des barreaux d'échelle. Mais elles ont dû s'user, ou tomber…

Il se hissa sur la corniche, près d'elle. Le dos au vide, leurs doigts crochetés à une fissure, côte à côte. La pierre était glaciale, leur haleine brûlante.

– Une troisième personne ne serait pas admissible, dit-elle en riant. Ni même envisageable.

Il eut un rire dont l'incohérence l'affligea, et le déraillement final le contraria.

– J'aime vos cheveux à l'excès, Pitch.

– Vous… vous me l'avez déjà dit, Miss Cheviot.

– Je vous ai alors demandé si cela vous dérangeait que je le dise.

Impossible à Pitchum de proférer une parole.

– Vous ne souffrez pas de vertige, au moins ? s'inquiéta-t-elle.

Pas une seconde il n'y avait songé. Mais maintenant qu'elle avait prononcé le mot… il se retint de tourner la tête, le ventre plaqué à la muraille.

– J'évalue la hauteur, dit-il, s'exhortant à recouvrer un aplomb qu'il espérait au moins égal à leur actuel surplomb. Cette Butte mesure une quinzaine de pieds, non ?

– Seize pieds quatre pouces à son point le plus haut, selon la dernière prospection. Allons-nous demeurer là comme des rondins de bois, Pitch ?

Il désigna une série de pitons, à gauche.

– Ne sont-ce point là les « barreaux d'échelle » dont vous parliez ?

Elle poussa une exclamation. Il la sentit frétiller sur la corniche.

– Restons sereins, Miss Cheviot. Cette corniche est robuste mais pas incassable.

– Ce sont bien eux ! Une fois atteints, ce sera un jeu d'enfant après !

– Parfait. Je note simplement que vous ne connaissez pas cette Butte aussi bien que vous le prétendez. Vous noterez, quant à vous, que mon prénom n'est pas Pitch.

– D'habitude, j'attaque la paroi juste avant la haie de liserons, c'est mon repère. Mais en cette saison, les liserons… Oh, Pitch, n'est-elle pas jolie, cette campagne sous la neige, vue d'ici ?

– Très, fit-il sans regarder.

Il médita un instant.

– Miss Cheviot, je vais tenter d'agripper la première pointe que nous voyons là. Pour ce faire, je vais me tenir à votre bras. Une simple garantie, euh… mentale. Vous ne serez donc stabilisée, de votre côté, que par une seule main. Vous sentez-vous prête ?

– Bien sûr, Pitch ! Papa dit que j'ai les biceps d'un lutteur gréco-romain. Tâtez, allez. Mais tâtez donc…

Il ne tâta rien. Rien d'autre, du moins, que son poignet. Poignet qu'il comprima, tandis qu'il écartait un pied de la corniche pour chercher l'aspérité voisine.

– Par ailleurs, articula-t-il avec une grimace d'effort, et tandis que le bout de sa chaussure accostait enfin sur l'appui, vous ai-je dit que mon prénom était Pitchum ?

Il la lâcha, et se rétablit sur le piton, son poing ancré à celui du dessus. Levant le nez, il vit qu'en effet la suite serait un jeu d'enfant. Les pitons s'enchaînaient tel un escalier naturel. L'arbre semblait tout proche, le sommet de la Butte également.

Il se hissa sur un piton supérieur et tourna le cou vers Flannery. L'idée le caressa subitement de la laisser là, sur sa corniche.

Elle monterait ou redescendrait par ses propres moyens. Après tout, *elle la connaissait par cœur, cette Butte*… Il pourrait alors, tout seul, en toute quiétude, fureter autour de l'arbre à la recherche d'indices…

Il tendit le bras. Il noua solidement ses doigts autour des siens, et Flannery passa en souplesse sur le piton du dessous, laissé libre pour elle.

Ils franchirent en silence la distance qui diminuait jusqu'aux fanes de la carotte géante. Vu de près, l'arbre avait une physionomie des plus navrantes.

Les balles avaient déchiqueté le tronc, son écorce était criblée d'impacts de douilles, la neige avait volé en éclats. Les stalactites étaient brisées. On distinguait l'endroit où le corps de O. Henry était resté suspendu avant que les chasseurs le fassent chuter dans le vide : des branches broyées s'y maintenaient par des copeaux plus minces que des épluchures.

– On dirait un poteau d'exécution, murmura Flannery.

Image qui leur fit partager un frisson.

Ils s'installèrent dans une cavité indiquée par Flannery, une espèce de grotte réduite, non loin du sommet, et depuis laquelle on disposait d'un large panorama sur l'arbre et les pentes les plus proches de la forêt au-dessus.

Ils firent des signes au superintendant qui vaquait, en bas, avec Bates, la pipe aux lèvres. Il ne les vit pas.

– Vous n'avez pas emporté votre cahier vert ? fit observer Flannery.

Pitchum défit un bouton de son manteau, se passa une main dans le dos, en extirpa l'objet – et le crayon qui allait avec – coincé dans sa ceinture.

À traits rapides et nets, il entreprit de dessiner les détails de l'arbre et tout ce qu'on localisait à proximité.

– Vous voyez ce nid ? Là... Mais non, là... C'est celui d'un pic épeiche. Les pics épeiches adorent les graines d'épicéa. Celui-ci est un gros malin. Il a son garde-manger à portée de main.

– De bec. Lorsque j'aurai besoin d'une leçon de sciences, je ne manquerai pas de faire appel à vous, dit-il, continuant à dessiner et à noter.

– Les Londoniens prennent leurs leçons dans les livres. Ici, il suffit d'observer. Pitch... Une chose me revient tout à coup !

Il attendit, crayon en mouvement.

– Il a neigé la nuit dernière, dit-elle. Pas beaucoup, un demi-pouce environ. Assez tout de même pour couvrir...

– Sans doute, fit-il, noircissant sa deuxième page.

– Ça a débuté peu après minuit. J'ai entendu carillonner les douze coups, je ne dormais pas. J'ai aperçu les premiers flocons par la vitre...

– Si vous avez entendu les cloches, vu les flocons, c'est que vous ne dormiez pas, voilà un fait indubitable, opina-t-il.

– Vous voyez ces dénivellations régulières dans la neige, le long de la pente qui mène au-dessus, juste avant les bois ?

– Je les vois, répondit-il, mollement, absorbé par son crayonnage.

– Vous constatez comme moi que, exactement au bord de la falaise, juste avant le vide, ces dénivellations sont plus nombreuses et rapprochées ?

Il constata derechef, et positivement. Flannery le dévisageait.

– Eh bien ? dit-il.

Pourquoi cette fille freinait-elle la marche normale de son cerveau ? Elle poussa un soupir, de l'air que l'on prend lorsqu'il faut expliquer à un enfant que l'eau a la propriété de mouiller.

– Ce sont des traces de pas ! Des traces qui ont été recouvertes par un demi-pouce de neige. Là où elles sont plus nombreuses, tout au bord, il y a eu visiblement piétinage. Piétinage qui a été recouvert ensuite par la seconde neige. Maintenant, Pitch, tirez un fil imaginaire entre ce piétinage et l'épicéa juste dessous.

Il obéit. Le fil imaginaire allait en droite ligne, depuis les empreintes atténuées par la couche de neige à l'arbre qui avait camouflé le corps de O. Henry…

La figure de Pitchum Daybright s'alluma, tel un jour clair.

– Ce sont les traces de O. Henry ! Elles vont droit vers l'arbre dessous. Et si… s'il a neigé après minuit, cela signifie qu'il a laissé ces empreintes avant. O. Henry a été tué avant minuit !

– Bravo, Pitch, dit-elle, comme une institutrice récompensant le cancre qui, d'ordinaire, ne comprend rien. Toutefois…

Elle se tapota le bout du nez. Il détesta son ton ronflant. Il aima beaucoup, en revanche, le bout de nez.

– Toutefois, vous ne trouvez pas que c'est un très gros piétinage ? On dirait un tas de chiffons chamboulés sens dessus dessous. Un homme seul au bord d'un gouffre s'amuserait-il à fouler la neige de cette façon en pleine nuit ?

– Il se trouve que je me faisais la même réflexion, Miss Cheviot. Ce sont en effet les traces de pas d'au moins deux personnes… Celles de O. Henry et du meurtrier de O. Henry. De l'assassin et de sa victime.

– Bravo, Pitch.

Il la regarda en biais. C'était le genre de déductions auxquelles on procédait en première année de la Royal School of Studies in Criminology. Un enfant de quatre ans aurait pu tirer de telles conclusions.

Pourquoi, oh mais pourquoi, cette fille freinait-elle la marche normale de son cerveau ?

– Dites-moi la vérité, Pitch. Tout à l'heure… Quand je me trouvais sur la corniche, et vous sur le piton grâce à mon biceps gauche, n'avez-vous pas pensé continuer tout seul, sans moi ?

Il ouvrit de grands yeux ingénus.

– Jamais de la vie ! affirma-t-il.

– Vrai ?

– Aussi vrai que je me prénomme Pitch.

Il allongea quelques traits supplémentaires sur ses pages. Histoire d'avoir la tête baissée, et dissimuler sa rougeur. Quand il sentit le satané coloris revenir à une tonalité plus pastel, il se permit de toiser Miss Cheviot.

– Et on ne dit pas *piétinage*, glissa-t-il, affable. Mais *piétinement*.

Un quart d'heure plus tard, croquis achevés, et après une descente moins périlleuse que la montée, ils retrouvaient le superintendant, à qui Flannery expliqua ses observations et ses déductions à propos de l'heure du crime.

– Vraiment ? fit Linwood Tanybwlch en se précipitant sur les notes. Combien d'empreintes ? Les avez-vous comptées ? Larges ou petites ? La distance entre chacune ?

– Euh, non, dit Flannery, désarçonnée. On n'y a pas pensé.

– *J'y ai pensé*, sir, intervint Pitchum, d'un ton neutre qui masquait la perfidie. Des premiers arbres, on compte dix-sept empreintes jusqu'au bord. Elles s'agencent sur deux lignes plus ou moins distinctes depuis les abords de la forêt, avant de se croiser au niveau de la onzième empreinte. Là, elles sont plus nombreuses mais aussi plus floues. Je dirais qu'on a piétiné quelques instants au bord du gouffre. Sans doute le meurtrier et la victime s'y sont-ils affrontés, ont dû lutter…

Il esquiva – mais savoura, nonobstant, le regard enflammé que Miss Cheviot laissa peser sur lui.

Le superintendant héla Bates d'une voix de stentor, et le pria d'immédiatement disposer un autre périmètre là-haut, aux abords de la falaise, si l'on ne voulait pas, avec tous les curieux à venir, que le lieu devienne un champ de bataille. Puis il s'adressa à la jeune fille.

– Miss Cheviot, mille fois merci pour vos précieuses lumières. Maintenant, votre famille doit avoir hâte de vous revoir et de…

Elle se frappa le front, avec une mimique.

– Je n'ai pas fini de vous en apporter, de mes précieuses lumières, savez-vous ! J'allais oublier… En fait, j'étais venue vous avertir que ma petite sœur a quelque chose à vous dire.

– Hum. Les détectives de Scotland Yard ne sont guère experts à retrouver les chats vagabonds, susurra Pitchum.

– Nous l'avons vue, hier, cherchant le sien, expliqua gentiment le superintendant. Mais le jeune Daybright a raison, nous ne…

– Non, non… Elle a retrouvé Better-Go !

– Et nous, c'est lady Babbage que nous allons retrouver, objecta Pitchum. Nous avons prévu de recueillir son témoignage.

– Non, non, il s'agit de… Voyez-vous…

Elle leur servit un silence modeste. Qui fut la ponctuation étudiée et bien pesée de la petite bombe que, juste après, elle leur jeta.

– Voyez-vous, dit-elle. À part le meurtrier, ma petite sœur est sans doute la dernière personne à avoir vu O. Henry vivant.

Ils l'escortèrent séance tenante. Le superintendant préféra cependant qu'elle les eût un peu distancés, pour souffler à l'oreille de son assistant :

– Cette jeune dégourdie me paraît diablement perspicace. Le Yard devrait l'engager…

23

La nouvelle de la mort violente de O. Henry s'était répandue et, avec elle, les villageois dans les rues. La plupart réunis aux *Cornish Cliffs* des Cheviot, biotope et sphère cardiaque de Morgan's Moor.

Les voix baissèrent lorsque débarquèrent les deux messieurs de Scotland Yard. Le premier avait beau ressembler à un vieux tonton enrhumé, et le second au fils cadet hirsute d'un gentil voisin, on demeurait circonspect. Qu'ils arrivent en compagnie de Flannery Cheviot allégea toutefois l'atmosphère.

– Tu as mis le temps, ma fille ! s'étonna Peggy Cheviot.

Elle se tenait au fond de la salle, occupée à une tâche qu'on ne distinguait pas.

– J'ai envoyé ma fille aînée pour vous ramener au plus vite, superintendant. Elle n'a même pas pris le temps de se changer. C'est sa petite sœur… Elle nous a fait un récit véritablement extraordinaire ! Flannery, veux-tu chercher Briony ?

Sa fille obéit sans broncher. Mrs Cheviot était sans doute la seule personne au monde à réussir cet exploit. Son mari, lui, désespérait d'y parvenir un jour.

– Ce matin, Briony racontait des choses extravagantes. J'avoue l'avoir écoutée d'une oreille. Il était question de ce pauvre O. Henry… mais, à ce moment-là, nous ne savions pas encore qu'il… Briony a tant d'imagination ! Jusqu'à ce qu'on apprenne cette mort affreuse… J'ai alors pensé qu'il valait mieux vous tenir au courant, superintendant.

– Vous avez bien fait, Mrs Cheviot. Le détail est parfois le primordial.

Inclinée derrière une table, elle s'affairait à son activité invisible. Se rapprochant, les deux détectives virent qu'elle nettoyait et soignait la blessure à la tête d'un garçon étendu sur un banc.

Ils reconnurent le garnement à bouclettes de l'autre jour, près du bonhomme de neige. Celui au bonnet en tuyau qui convoitait « la vieille cruche de galurin » du superintendant.

– Bonjour, superintendant ! s'écria-t-il, la face réjouie malgré la bosse spectaculaire, luisante et fendue comme une bogue de noix, qui lui avait poussé au milieu des bouclettes. Bonjour, Mr Pitchum Daybright, ajouta-t-il, plein de révérence pour un personnage dont il avait appris que, bien qu'à peine âgé de cinq ou six ans de plus que lui, il avait déjà conquis des galons de limier.

– Wilkie Mac Goohan, le présenta en riant Peggy Cheviot, une compresse à la main. Forte tête ! Mais pas si forte, dirait-on…

– Que t'est-il arrivé, mon jeune ami ? s'enquit le superintendant.

– Eh bien, c'est quand j'ai été chercher c'te balai. Un bonhomme de neige, ça marche avec un balai, s'pas ? Du moins, c'est mon avis. (Regard de nostalgie vers l'inaccessible galurin en feutre du superintendant.) Bon, pas autant qu'avec cette merveille de vieille cruche qui vous abrite le crâne, superintendant, mais…

– Wilkie ! s'exclama Mrs Cheviot, offusquée, secouant une bande de coton en l'air. Quel langage !

– On a déjà causé d'ça, Scotland Yard et moi, répliqua Wilkie Mac Goohan qui capta, l'air entendu, le clin d'œil camarade du superintendant. Donc, me v'là à la remise du potager, où je sais qu'y a un tas d'outils dedans. Je vois mon bonheur ! Une pique de ramonage, ça r'ssemble fort à un balai, pas vrai ? Et pendant que j'te farfouille, j'entends quoi ? Qu'on m'enferme ! Sauf votre respect, Mrs Cheviot, c'était c'te bourrique de Briony…

– C'est parce qu'elle t'aime bien, lui assura l'aubergiste. Quand on est jeune et qu'on aime bien, on se chicane beaucoup. On était comme ça pendant nos fiançailles, Mr Cheviot et moi.

Elle regarda Mr Pitchum Daybright, lequel perdit contenance et rougit, pour Dieu sait quelle raison que lui-même ignorait. Elle baissa les yeux, refoulant un sourire.

– C'te bourrique de Briony, sauf votre respect, Mrs Cheviot, repartit Wilkie, je l'entends ricaner dehors avec sa copine, la Hatchard ! J'cogne dans la porte, je secoue, je tape des coups de pied. Ça finit par s'ouvrir. Mais avec toutes ces frappes et ces secousses, y a un de ces bouts de glaçons pointus qui s'était décollé de l'auvent, et paf, le voilà qui m'tombe dessus ! Paf, pile quand je sors ! Dans les livres, y a un nom pour ces machins gelés. Celui-ci était énorme, un vrai gourdin ! Y s'est fichu droit dans mon crâne comme le tire-bouchon dans un goulot de cherry. Je l'ai même ramené à Mrs Cheviot pour lui montrer.

– Seigneur, quel fanfaron ! Par bonheur, ça n'a fait qu'une écorchure. Désormais, ajouta malicieusement Peggy Cheviot en parachevant le bandage d'un nœud bien ajusté, quand il faudra introduire un peu de jugeote dans ta tête, on connaît le raccourci. Tu peux y aller, Wilkie.

– Où est l'objet du crime ? voulut savoir Pitchum (qui avait reconquis sa coloration naturelle).

Palpant son pansement avec l'orgueil d'un boucanier, Wilkie Mac Goohan leur montra la grande cheminée où une espèce de piquet transparent terminait sa fusion dans des chuintements de vapeur.

– Ç'a rétréci, constata-t-il. Y a cinq minutes encore, c'tait un vrai pieu ! J'aurais bien aimé montrer ça aux copains.

– Cette glace gêne la combustion du bois, fit observer le superintendant. N'était-il pas plus simple de s'en débarrasser dehors ?

Mrs Cheviot fit une moue, attendit le départ de Wilkie pour s'expliquer.

– Comprenez-moi, sir, il restait du sang sur la pointe. Oh, très peu. Car quoi que nous en conte notre Wilkie, ça n'a fait que l'érafler, mais… vous connaissez les enfants. Il aurait paradé partout avec son trophée pointu, c'était dangereux. Et puis, l'idée que les enfants jouent avec cette pique où il y avait du sang… Il me fallait choisir le feu ou la rivière ! conclut-elle avec un sourire qui rappela celui de sa fille aînée. Le feu était plus près.

– Vous avez agi au mieux, dit aimablement le superintendant en tirant sa montre de gilet. Votre jeune Briony aurait-elle déjà les finesses des tournures féminines ? Elle se fait attendre, dirait-on.

– Je suis là, monsieur le superintendant, fit Briony qui, assurément, possédait à l'instar de sa grande sœur le don des apparitions impromptues.

– Elle attendait le départ de Wilkie, leur expliqua Flannery qui suivait, portant le chat couleur civet dans les bras.

Elle plaça l'animal dans le giron de sa sœur.

– Je veux plus jamais voir Wilkie ! déclara la petite avec fougue. Wilkie Mac Goohan veut tout commander. Il enfile des sabots moisis au bonhomme de neige sitôt qu'on a le dos tourné, moi et Daphne. Il veut aussi lui planter un balai de ramoneur. Wilkie n'est pas un raffiné, conclut-elle, d'un ton de grande dame.

– Je préfère, pour ma part, les bonshommes de neige avec des souliers, certifia le superintendant. Des trotteurs de parade pour citadins, par exemple, précisa-t-il sans regarder Flannery. Tu souhaites, nous a dit ta maman, nous raconter quelque chose qui t'est arrivé, jeune Briony. Veux-tu que nous parlions dans une pièce où il y a moins de monde ?

Mrs Cheviot saisit la requête au quart de tour.

– Le cellier. Nous y serons tranquilles.

Lorsque, sous les jambons et saucissons qui vacillaient au plafond (et que Better-Go espionna avec passion), parmi de flegmatiques rangées de bocaux de courges, de pois, pêches, ragoûts, fricassées, compotes, ils furent tous installés, Briony fixa les visages, l'air incertain, quêtant un encouragement, que sa mère lui apporta par un tendre signe de tête.

– Cela concerne Mr O. Henry, dit enfin la petite. J'ai déjà tout raconté ce matin, mais personne n'écoutait. Il a fallu qu'on retrouve ce pauvre Mr O. Henry pour… (Les larmes débordèrent de ses yeux.) C'est vrai qu'il est mort, Mr O. Henry ?

– C'est hélas vrai, dit doucement Pitchum.

– Pauvre, pauvre Mr O. Henry… Il m'a protégée, vous savez. Il m'a sauvée quand je cherchais Better-Go. Il a protégé Better-Go aussi.

Elle embrassa le chat dans un hoquet de chagrin et d'horreur rétrospective.

– Il l'avait caché dans sa poche. Je trouvais qu'elle puait… Je regrette d'avoir pensé que sa poche puait, parce que, maintenant, Mr O. Henry est mort. Il nous a pourtant défendus contre le croque-mitaine, Better-Go et moi. Sinon, le croque-mitaine, il nous aurait tués…

Pitchum vint s'asseoir près d'elle, lui tendit son mouchoir (que le chat flaira, à toutes fins utiles).

– Raconte-nous ce qui s'est passé, murmura le jeune homme. Je te promets que nous retrouverons le croque-mitaine, et nous l'arrêterons.

Mrs Cheviot la prit dans ses bras, la moucha parce que la petite ne s'en sortait pas très bien. Le superintendant Linwood Tanybwlch trouvait que son assistant, lui, s'en sortait à la perfection.

– On le mettra en prison ? interrogea Briony.

– Oui. Et je gage que Wilkie Mac Goohan sera fier de connaître une demoiselle qui aura aidé Scotland Yard à arrêter le coupable.

– Fier ? Il sera jaloux, oui. Je déteste Wilkie Mac Goohan encore plus que me laver les cheveux. Encore plus que manger de la tourte aux oignons. Encore plus que…

Pitchum Daybright endigua le flot d'une main levée (que le chat flaira itou, toujours au cas où).

– Ce croque-mitaine, reprit-il après s'être éclairci la gorge, tu as vu sa figure ?

– Il était trop loin. Heureusement ! Oh là là, sinon… Mr O. Henry l'a appelé la Mort. *C'est la Mort là-bas !* Il arrêtait pas de répéter ça, Mr O. Henry…

Et, en dépit de moult bifurcations, mélanges, digressions et coq-à-l'âne, Briony leur fit un récit détaillé de sa nuit de terreur dans le bois de la Butte, et de sa rencontre avec le tueur.

24

Lady Babbage les fit patienter dans son grand salon, dont les murs semblaient pencher vers le centre de la pièce tant ils supportaient de trophées de chasse. *Sa collection*, avait dit le docteur March, avec un sourire. La couleur de la tapisserie – s'il existait une tapisserie – était invisible. Tout disparaissait derrière les têtes stupéfaites des chevreuils, biches, sangliers, lynx, les museaux de loutres, martres, lièvres, castors… Il y avait aussi des rapaces, des écureuils empaillés, et même un tigre du Bengale.

Lorsqu'une surface n'arborait ni andouillers, ni groins, ni mufles, ni naseaux, elle était envahie de coupes, médailles de compétition ou diplômes, de vitrines où s'alignaient pattes, cornes, et rangées d'insectes sous verre.

Il faisait chaud et pesant. Pitchum desserra sa cravate, étira le cou afin de respirer un peu… et se sentit littéralement épinglé au mur. Un adversaire embusqué venait de le crocheter par sa tignasse !

Non sans peine, et sous l'œil goguenard du superintendant, il parvint à se dépêtrer, puis virevolta pour identifier l'ennemi.

S'encadrait face à lui, à hauteur de sourcils, le masque blanc et noir d'un musculeux putois. Le cristal ténébreux de ses pupilles vous envisageait droit, avec l'expression du propriétaire dérangé par un visiteur tardif.

L'animal, vif, mais empaillé, pattes en avant, griffes déployées, avait été solidifié dans la pose saisissante d'une capture de proie.

Mais l'étrangeté de l'ensemble, ce qui procurait une fascination optique, presque fantastique, c'était que la bête était coupée en deux. À mi-corps, l'arrière n'existait pas. Elle paraissait jaillir de la pièce d'à côté, par un saut à travers le mur.

Pitchum frissonna, rajusta sa cravate sur sa pomme d'Adam.

– Lady Nemrod en personne, murmura le superintendant.

Un valet parut à cet instant, qui leur intima de le suivre et leur promit un thé. Le reste de la maison affichait les mêmes obsessions que le salon. Partout, une faune frappée de la même paralysie, cette sensation de traverser une forêt coagulée.

Lady Babbage les accueillit dans sa chambre, enveloppée de châles, clouée dans les oreillers d'un vaste lit.

– Pardonnez-moi de vous recevoir ainsi, mais je ne parviens pas à recouvrer mes nerfs. Miss Godden peut témoigner que je ne suis guère vaillante après un tel choc !

L'infirmière, en coiffe et tablier, était debout près d'une commode française. Elle s'affairait autour d'un plateau d'argent couvert de fioles, d'ampoules, de compresses. Elle les gratifia d'un discret sourire de bienvenue.

– Elle peut rester, n'est-ce pas ? fit, implorante, lady Babbage. J'ai si peur de m'évanouir.

Pitchum songea qu'on l'imaginait assez mal tomber dans les pommes. Lady Nemrod semblait aussi solide qu'un bœuf de labour… bien qu'au demeurant elle rappelât une jument.

– Cet infortuné braconnier, poursuivit-elle dans un soupir. Cela devait arriver. À force de vadrouiller, la nuit, à droite et à gauche, pour nous poser ses pièges… Il a fini par basculer de l'autre côté. Tockey vous a-t-il proposé du thé ?

– Il l'a fait, lady Babbage… Or donc, selon vous, le malheureux O. Henry serait tombé par mégarde ? intervint Pitchum avec une extrême courtoisie.

Elle écarquilla ses longues paupières équines, le fixa comme si elle le découvrait.

– Quoi d'autre ?

– N'arpentait-il pas les environs depuis de nombreuses années ? fit remarquer le superintendant. Il devait les connaître, en avoir mesuré les obstacles, les dangers…

Le cliquetis d'une cuiller dans le cristal d'un verre s'approcha. La coiffe immaculée de Miss Godden se pencha vers le lit.

– Vos gouttes, lady Babbage. Buvez.

Ils observèrent, dans un quasi-envoûtement, le cou qui ondulait de bas en haut, tel un lombric, à chaque gorgée. Pitchum finit par baisser les yeux vers ses souliers.

– Je me rappelle qu'un de mes chiens, une fois, a failli passer par-dessus bord. Le démon de la chasse peut faire oublier toute prudence. O. Henry devait être absorbé par ses manipulations. Peut-être briguait-il, lui aussi, cette renarde… Cela vaut cher, une peau de renard, pour un gueux qui vit dans les bois.

Le superintendant la pria de relater la partie de chasse et la découverte du corps. Ce qu'elle s'empressa de faire, avec le talent d'un chroniqueur, un zèle du détail et une délectation certaine. Le valet vint faire une apparition fugace avec le plateau du thé, s'éclipsa sitôt celui-ci servi.

– Assurez-moi d'une chose, dit lady Babbage. O. Henry était déjà mort, n'est-ce pas ? Je veux dire… ou de froid ou de sa chute. Ce ne sont pas les…

– Vos coups de fusil ? Selon le docteur March, aucune de vos balles n'aurait été fatale. Il est mort de sa blessure à la gorge. Par ailleurs, lady Babbage…

– Je vous écoute.

– Qualifieriez-vous de… cordiales vos relations avec le défunt ?

Après avoir semblé soulagé par les conclusions du docteur, le visage de lady Babbage se ferma. Miss Godden vint débarrasser le verre vidé.

– Ma foi, aussi cordiales qu'elles peuvent l'être entre le possesseur d'une terre et un individu qui vient y opérer des vols et des braconnages à répétition.

Elle leva vers eux sa longue face aux yeux à fleur de tête, où les lèvres étaient, à l'évidence, impuissantes à masquer la dentition.

– Je le détestais, lâcha-t-elle. Il me détestait. Je ne jubile pas de ce qui est arrivé, mais n'en suis pas fâchée non plus.

– Quels étaient vos rapports avec Vienna Apley ? questionna Pitchum à brûle-pourpoint.

À nouveau, elle fixa le jeune homme comme si elle le découvrait à l'instant.

– Vienna Apley ? répéta-t-elle, le sourcil haut. Quel lien avec la mort de ce braconnier ?

– Je vous saurais gré, lady Babbage, de répondre à la question, insista-t-il respectueusement.

Miss Godden revenait. Accompagnée cette fois d'une pilule de couleur bleue.

– Quoi encore ? geignit l'alitée.

– Ne disiez-vous pas avoir la migraine ? répliqua la nurse de sa voix égale et sereine.

Lady Babbage ingéra la pilule bleue. Une nouvelle fois, ils s'émerveillèrent en silence des ondoiements du lombric. Le superintendant Tanybwlch intercepta le regard de l'infirmière fixé sur lui. Il y surprit une indulgence espiègle, une lueur amie qui l'égaya.

– Pauvre Vienna, gémissait lady Babbage, retombée dans les oreillers. Elle ne méritait pas cette fin abominable. Ni Benedict. Son frère, le juge Apley, précisa-t-elle, se rasseyant. De redoutables cavaliers, tous les deux. Un bonheur de chevaucher et de chasser à leurs côtés ! Jamais je ne retrouverai pareils compagnons…

– Demeuriez-vous à Morgan's Moor lorsque Vienna Apley est venue s'occuper de son neveu ?

– Oh oui. Le major Babbage, mon cher époux, vivait encore. Vienna était infiniment dévouée à son frère. Après le mariage de Benedict avec Rosalee, elle avait pris discrètement ses distances avec Harborough Hall. Mais lorsqu'il s'est trouvé en plein désarroi, tout seul avec le bébé, elle est revenue se consacrer au veuf et à l'orphelin.

– Avez-vous connu l'épouse du juge ?

– Ah, Rosalee… Pauvre chose. Tellement délicate ! Un enfant pouvait, d'une paume, faire le tour de sa taille. Elle a perdu trois bébés successifs, savez-vous. La dernière fausse couche l'avait laissée exsangue, on l'a crue presque morte. Je la revois encore, les rares fois où elle s'aventurait, pâle et affaiblie, au village… De dos, on lui donnait douze ans. Je la revois avec ses petits gants rouges, on eût dit ceux d'une poupée…

Elle se moucha dans un carré de batiste, bien que ses yeux fussent secs.

– Le docteur March les avait mis en garde. Je parle du père, le docteur James March. Il les a prévenus qu'une nouvelle grossesse était inenvisageable, qu'elle serait fatale. Pour l'heure, elle devait reprendre des forces. Benedict s'est résolu à envoyer Rosalee en convalescence au bord de la mer, chez des parents dans le Dorset, afin que la pauvre petite puisse se rétablir… Il partait la rejoindre dès que ses fonctions le rendaient disponible.

La mine songeuse, elle souleva la carafe que Miss Godden avait placée sur le chevet, emplit son verre, but un centimètre d'eau. Le superintendant Tanybwlch et le jeune Daybright gardaient un mutisme attentif.

– Rosalee tenait à emporter sa femme de chambre avec elle. Dans le Dorset. Mais Jamesina tergiversait. Elle ne voulait pas quitter Morgan's Moor où…

– Jamesina ? s'écria Pitchum.

– Jamesina Palance ? dit le superintendant.

– Jamesina, oui. Alors Jamesina Osborne. Elle était fiancée à Palance, vous comprenez. Elle ne désirait pas s'éloigner de lui. Ou plutôt, j'oserais affirmer que Horton Palance ne voulait pas qu'elle lui échappe ! Jamesina était une jolie fille, très douce, travailleuse. La fatigue permanente de Rosalee, ses anémies, ses faiblesses, tout cela lui donnait beaucoup de labeur, mais Jamesina s'y employait avec cœur. Rosalee lui était sincèrement attachée, et je crois que la réciproque était vraie. Oh, pendant que j'y pense… Miss Godden ?

– Milady ?

– Vous n'oubliez pas de redire à Tockey de verrouiller la baie sur le jardin ? Toutes ces morts me rendent nerveuse et me donnent des peurs… extravagantes et obscures.

– Je n'oublierai pas, la rassura Miss Godden. Je range ma mallette et j'y vais.

– Or donc, lady Babbage, reprit le jeune auxiliaire du superintendant. Vous disiez que Horton Palance souhaitait garder sa fiancée au village, tandis que Rosalee Apley désirait l'emmener avec elle dans le Dorset…

– La malheureuse Jamesina, tiraillée, ne parvenait pas à prendre position. Un jour… Je n'y assistais pas, bien sûr, mais l'escarmouche a fait le tour de notre petit bourg. Un jour, Jamesina s'évanouit d'épuisement après deux longues nuits de veille et de soins prodigués à une Rosalee souffrante comme toujours. Le soir même, Horton Palance se rend au pas de charge à Harborough Hall. Un Horton Palance furibond, hors de lui. Il tombe nez à nez avec Benedict. Sans retenue, il l'abreuve de reproches, l'accuse de surcharger sa fiancée de besognes, de profiter de son abnégation, d'exploiter ses forces, son temps, sa bonté. Bref…

Elle avala une gorgée de thé, se régalant doublement du darjeeling et de voir deux hérauts de Scotland Yard suspendus à ses paroles.

– Il me faut préciser que le juge l'avait auparavant condamné par deux fois… Tapage, bagarres frustes et autres facéties. Vous imaginez bien que Palance lui gardait quelque rancune ! On a dit que si, ce soir-là, Palance ne s'est pas servi de ses poings contre le juge, c'est que la frêle Rosalee s'était interposée. Le lendemain, Jamesina prenait ses cliques et ses claques, et devenait Mrs Horton Palance. Ils ont disparu quelque temps, à Manchester, il me semble. Peut-être à Leeds. Puis on les a vus revenir, établir cette mercerie… Je ne sais avec quel argent.

Le superintendant hocha la tête, faillit poser une question, qu'il concéda finalement à son adjoint.

– Durant cette absence, reprit ce dernier, qu'était-il advenu du juge et de son épouse ?

– Eh bien, sa convalescence dans le Dorset achevée, Rosalee fut de retour, elle aussi. Rétablie, positivement illuminée de bonheur, le juge à un bras, son petit Muir dans l'autre. Un miracle de Dieu. Une ultime grâce pour ce couple demeuré stérile si longtemps. Hélas…

– Hum, marmonna le superintendant. Vous rappelez-vous combien de temps cette convalescence de Mrs Apley avait duré ?

– Oh. Une longue année ! Voire une année et demie, je ne sais plus. Hélas, elle a rechuté. La malheureuse est morte peu de mois après.

– C'est là qu'intervient Vienna Apley…

– Oui. Je peux attester que sans elle le juge se serait effondré. Vienna s'est sacrifiée corps et âme à l'enfant de Rosalee.

Le superintendant se remit debout d'un bond qui provoqua la surprise de Pitchum. Qui se redressa aussi. Ils remercièrent dans les formes et saluèrent leur hôtesse, que ces bavardages avaient nettement ragaillardie. Ils quittèrent la chambre, trouvèrent dans le vestibule Miss Godden qui, sa petite mallette médicale à la main, terminait ses instructions à Tockey, sous les yeux ébahis d'un couple de ragondins empaillés.

– Je dois aller changer les bandages de Mr Quincannon. Ferons-nous un bout de chemin ensemble ? s'enquit l'infirmière.

– Avec grand plaisir, chère Miss Godden ! répondit plaisamment le superintendant, le sourire guilleret.

Pitchum Daybright leur jeta un regard furtif, en biais. Et, tandis qu'ils sortaient tous les trois sous un soleil plus glaçant que la pierre, le jeune assistant songea que, s'il n'était pas convaincu de la loyauté de son chef et de son inexorable vénération pour la chère Mrs Tanybwlch, il aurait pu parier que l'infirmière était loin de déplaire au superintendant.

25

Flannery avait brossé et rangé sa jupe d'amazone et, lorsque Mrs Cheviot lui enjoignit de passer chez Enid Hemingwell la lingère, afin d'y récupérer un ballot de draps repassés, la jeune fille achevait de se changer à l'étage.

– Voilà un lustre que tu n'avais pas mis cette robe ! Elle te va à ravir, ajouta sa mère, mi-figue, mi-raisin… Mais est-elle assez chaude ?

Non, bien sûr qu'elle ne l'était pas par cette température de loup. D'un fin lainage à l'exquise teinte jonquille, la robe laissait la gorge un brin découverte. Flannery soupira. Elle ne détestait pas ce que cette robe montrait d'elle. Même, elle aimait assez…

– Je nouerai ma pointe en laine sous le manteau, concéda-t-elle. La blanchisserie n'est pas si loin que j'aie le temps d'attraper un rhume !

Elle fit comme dit, et sortit faire la course. Elle atteignait le haut de la rue principale au moment où, toute chargée de choux, la charrette de Pruitt, un fermier des environs, la descendit en trombe et roula dans le tas de neige sale qu'un balai venait d'amasser sur le côté des pavés. Le hasard, chafouin parfois, voulut que Flannery se trouvât pile entre le tas de neige sale et une devanture. Une giclée de boue vint frapper l'exquise teinte jonquille, et s'y accrocha telle une araignée malotrue.

– Hé ! cria la jeune fille.

Protestation dérisoire qui fut engloutie par le tonnerre de sabots et de roues qui dévalaient. Pruitt ne s'était aperçu de rien, il filait déjà loin. Flannery resta, bouche bée, à fixer l'araignée de boue qui venait de transformer en une demi-seconde une robe adorable en infect oripeau. Quelqu'un sortit de la boutique, chiffon à la main.

– Essuie vite. Ou ça va s'incruster.

Flannery évalua ce que Keir Mohune était en train de lui tendre avec compassion.

– Il est propre ? s'enquit-elle.

La solution ne devait pas être pire que le problème, n'est-ce pas ? Le jeune taxidermiste hocha la tête. Elle s'empara du chiffon, s'en servit pour retirer l'excès de boue avec prudence. À la fin, il subsistait malgré tout une trace, comme si l'araignée avait détalé en abandonnant son ombre derrière elle.

– Pas fameux, observa Flannery.

– Il y a une cruche d'eau claire dans la boutique. Viens donc rincer tout ça.

Elle entra. Mohune emplit d'eau un bol en faïence, lui installa la cruche près d'une pile de petits tissus propres.

Flannery venait parfois chez le taxidermiste. Surtout pendant les périodes où, débordé par l'ouvrage après une chasse ou une épidémie animale, il commandait chez Mrs Cheviot ses repas, que Flannery ou Briony lui apportaient de l'auberge. Cousin des Palance, Keir Mohune était un jeune homme discret, au timbre doux, agréable de figure. Pourtant, dans cette boutique, Flannery se sentait toujours décontenancée, troublée par la présence des bêtes empaillées. Elles paraissaient foisonnantes, l'endroit n'étant pas grand. Et puis cette odeur spécifique.

La jeune fille prit place sur le siège qu'il avançait. Dans la pièce peu éclairée, les cheveux du jeune homme, ce blond presque blanc, donnaient l'impression qu'il était coiffé d'un casque en émail. Et, tandis qu'il retournait à son établi poursuivre son travail, Flannery entreprit de désencrasser l'étoffe jonquille.

– Ce maudit Pruitt mène ses choux comme une brute, il se croit en plein champ… C'est une fouine, là ? demanda-t-elle, montrant l'animal, à peine plus gros que le poing, qu'il était en train de coudre.

L'aiguille, recourbée, passa et repassa en points minuscules d'un bord à l'autre de la bête éventrée, comme pour clore les lèvres d'une bouche remplie de paille.

– Une fouine ? sourit-il avec surprise. Oh là là… non. Les fouines sont bien plus grandes que ça. Tu n'as donc jamais vu de fouine, toi, une fille de la campagne ?

– Je pensais que celle-ci était une jeune. Maman, une fois, en a trouvé une dans la cabane du potager, derrière l'auberge. Elle s'était prise dans une panière fermée.

– Ça ne m'étonne pas. La fouine est plus frileuse qu'une grand-mère. Elle aime son confort. C'est pour ça qu'elle vit tout près des humains. Sans se faire remarquer, bien sûr.

– De toute façon, rétorqua Flannery, la campagne m'intéresse peu, je préfère la chimie, les sciences de la médecine, les expériences dans un laboratoire… Je serai docteur, assura-t-elle avec un rien de forfanterie.

– Excellente idée, dit Mohune, continuant de bâtir placidement ses petits points menus. Mais, la science, c'est vaste, tu sais. On y inclut aussi l'étude des animaux, y compris les familiers.

Bien que concentrée sur la purgation de sa robe, Flannery s'offrit un temps de méditation.

– Ceci est une belette, reprit-il. Ça vit dans les lisières, se nourrit de souris, c'est très utile. Hortense, la fille d'Enid Hemingwell, l'a trouvée en bordure de champ, cet automne. La belette était blessée, mais elle vivait encore. Hortense me l'a apportée ici, mais… il m'a fallu l'achever. Alors, en souvenir, j'ai proposé à Hortense de l'empailler. Tiens, regarde.

Flannery se pencha sur l'ouvrage. Dans l'angle de l'établi était posé un autre petit animal, raide et inanimé, empaillé lui aussi, un campagnol des champs. Il s'en empara. Elle aperçut le pansement qu'il avait à la paume.

– Tu vois ce fil de fer? continuait-il. Je vais tenter de le fixer dans la gueule de la belette. Je voulais le faire avec cette chouette, mais la belette me plaît mieux. J'aimerais donner l'impression qu'elle vient d'attraper sa proie. Une sorte de tableau vivant, en somme.

Elle ne put retenir un frisson. Keir Mohune avait-il occis le campagnol dans l'unique but de composer ce… tableau vivant? Il avait bien achevé la belette d'Hortense. Au-dessus du plan de travail, le regard de la jeune fille se promena sur les râteliers où s'ordonnaient, par tailles, des lames brillantes, des grattoirs pointus, des scalpels, des couteaux, des aiguilles…

– Le campagnol était déjà mort, sans doute tué par un congénère, dit Mohune, comme s'il avait pénétré ses pensées. Disons que je lui offre une petite prolongation de son existence.

De ses longs doigts, dont elle n'avait encore jamais remarqué les ongles rectangulaires et plats, il inséra délicatement le fil de fer entre les joues de la belette. Elle détourna les yeux.

– Voilà fort longtemps qu'on voit ce renard chez vous, Mr Mohune, dit-elle, désignant une étagère.

– Il n'est pas à vendre, dit-il avec son doux sourire. Mon premier empaillage. Il est bourré d'imperfections que je sais éviter désormais, mais je le garde. Je l'avais en arrivant ici.

– Je me souviens bien ! s'écria-t-elle. Vous le portiez sous le bras quand vous êtes arrivé par la diligence, le soir où…

S'ensuivit un silence, à peine piqueté par l'action de l'aiguille de Keir Mohune.

– Le soir du drame, dit-il dans un léger soupir. Le soir de cette femme. Cette Donalda Brown qui a été la corde pour pendre mon cousin Horton.

Nouveau silence, nouveaux piquetis de l'aiguille. Il sourit, comme pour gommer le tragique de ses paroles.

– Tu étais encore une gamine, Flannery Cheviot. Avec de grands yeux pleins de curiosité qui épiaient tout, ce soir-là, et des nattes qui se hérissaient à la façon de cette broussaille qui me sert à empailler. On n'aurait jamais imaginé que tu deviendrais une jolie jeune fille en robe bouton-d'or.

– Jonquille, murmura-t-elle, vaguement troublée.

– Jonquille, soit.

Silence. Aiguille.

– On ne vous avait jamais vu au village avant ce jour-là, Mr Mohune. Vous connaissiez bien votre cousin Horton ?

– Oui et non, répondit-il en haussant les épaules. Je l'avais rencontré, enfant. Il m'impressionnait. Il n'avait pas très bonne réputation dans la famille. Il passait pour querelleur, violent, avare, se fichant de tout et de tout le monde, un misanthrope qui faisait peu de cas de ses frères humains.

L'aiguille courbée s'immobilisa un instant entre les deux bords du ventre – à demi refermé, maintenant – de la belette. Keir Mohune plissait les paupières, à la recherche de souvenirs.

– Un jour, mon père avait sollicité son aide. Charlotte, ma plus jeune sœur, était très gravement malade. Il lui fallait beaucoup de soins, très longs, très coûteux.

– Horton Palance aurait-il fait la sourde oreille ? s'indigna Flannery. Je ne peux imaginer quelqu'un d'assez cruel pour…

– Non, non. Nous avons reçu son argent. Après bien des supplications de ma pauvre mère, il a fini par l'envoyer… Bien que trop tard. Notre tendre petite Charlotte était déjà en terre. Je dois confesser que le cousin Horton s'était fait prier, il avait beaucoup atermoyé. Oh, simple négligence, j'en suis persuadé. Il ne se rendait pas compte de l'urgence.

– Je suis bien, bien désolée pour la petite Charlotte, dit Flannery avec sincérité. Vous me voyez emplie de chagrin pour elle, et aussi pour vous.

Keir Mohune la remercia de son gentil sourire, ses doigts de nouveau au travail.

– C'était là son caractère. Pour mon installation à Morgan's Moor, cousine Jamesina a racheté, d'une certaine façon, l'inconséquence de son mari. Elle s'est généreusement occupée de moi. Lorsque cousin Horton a été… est mort, elle m'a versé un pécule sur l'héritage. Rien ne l'y obligeait, nous n'avons aucun sang direct. C'est ainsi que j'ai pu ouvrir ma boutique, alors que je n'avais que le vague espoir de devenir employé chez mon confrère d'Ambroseburg. Grâce à elle, je suis le capitaine de mon petit navire.

– C'est très noble de sa part.

– Jamesina était la meilleure des femmes, dit-il avec simplicité.

Flannery aperçut pour la première fois le ruban noir qu'il portait, noué un peu au-dessus du coude, en signe de deuil. Les bras de Catriona et de Fergus en portaient un identique, depuis le décès de leur mère, encore récent. Jamesina Palance s'était éteinte à l'automne, de lassitude et de chagrin, trois ans après son mari. Nul doute que, sans ses enfants, elle l'eût rejoint plus tôt.

Après avoir hésité, Flannery murmura :

– C'est drôle... Tout Morgan's Moor s'apitoyait, la plaignait d'être mariée à un tel homme, cet homme si sombre. Pourtant, elle semblait la seule à comprendre et à aimer l'étrange Horton. Elle le défendait bec et ongles, quoi qu'on dise. Jusqu'à sa mort, en octobre dernier, elle répétait qu'il était innocent.

Keir Mohune noua son fil invisible, le sectionna à ras avec de fins ciseaux, avant de hocher la tête, sa couture achevée.

– L'amour a ses raisons, soupira-t-il avec fatalisme, et une vague dérision pour cet aphorisme très usagé. Dis-moi, Miss docteur Cheviot, as-tu déjà vu un renard fondre sur une proie ?

– J'en ai vu un, il y a peu... C'était lui, la proie.

– À la partie de chasse de lady Babbage, hein ? J'espère qu'il a réussi à se carapater. J'ai un faible pour l'intelligence des renards, ils ont une mémoire phénoménale, sais-tu ? Tu n'as pas répondu, as-tu déjà surpris un renard attrapant sa proie ?

Et comme Flannery répondait non, le jeune taxidermiste expliqua :

– Il s'immobilise en statue, il attend, et lorsque l'objet de sa convoitise passe à proximité, il exécute un formidable saut d'acrobate qui le projette en l'air, à plus d'un mètre du sol… et tombe droit sur sa cible, les quatre pattes jointes, et…

– Et… ?

– Il la croque. Je ferai cela un jour. Le tableau vivant d'un renard qui bondit en l'air sur… un poisson, mettons.

Flannery le contempla, déroutée. Comment pouvait-on porter un tel intérêt aux animaux vivants, puis… les emplir de paille et les coudre ?

– La robe paraît digne de reparaître au monde, la taquina-t-il. Une bonne lessive et on ne verra plus rien du tout.

– J'ai épuisé presque toute la pile de carrés d'étoffes… je vais les emporter pour les laver.

– Certes pas. Préservez vos mains pour la noble médecine, docteur Cheviot.

Il n'avait pas tort. Mais elle n'avait pas pu s'empêcher. Elle essayait de lutter, pourtant, contre ces préhistoriques réflexes de femme. Le nouveau siècle tout proche changerait cela, elle en avait la certitude.

Flannery avança vers la vitrine et sa lumière pour mieux scruter le tissu jonquille et le résultat de ses efforts… Après un ultime lustrage, elle releva les yeux, et se sentit frémir.

Dans la rue, de l'autre côté de la vitrine, Pitchum Daybright passait… Ou plutôt, avait cessé de passer pour marquer l'arrêt.

Parfaitement interdit lui aussi, il dévisageait Flannery Cheviot.

26

Parfaitement interdit, donc.

Pitchum fixait Flannery qu'il n'attendait ni en cet instant ni en cet endroit.

Il avait été d'abord attiré par une espèce de remous derrière la devanture, un remous chatoyant – ensoleillé, même – auquel ses inclinations méthodiques octroyèrent le nom de «jaune de chrome». Mais peut-être (pensa-t-il immédiatement après), cela évoquait-il plutôt la couleur du poussin…

Ou du coing?

Oui, c'était cela: du jaune coing. Pas mûr.

Intrigué, il s'était rapproché, infatigable apprenti détective, soucieux de démêler les menues énigmes que l'ordinaire de la vie propose à celui qui sait les voir.

Flannery Cheviot en robe jaune coing. Voilà ce qu'il envisageait depuis la rue pavée. Il aperçut ensuite le taxidermiste, en tablier, qui laissait son établi pour parler à la jeune fille.

Concernant les taxidermistes, Pitchum avait le souvenir d'un magasin à Londres où il était entré avec sa sœur Hazel. L'homme qui les avait accueillis possédait un cou de python, les bajoues d'un batracien, des bras d'ourson, une peau de…

Celui-ci était jeune, d'un blond aussi lumineux que le sourire dont il gratifiait la jeune fille en cette minute. Mû par une laide émotion que sa nature débonnaire n'avait, à ce jour, encore jamais éprouvée, Pitchum poussa la porte de la boutique.

À peine eut-il fait un pas qu'une foule de questions (qui étaient, à dire vrai, une seule et même) se mirent à le tarauder. Que dire ? Quel motif allait-il inventer ? Quelle justification fournir ? Pourquoi était-il là ?

– Rebonjour, Pitch ! s'écria Flannery. Mr Mohune, je vous présente Mr Pitch Daybright de Scotland Yard, auxiliaire du superintendant Tanybwlch venu enquêter sur ces meurtres épouvantables…

– Pitchum. Pitchum Daybright. J'assiste en effet le superintendant.

– Pitch, voici Mr Keir Mohune, taxidermiste à Morgan's Moor, et cousin de la famille Palance. Venez-vous avec l'intention de lui poser des questions ?

– Eh bien…

Elle le jaugeait, narquoise à son habitude, mais il n'en eut cure. Dans sa robe jaune coing, elle venait de lui servir un motif sur un plateau.

– Y voyez-vous un inconvénient, Mr Mohune ? s'enquit-il après une petite toux de préambule.

– Pas du tout, Mr Daybright. J'allais faire un thé, en prendrez-vous ?

– Je ne refuse pas, merci.

L'eau fut versée dans une bouilloire, la boîte de thé posée sur un coin de l'établi. Pitchum dut admettre, en son for intérieur, que le taxidermiste possédait des traits avenants, qu'éclairait agréablement cette blondeur presque blanche. Les jeunes filles devaient trouver l'ensemble séduisant. Pitchum se tourna vers Flannery.

– Au plaisir, Miss Cheviot, dit-il avec une brève inclinaison.

Il recula pour lui ouvrir la porte, au cas où elle n'aurait pas saisi cette invitation à décamper. Elle obéit avec lenteur, visiblement à contrecœur, tandis qu'il tenait, obséquieux, le battant ouvert.

– Si, d'aventure, votre crâne devenait chauve, Pitch, je vous conseille la queue de ce renard en guise de perruque, sa couleur est jumelle de celle de vos cheveux.

– Si, d'aventure, vous manquiez de coings pour élaborer quelque confiture, je vous engage à cuire un kilo de cette robe qui leur ressemble comme deux prunes.

Il referma sur sa mine outragée, et pivota vers le taxidermiste que cette joute semblait amuser. Pitchum libéra sa gorge d'un chat imaginaire.

– Mr Mohune… Ainsi donc, vous êtes le cousin de Catriona et Fergus Palance. Les voyez-vous souvent ?

– Assez. Catriona me fournit régulièrement le matériel nécessaire à mon activité.

Il ébouillanta la théière, jeta l'eau, mit le thé, puis l'eau sur le thé, reposa le couvercle.

– Quel matériel ?

– Fil, aiguille, boutons, bourre… Cette sorte de choses.

– Si je comprends bien, vous étiez cousin de Horton Palance, donc, par alliance, celui de Jamesina.

– C'est exact.

– Vous les voyiez souvent ?

– Dès mon installation à Morgan's Moor, je rendais des visites quasi quotidiennes à ma cousine Jamesina. Après… cette tragédie. La pauvre se laissait dépérir après la mort de Horton. J'essayais de lui apporter soutien et réconfort, autant qu'il m'était possible du moins.

– Vous vous êtes blessé à la main, Mr Mohune ?

– Un coup de scalpel maladroit en travaillant la chouette.

– Votre cousin Horton… On dit qu'il n'était pas d'un caractère facile. Vous l'aviez bien connu ?

Keir Mohune se passa la paume sur le visage, comme s'il essayait d'écarter loin de lui les scènes d'un cauchemar. Il servit le thé, tendit la tasse à Pitchum, de sa main pansée.

– Voyez-vous, Mr Daybright, mon arrivée à Morgan's Moor a coïncidé avec celle de l'accusatrice de Horton, cette dame Donalda Brown. Nous avons débarqué le même soir, par la même diligence. Nous avions voyagé ensemble depuis Coxwold, où j'étais monté. Elle, s'acheminait depuis Londres. Si seulement j'avais su… Si seulement j'avais connu le but de son voyage…

Il parut sur le point de fondre en larmes. Pitchum ne pipait mot, tasse en l'air. Keir Mohune se reprit.

– Autant dire qu'ensuite, hormis durant le procès, je n'ai pas longtemps vu mon cousin. Seulement lors de nos visites, à la prison, et le jour de… son exécution !

– Je comprends, murmura Pitchum, impressionné malgré lui.

Ils burent quelques gorgées en silence, observés par les dizaines d'yeux figés des animaux naturalisés.

– Pouvez-vous m'en dire davantage sur cette dame, Mr Mohune ? Cette Mrs Donalda Brown. L'aviez-vous rencontrée auparavant ?

– Jamais. Je n'ai jamais mis les pieds à Londres. Horton ne l'avait jamais vue non plus. Ni personne dans notre famille. Nous ne la connaissions pas, elle ne nous connaissait pas. Un fait qu'elle a volontiers admis, et dont elle s'est d'ailleurs glorifiée ! La preuve, selon elle, de la puissance de ses facultés de médium ! Elle n'avait jamais vu Horton Palance avant de venir ici l'accuser. Excepté…

– Excepté… ? reprit doucement Pitchum, la pause s'éternisant.

– Excepté dans ses… visions. Ces mirages qui l'ont exhortée, affirmait-elle, à se précipiter ici pour alerter le juge Apley.

Pitchum se mordilla un coin de lèvre.

– J'ai lu les minutes du procès. Elles développent peu cet aspect… hum… ésotérique de l'affaire. Les avocats ont préféré utiliser les termes de « préfiguration », de « supposition » ou de « conjecture ».

Keir Mohune eut un sourire douloureux.

– Il est vrai que moi-même je ne parvenais pas à le croire. Et je n'y parviens toujours pas vraiment. Les paroles de cette femme étaient tellement insensées ! Comment croire… accepter qu'un crime perpétré à Morgan's Moor puisse être « vu » à Londres, *avant même d'être commis* ? Quel esprit raisonnable peut admettre cette aberration ?

Pitchum reposa sa tasse vide.

– Le superintendant Linwood Tanybwlch, mon chef à Scotland Yard et mon mentor personnel, a coutume de dire que, à part les miracles dépeints dans la sainte Bible, une explication terrestre est toujours démontrable.

Il sortit ses gants d'une poche, enfila le premier.

– Durant votre trajet commun, à Mrs Brown et vous-même, dans cette diligence depuis Coxwold, n'y a-t-il pas eu de conversation ? De ces propos échangés entre voyageurs ?

– Si… si, bien sûr…

Une nouvelle fois, Keir Mohune parut au bord des larmes.

– Je dormais ! s'écria-t-il, d'une voix qui se brisa. Cette démente a radoté toutes ses folies extravagantes, toutes ses absurdités aux passagers et… et moi, je dormais. Je me suis assoupi à peine monté, et n'ai rouvert l'œil qu'au cri du cocher annonçant Morgan's Moor !

Soudain débordé par un flot d'émotions, il éclata en sanglots qu'il fut incapable de dompter pendant une longue minute. Les soubresauts de sa douleur et de ses regrets amers furent les seuls éléments mobiles au milieu du monde des empaillés. À l'image de cette forêt animale pétrifiée, Pitchum se tenait coi.

– Je suis désolé, dit enfin Mohune en s'épongeant la figure avec un chiffon. Je ne cesse d'y penser… Chaque jour, je me le reproche. C'est mon tourment, Mr Daybright… Si j'avais eu connaissance des desseins de cette folle furieuse, j'aurais tout fait pour la décourager, la détourner, lui faire rebrousser chemin, que sais-je. J'aurais pu l'empêcher…

Pitchum ajusta nerveusement son deuxième gant. La détresse du jeune homme l'éprouvait.

– Je ne crois pas que vous eussiez pu empêcher quoi que ce soit, Mr Mohune, chuchota-t-il. Cette Mrs Brown s'en venait de Londres, c'est là un très long voyage, qui atteste d'une grande détermination. Non, je ne crois pas qu'elle eût rebroussé chemin, ni que votre intervention eût modifié ses plans.

Il le salua.

– Grand merci, Mr Daybright, répondit Keir Mohune, la voix lasse. Je tâcherai de penser à ces paroles consolantes lorsque les regrets me tireront du sommeil.

27

Au comptoir de la mercerie, Catriona était en train de servir le vicaire dont les filles étaient à court de boutons, à croire que ces demoiselles les gobaient comme autant de cookies, se plaignait-il, ou de bonbons.

– On m'en réclame beaucoup depuis le froid! le rassura, d'un rire léger, Catriona. Les boutonnières sont mises à rude épreuve avec tous ces lainages que l'on empile sous les manteaux.

– Je n'y avais pas pensé, marmonna-t-il. Je vais en prendre une douzaine. S'il en reste, ils serviront l'hiver prochain…

Elle les emballa dans une pochette de papier, rangea les tiroirs déplacés. Il nota ses gestes vifs, plus fébriles que d'habitude, ses joues roses. Le père Silas Harrylime ondoya discrètement des sourcils.

– Tu n'es pas souffrante, Catriona?

– Souffrante? Non, père Silas. Ai-je l'air si… défaite? s'inquiéta-t-elle soudain.

– Pas du tout, chère petite. Tu brilles tel un ange.

Il compta sa monnaie qu'il aligna par petites piles. Il n'y avait pas de rendu. Il lui jeta un dernier coup d'œil avant de prendre congé, la pochette de boutons serrée contre lui. Non, Catriona n'avait pas l'air défaite. C'était même tout le contraire. Lorsqu'elle avait noué le ruban sur la pochette, ses yeux avaient une intensité !…

Quand il fut sorti, Catriona se rendit dans l'arrière-boutique. D'une caisse, Fergus sortait une commande de gros-grain, qu'il contrôlait et biffait sur des fiches.

– Je dois sortir, dit-elle.

– Tu vas où ? s'enquit-il, la mine absente.

– Je… j'apporte ses coupons à Miss Quincannon.

Elle ne savait pas mentir. Surtout à son frère, qui avait le chic pour la deviner. Dix fois, pourtant, elle s'était répété ce prétexte.

Cela ne manqua pas… Fergus se redressa pour la dévisager. Elle se félicita de n'avoir pas ravivé ses joues de fard rose. En cette seconde, il n'y en avait nul besoin. Sa main, enfouie dans une poche, compressait le petit papier plié qu'elle y cachait.

– Miss Quincannon ? répéta-t-il. Je croyais qu'elle avait changé d'avis sur la couleur.

– Eh bien… Elle en a encore changé. Ton repas de midi est mis au chaud, et j'ai rapporté de la crème pour la compote. À tout à l'heure.

Il hocha la tête, replongea dans la commande et ses fiches. Elle s'éclipsa de la réserve, mit sa pèlerine et une écharpe, ses mitaines, puis sortit de la boutique à l'instant où la cloche sonnait la demie de 11 heures. Elle serait en retard au rendez-vous.

Elle évita la place et la grand-rue, contourna en hâte le pré. Elle vit que Briony avait orné le bonhomme de neige avec les colifichets qu'elle avait remis l'autre jour à son père. Pour s'épargner toute rencontre inopportune, elle fit un large crochet pour atteindre les bords de la Thamy qu'elle longea sous un soleil aussi lumineux que glacé.

Voilà, elle y était presque. La cachette, *leur* cachette, où ils se retrouvaient trois ans plus tôt. Où elle n'avait jamais remis les pieds. Son cœur tapait si fort sous ses côtes qu'elle marqua une pause pour ne pas tomber. Elle pénétra dans les bosquets. Elle avança vers un cercle de hauts rochers infléchis, dont Muir prétendait qu'ils étaient trois moines en prière, qu'ils veillaient sur eux.

Il était là. Depuis combien de temps était-il là ? Elle avait vraiment du retard… La faute aux boutons du vicaire.

Les deux jeunes gens se fixèrent en silence. Puis, soudain, Catriona fut engloutie par les ailes d'un manteau dont la chaleur lui fit tourner la tête.

– Je t'ai tant attendue…

– Pardon… je n'ai pas pu… Le père Silas…

– Trois ans ! souffla-t-il. M'aimes-tu ? Je veux dire, m'aimes-tu toujours ?

– Toujours, toujours, murmura-t-elle, étourdie par les bras chauds, les ailes chaudes, sa poitrine chaude, son souffle chaud.

Elle leva le visage, son front touchait son menton, elle caressa tendrement les boucles, la nuque, et cette intimité enfin reconnue l'apaisa et la combla.

Nous formons une île chaude, pensa-t-elle, émue, vacillante, entourée par lui. *Une petite île chaude perdue au milieu de la glace du monde.*

Le merveilleux murmure de la rivière sous la surface gelée embellissait tout. Ils obéirent enfin au baiser qui s'impatientait, qu'ils avaient refoulé par crainte, et qui les foudroya.

– Mon amour, chuchota Muir. Je me suis rendu en Écosse la semaine dernière. Un aller-retour au galop, en une nuit. J'y ai vu le prêtre de Gretna Green. C'est le premier village sur la carte lorsqu'on franchit la frontière. Le père Stevenson peut nous marier. J'ai tambouriné à sa porte au milieu de la nuit. Le malheureux, je l'ai réveillé en sursaut…

Soudain affolée, elle s'arracha à lui, de ses bras, des ailes du manteau. Le froid la secoua d'un long frisson.

– Est-ce que ce n'est pas mal ? chuchota-t-elle. Si vite ? Ta tante Vienna… Je veux dire, nous avons tant attendu déjà que…

– Tant attendu, ma douce ! Trop attendu. La loi d'Écosse permet le mariage à ceux qui n'ont ni vingt et un ans ni le consentement de leurs parents. Là-bas, ajouta-t-il avec un sourire de tristesse, nous aurions même pu nous unir à quatorze ans. Si nous l'avions su, alors.

– J'ai… Oh, Muir !

Il la scruta, brusquement saisi d'angoisse.

– Tu ne veux plus ?

Elle étouffa les mots entre ses bras noués, la joue contre sa chemise et l'odeur aimée qu'elle venait de retrouver.

– Mon amour…

– Partons d'ici dès que tu le voudras. Je suis prêt, moi.

Elle poussa un soupir, un frêle soupir, dont elle ne savait s'il était de bonheur, ou d'appréhension, ou de frayeur.

– Je suis prête moi aussi ! dit-elle bravement.

Ils se serrèrent, vacillant, comme pris entre un gouffre et un ouragan.

– Nous fuirons de nuit. Nous serons mari et femme dès

l'aube. À notre retour ici, ils ne pourront rien dire. Le veux-tu ? Ma douce… me veux-tu ?

Elle hocha la tête, à la fois grave et exaltée, inquiète mais emportée. Oui, elle était prête.

– Il ne faudra être vus de personne, dit-il. Le froid est notre ami. Nous devrons nous méfier de ces deux hommes de Scotland Yard. Ils m'ont questionné, pour savoir où je me trouvais la nuit où tante Vienna est morte…

– Tu leur as expliqué la vérité, je suppose…

– Je n'ai rien expliqué du tout. Pouvais-je avouer ma chevauchée jusqu'à la frontière écossaise ? Il aurait fallu en révéler le but et les raisons…

– Oh, s'exclama Catriona anxieusement, mais alors, s'ils ne savent pas, alors ils vont penser… ils peuvent te soupçonner…

– Il sera temps de leur raconter la vérité. Le père Stevenson est mon alibi. Si je leur parlais maintenant, ils t'interrogeraient, toi aussi. Ils nous retarderaient. Attendons.

– Qu'est-ce que c'est ? s'exclama-t-elle, tressaillant.

Leurs yeux fouillèrent ce qu'ils pouvaient capter du paysage. Les trois moines en prière, aux épaules couvertes de neige, les protégeaient des regards, mais ils limitaient le leur.

– Ça ressemblait à des pas…

– Un renard, ou une martre, dit-il.

– Allons-nous-en.

Il la retint un instant, la fixa intensément.

– Ne change pas d'avis, mon amour, ne change pas d'avis… J'en mourrais.

Elle resserra la pèlerine autour d'elle et, après un dernier baiser, elle repartit en sens inverse. Elle aussi en mourrait, son cœur en avait désormais la certitude. Dans sa course, les pulsations de ses veines la faisaient presque chavirer.

Le chemin parut court jusqu'au village, et jusqu'à la boutique.

Elle prit le temps de respirer un peu, d'ordonner ses cheveux, avant d'entrer. Dans la réserve, son frère se tenait toujours devant fiches et commande.

– Y a-t-il eu des clients ? demanda-t-elle.

– Le père Silas. Il est revenu.

– Le père Silas ? s'étonna-t-elle. Un problème avec les boutons qu'il a achetés tout à l'heure ?

Fergus fit tapoter son crayon contre ses dents, haussa les épaules en signe d'ignorance.

– Et Miss Quincannon ?

– Miss Quincannon ? répéta-t-elle, à mille lieues de la mercerie.

– Ses coupons… La couleur lui convient, finalement ?

– Oh oui. Très bien, dit-elle, soudain irritée par les tapotements du crayon.

Fergus posa le crayon, se dirigea lentement vers une étagère… où étaient empilés les coupons de Miss Quincannon. Catriona demeura silencieuse.

– Tu étais avec lui, dit-il. Pourquoi ne le dis-tu pas ?

– Écoute…

– Pourquoi ne le dis-tu pas ? cria-t-il. Je t'ai suivie, je vous ai vus !

Elle soupira.

– C'est donc toi qu'on a entendu.

Brusquement, le frère s'élança, prit sa sœur dans ses bras, la serra à lui broyer les épaules et le cœur.

– Quand vous serez mariés, je resterai seul… Tu es mon unique sœur, la seule famille qui me reste !

Elle lui tapota les oreilles comme lorsque, enfant, leur père venait de le rabrouer.

– Tu sais bien que non. Jamais. Jamais je n'abandonnerai mon petit frère.

Il poussa un soupir qui contenait tout son désarroi et tous ses tourments. De nouveau, elle lui tapota affectueusement les oreilles. Et se demandait quoi faire.

28

Kathleen entendit des pas dans le couloir… et se recoucha en vitesse ! Lorsque son mari entra, suivi de Miss Godden, elle était allongée, les yeux clos, mais Gedeon ne fut pas dupe.

Il se plaça au bord du lit, lui prit le pouls. Elle cligna des paupières, comme s'il venait de la réveiller. Il eut un sourire. Ce sourire bien à lui, à la fois sévère et indulgent de l'autorité médicale.

– Enfant ! soupira-t-il. Tu es une enfant…

Ce ton, qu'il prenait avec elle, parfois, l'irrita. Elle sentit qu'il se penchait pour lui effleurer le front de ses lèvres. Elle les trouva fraîches, cela faisait du bien.

– Tu as encore un peu de fièvre, murmura-t-il. Miss Godden, deux jours supplémentaires d'antipyrétique.

– Il ne nous en reste qu'un fond. J'irai à la pharmacie tout à l'heure, répondit la voix unie de la nurse. Nous n'en avons plus en bas.

« En bas » était le cabinet de consultations. Miss Godden disait « nous », tel un couple. Le couple magique, efficace et protecteur, qui faisait la pluie et le beau temps des souffreteux de Morgan's Moor et alentours, songea avec exaspération Kathleen, se classant d'emblée dans la case des « souffreteux ».

Elle termina l'eau de la carafe posée sur son chevet, fut prise d'une toux qui la fit virer écarlate. Quand elle eut repris son souffle, Kathleen se sentait affreusement moite, comme après une course en pleine lande. Elle se renversa dans les oreillers, brûlante, hors d'haleine. Elle avait envie d'aller gambader dans la lande, ne plus être enceinte…

– Baignez-lui le visage avec de l'eau fraîche, ordonna Gedeon à l'infirmière.

La carafe était vide. L'eau du broc dans le cabinet de toilette avait la tiédeur du calorifère à proximité. Miss Godden vérifia autour d'elle, parut se demander s'il fallait faire monter l'eau fraîche de la cuisine. Puis, d'un geste résolu, elle s'empara d'un plateau vide en argent posé au centre de la commode. Elle alla entrouvrir la fenêtre où elle brisa, du tranchant du plateau, la base d'une chandelle de glace qui pendait du volet, puis referma en hâte. Ensuite de quoi, elle l'enveloppa dans un linge, qu'elle vint doucement promener sur le front et les joues enfiévrées.

– Miss Godden ! s'exclama Gedeon, épaté. Le compagnon idéal pour Robinson sur son île, c'est vous ! Vous feriez surgir un feu d'un col de dentelle, ou un poisson rôti d'une noix de coco !

Miss Godden joignit son rire au sien, sous l'œil d'une Kathleen positivement médusée.

Son mari saisit la main de sa femme dans la sienne. Elle ne put s'empêcher de penser qu'il allait lui reprendre le pouls. Puis elle s'en voulut d'avoir conçu pareille idée, car il porta à ses lèvres le poignet qu'il embrassa tendrement. Miss Godden s'éclipsa, en toute discrétion.

Avec un énième soupir, Gedeon March contemplait sa jolie épouse.

– Pourquoi me regardes-tu ainsi ?

– Je me demande lequel des deux est le bébé, dit-il avec un sourire. Celui qui va naître… ou toi ?

– J'en ai par-dessus la tête d'être clouée ici. Tu peux le comprendre, je suppose. Des tas de femmes sont enceintes et continuent de sortir, de marcher, de jardiner… Lady Babbage raconte qu'elle montait encore Colonel Blimp une semaine avant la naissance de son aînée, Michaela.

– Soit… Mais aimerais-tu que notre bébé ait la tête de Michaela ?

Ils se regardèrent… pouffèrent. Puis explosèrent de rire, avant de s'enlacer, et de se tomber dans les bras.

– Ta Miss Godden… Quel phénomène avec son bout de glaçon antifièvre ! reprit-elle.

Mr et Mrs March repartirent à glousser comme des garnements, le nez de l'un dans le cou de l'autre.

– La naissance se passera bien, lui chuchota-t-il. À condition d'être raisonnable. Six semaines, ce n'est pas si long. Si… ? Allons, avoue que tu as attrapé froid en baguenaudant à la fenêtre ouverte.

Elle prit quelques secondes.

– J'avoue. C'était le soir où O. Henry est mort… D'ailleurs, il m'a semblé que…

Elle se tut, refrénant à temps ce qu'elle avait failli laisser échapper.

À vrai dire, elle souhaitait ne rien dire du tout à Gedeon. Rien du sillage clair dans la nuit de la Butte. Rien de la nuée de neige qui était retombée comme une pluie de farine. Soit il rétorquerait (sur ce ton d'insupportable autorité médicale) qu'elle avait eu une de ces hallucinations qu'ont les femmes qui attendent un enfant. Soit il irait en parler à ce superintendant qui viendrait l'interroger et la pressurer de questions… Et s'il y avait une chose dont Kathleen et Baleineau n'avaient aucune envie en ce moment, c'était bien être… pressurés. Elle avait déjà trop l'impression que ses poumons, son foie, son estomac, sa vessie, et le reste, n'avaient plus la place de respirer. Alors se faire pressurer de questions, non merci.

– Il paraît que Catriona Palance et Muir Darcey Apley se sont enfin parlé ! lança-t-elle, pour modifier le cap de la conversation.

Il y eut un silence. Les bras de son mari la quittèrent.

– Qui t'a raconté ça ?

Les sourcils de Gedeon s'étaient brusquement rejoints, les plis au milieu de ses joues creusèrent deux barres verticales, catégoriquement parallèles. Kathleen aimait à la folie cette expression qu'il affichait alors ! Il lui rappelait le lémurien qui perchait dans les manguiers du jardin, à Ceylan. Parfois, elle asticotait Gedeon exprès, juste pour lui voir ces deux barres verticales dans les joues.

– La cuisinière, répondit-elle. La sœur de Jenny travaille à la boulangerie. Tout le monde les a vus. Muir Apley a porté le cabas de Catriona. Ils ne se cachaient d'ailleurs pas tellement.

Le docteur March demeura sans broncher, le front soucieux. Si longtemps que Kathleen s'en alarma.

– Qu'y a-t-il ?

Il s'écarta.

– Mais quoi, qu'y a-t-il ? répéta-t-elle. Somme toute, avec la mort de Vienna, plus rien ne s'oppose à leur amour dorénavant. Après une période de deuil convenable, ils pourront se marier, devenir enfin Mr et Mrs Darcey Apley. N'est-ce pas là une vraie passion, extraordinairement romantique ? ajouta-t-elle, dénouant ses cheveux pour les renouer correctement. J'en suis bien heureuse pour eux. Les pauvres s'attendent depuis tant d'années...

Gedeon braqua sur elle un regard ombrageux, qui la laissa muette de stupeur.

– Tu ne sais pas ce que tu dis ! Ce serait un... un cataclysme ! lâcha-t-il à la fin, la voix sourde, avant d'ouvrir la porte, puis de disparaître avec l'envie criante de la claquer. Ce qu'il ne fit pourtant pas.

Abasourdie, Kathleen resta un bon moment à se demander laquelle de ses paroles avait pu provoquer semblable sortie ! Son cœur battait vite, elle avait à nouveau chaud. Elle suça le reste de la stalactite qui fondait sur le plateau d'argent. Se sentit mieux. Enfin, moins mal. Elle ferma les yeux. Son esprit se mit à caboter de-ci et de-là.

Puis Kathleen commença à s'ennuyer. Elle aurait aimé avoir la visite de Flannery, avec une lecture qui la rassérénerait. Ou un menu bavardage adoucissant.

Quelques instants après, un toc-toc feutré lui fit rouvrir les paupières.

– Flannery Cheviot ! s'exclama-t-elle, brusquement illuminée par l'apparition espérée. Jamais je n'ai été aussi enchantée de te voir !

– Hum. Comment dois-je le prendre pour les autres fois ? répliqua Flannery avec bonne humeur.

Elle apportait la carafe d'eau fraîche que Miss Godden venait de lui confier.

– Viens ici. Assieds-toi, et bavardons. J'ai mille choses à te raconter.

Flannery se pencha, posa une paume sur le front de son amie.

– Le docteur March vient de me dire qu'il ne fallait pas vous fatiguer, qu'il vous restait un peu de fièvre.

– Tu vas demeurer ici autant que je le désire, décréta Kathleen. Au reste, si j'ai un accès fébrile, il n'y aura qu'à adopter la méthode Miss Godden.

– En quoi consiste la méthode Miss Godden ? interrogea Flannery tout en ôtant sa pelisse et sa toque en peluche.

– Tu empoignes ce petit plateau en métal, tu t'en sers comme d'un couperet, ou d'un hachoir, tac tac tac, pour décrocher un de ces glaçons dehors, tu roules ça dans un linge… et tu me réfrigères avec ! Il faudra reprendre cette idée à la saison des bals, continua Kathleen avec une tendre nostalgie au fond des prunelles. Tu sais, quand on a si chaud que les mains sont moites, que les éventails ne servent à rien…

– Les éventails ne fondent pas, eux ! riposta gaiement Flannery. Ce qui est heureux, puisque les bals ont lieu en été.

– C'est juste, soupira Kathleen. Assieds-toi et donne-moi la main, Flannery Cheviot. Je m'en vais te raconter la soirée où j'ai attrapé ce fichu coup de froid.

Et elle se mit à relater, avec force détails, la zébrure étrange interceptée au-devant de la falaise, la nuée laiteuse qui avait flotté ensuite autour de la Butte.

– De quoi pouvait-il bien s'agir ? marmottait Flannery, de temps à autre.

Ses narines frémissaient, elle avait l'air de flairer.

– Quel soir avez-vous dit ? interrogea-t-elle tout d'un coup.

– Je ne l'ai pas encore dit, ma chère Flannery, murmura Kathleen en esquissant un sourire d'intelligence. Devineras-tu ?

Leurs yeux se fixèrent, s'écarquillèrent de concert.

– Seigneur ! souffla Flannery. La veille du jour où l'on a retrouvé le cadavre de O. Henry... ? C'est bien ce soir-là ?

Kathleen acquiesça en silence.

– Était-ce avant minuit ?

Kathleen acquiesça derechef.

– Par sainte Artemisia ! Cela corrobore notre découverte sur la crête de la Butte ! s'écria Flannery, les joues roses et brillantes.

– Notre... ?

– La découverte de l'auxiliaire du superintendant – je vous ai parlé de lui, je crois bien, son nom est Pitch, futur Sherlock Holmes. En passant, une découverte qu'il a faite grâce à moi.

À son tour, elle lui conta (sans les détails accessoires qui eussent impliqué Mr Pitchum Daybright et leur ascension rapprochée) de quelle façon les traces de pas émoussées par la neige révélaient que s'étaient trouvés là deux individus avant minuit. Et, par le fouillis d'empreintes au bord, on concluait que le braconnier avait lutté avant d'être poussé par une main criminelle.

Kathleen écoutait, mâchoire béante. Elle pianotait d'un index frétillant sur la zone où devait se situer (selon Gedeon) le petit postérieur de Baleineau March.

– Il faut parler de tout cela au superintendant, conclut Flannery.

– Ça non ! Par pitié... Ils vont venir me questionner,

encombrer ma chambre, me harceler, m'assommer... Cela ne me plaît pas du tout. Au reste, qu'est-ce que ça changera? Je ne leur apprendrai rien, puisque ces empreintes sur la neige révèlent déjà tout. Comment O. Henry a chuté, comment il a été poussé par l'assassin...

– Tout de même, chuchota Flannery. Garder le silence n'est pas très fair-play.

– J'aurais pu ne rien voir! J'aurai pu ne rien te raconter! objecta Kathleen. J'aurais pu me trouver couchée au lit à ce moment-là. Ce fut l'affaire d'une demi-seconde minuscule, tu sais. Non, je t'en prie, n'en dis pas un mot.

Flannery poussa un soupir de coupable. Mais bientôt, son esprit se remit à trotter à plein régime.

– Avez-vous vérifié l'heure exacte?

– Hélas, non. J'étais trop occupée à observer le paysage.

À peine eut-elle proféré sa phrase que Baleineau lui balança un bref coup de son minuscule talon. Concis, mais ferme. Pas désagréable. En général, l'événement était suivi de pétillements badins, fort sympathiques. Comme si, là-dedans, ça baignait et se douchait dans des bulles de champagne.

Mais pas cette fois. Non, pas de bulles.

Deuxième coup de talon. Un tantinet plus hardi, ma foi. Un brin réprobateur, même.

– C'est bien dommage, soupirait Flannery, loin de soupçonner les turbulences du baleineau dans ses bulles de champagne. On aurait pu connaître avec exactitude l'heure à laquelle a été tué ce pauvre bougre.

Troisième coup. Têtu, celui-là. Comme s'il vous rappelait à l'ordre.

Et alors, dans une sorte de… pétillement, Kathleen, subitement, se souvint.

– La pendule ! s'écria-t-elle. La pendule a sonné à cet instant-là ! Elle sonnait même encore quand on regardait cet horrible gant qui rampait tout seul par terre !

Kathleen plaqua promptement une main sur sa bouche, rouge de confusion. Puis elle fit mine de regonfler l'édredon. Flannery plissa à demi les paupières, se pencha vers elle.

– *La pendule a sonné pendant qu'un horrible gant rampait tout seul par terre ?* articula-t-elle, scandant les syllabes.

Kathleen baissa les yeux, s'efforçant à une posture sage, un maintien digne. Mais elle gloussa, avant d'éclater d'un grand rire.

– Tu as bien entendu. Écoute un peu, Flannery Cheviot…

L'épisode des sarabandes du gant de la terreur, par la main de Lucifer, fut donc, à son tour, confessé, souvent interrompu par des boutades et des éclats de joie.

– Et donc, conclut Flannery, retrouvant un peu de pondération, une fois le récit baroque achevé. Comment cela a-t-il été possible ? Quelle explication donner à cette… danse du gant satanique ?

– La réponse est aussi effrayante que l'énigme, soupira Kathleen, la mine mystérieuse. Nous étions là… Deux folles côte à côte qui trépignaient d'épouvante devant un malheureux gant qui bringuebalait sur le plancher. Après avoir bredouillé des prières, Sharulatha s'est ruée vers la porte, pour hurler à l'aide je suppose. Je ne sais pourquoi, je l'ai retenue. Je l'ai claquemurée dans le cabinet de toilette.

Une pause pour un second regonflage inutile d'édredon.

– Je me suis alors rappelé la canne de la grand-tante Ida, dans la penderie. Je m'en suis armée, et j'ai marché droit sur l'ennemi. Ennemi, soit dit en passant, qui tressautait et se tortillait toujours, et se dirigeait droit sous mon lit !

Kathleen fit une autre pause. Un coup de talon, léger, léger, une caresse pour ainsi dire, se propulsa vers ses côtes. Baleineau attendait la suite. En voilà un (ou une) qui affectionnerait les histoires ! Il faudrait s'en souvenir…

– Eh bien ? trépigna Flannery.

Nouveau regonflage d'édredon, pas davantage nécessaire que les précédents.

– La canne de tante Ida s'est faufilée dans un doigt du gant… Le pouce, il me semble. J'ai soulevé l'immonde objet de Satan, l'ai vite emporté hors de la chambre, dans le couloir qui était, par bonheur, désert. À peine l'avais-je jeté au sol que…

Elle pouffa.

– … qu'une araignée de la taille d'un demi-souverain en a jailli… avant de disparaître à la vitesse d'un démon dans une rainure de plancher ! Attends, ce n'est pas la fin ! Elle fut suivie presque aussitôt par une espèce de hanneton, ou de scarabée, passablement amoché par la guerre qu'il venait de livrer à l'araignée. Le malheureux étant à moitié occis, je l'ai renvoyé dans le jardin, par la fenêtre.

Elle les sentait enfin… Les bulles de champagne ! Soufflées en mille directions, comme une pluie de fleurs. Baleineau avait apprécié l'histoire.

Elle se rendit compte que sa jeune amie, elle, avait cessé de rire.

– Je crois que cette histoire a sa conclusion, dit Flannery, très sérieuse, presque grave. Oh, Kathleen… Je crois que, par ce gant, vous avez bel et bien reçu le signe que vous espériez de Vienna.

– Que veux-tu dire ?

– N'y a-t-il pas de cruelles similitudes entre ce duel d'un insecte avec son prédateur, et l'attaque de Vienna Apley par son assassin ?

Elles gardèrent le silence, fort ébranlées toutes les deux

La pendule en profita pour s'extraire de sa sieste. Elle amorça son habituelle guirlande de cliquetis, de crachotis, et autres crépitements horaires, puis son carillon aigrelet retentit.

Dling… Dling… Dling…

29

– Flannery, ma chérie, voudras-tu me rendre un service ?

– Avec grand plaisir, Miss Godden.

L'infirmière était sortie du cabinet de consultations au rez-de-chaussée, juste comme Flannery allait quitter le cottage des March.

– Mrs Kathleen va bien ?

– Je crois qu'elle se sent mieux.

– Tu es un ange de la paix, Flannery.

Par la porte ouverte, on entendait les plaintes et les protestations d'une patiente.

– Mrs Willjumpee nous a amené sa chienne qui souffre de constipation, confia Miss Godden à voix basse, un rire dans les yeux.

– Le docteur March n'est pas vétérinaire. Est-il obligé de…

– Le vétérinaire est à Ambroseburg, et Mrs Willjumpee est une bonne cliente, chuchota Miss Godden, qui enchaîna : je n'aurai pas le temps de passer à la pharmacie, il nous faudrait de cet antipyrétique, nous n'en avons plus.

– J'y vais. En aurez-vous besoin tout de suite ?

– Oui. Mrs March doit en prendre avant le coucher.

Miss Godden lui remit la prescription.

– Laisse-la chez Mr Metalious. Merci, Flannery, je te revaudrai cela, dit-elle avec ce beau sourire qui traversait, résolu et inébranlable, les commotions, coliques, hystéries, grippes, fractures, coqueluches et hydropisies.

Flannery monta la route aussi vite qu'elle put jusqu'au village, sans déraper une fois sur le gel. Si le froid s'éternisait, elle deviendrait championne de la course sur verglas ! Elle savait que des gens, quelque part dans les steppes d'Amérique du Nord, ou sur les monts alpins, collaient des planches sous leurs souliers pour filer sur la neige en se poussant avec des bâtons. Elle se promettait bien de faire cela un jour.

Plongée dans ces réjouissantes perspectives, elle arriva chez l'apothicaire sans s'en apercevoir.

L'officine semblait vide. Puis elle entendit la voix de Mr Metalious, à l'arrière. Comme sa conversation était ponctuée de silences en pointillé, et de roulements de manivelle, elle comprit.

À Morgan's Moor, seuls trois lieux étaient raccordés à la marche du monde neuf, et à cette éblouissante invention récente : le téléphone. Il y en avait un à l'Office des postes, un autre au cabinet du docteur March, le dernier chez l'apothicaire.

Quand l'occasion se présentait, Flannery aimait bien musarder dans le voisinage des téléphoneurs. On conversait avec un cornet en cuivre planté dans un caisson d'acajou, lui-même cloué au mur. On se collait l'oreille à un second cornet qui, lui, pendait à un long fil gainé de textile. Il fallait, par intervalles, tourner un petit moulinet situé sur le côté du caisson si l'acoustique était mauvaise – et elle l'était souvent, mauvaise, à juger la manière dont les téléphoneurs braillaient. Difficile à l'amoureux de chuchoter un «je t'aime» sur le mode de la confidence, par exemple.

Elle se pencha par-dessus le comptoir, aperçut le métal brillant du cornet niché entre une feuille d'endive et un favori de Mr Metalious. Il se tourna. Son visage s'éclaira.

– Flannery !? Crénom, mais c'est un miracle... Attendez, allô, je vous passe sa fille, elle vient justement d'entrer... Je dis : la fille de Mr Cheviot ! cria-t-il. Flannery, arrive par ici ! Ne coupez pas... C'est pour ton père, Flannery... Une personne qui souhaite laisser un message pour lui.

Flannery fit le tour du comptoir, vaguement intimidée, et en même temps assez excitée. Jamais encore elle n'avait bavardé avec un téléphone ! En outre, elle était intriguée. De qui s'agissait-il ? Quel message ce téléphone souhaitait-il laisser à son père ?

Mr Metalious tourna le moulinet, vociférant « Ne coupez pas ! » à la cantonade, tout en transférant le cornet à Flannery, qui s'emberlificota dans le gros fil en textile avant de l'appliquer contre son oreille.

Le pharmacien lui fit signe d'avancer les lèvres à hauteur du cornet fixe. Elle obéit.

– Allô, allô, allô ! articula-t-elle d'une voix forte, un peu émue par ce contact premier avec la déesse Modernité. Allô ! (Elle avait remarqué que les téléphoneurs étaient prodigues en « allô ».)

– Êtes-vous la fille de Mr Jon Cheviot ? Jon Cheviot de l'auberge *Cornish Cliffs* ? demanda une voix de femme qui émanait des tréfonds d'une caverne emplie de cataractes.

– Ou… i.

Elle attendit.

– Plus fort, chuchota Mr Metalious.

– Allô ! rugit-elle. Bonjour, madame. Oui, je suis bien Flannery Cheviot, sa fille.

– Sœur Rumer, prieure supérieure de l'abbaye du Cœur de la Sainte-Croix, à Raenaig. J'appelle depuis l'Office des postes.

– Redneck ?

– Raenaig. Je suis présentement à Luss, Raenaig est trop petit pour posséder un Office des postes. Raenaig est au nord de Luss, sur le Loch Lomond.

Flannery savait que le Loch Lomond se situait en Écosse, à l'ouest des Lowlands. Vu l'accent coriace qui triomphait de la caverne et des cataractes téléphoniques, elle s'en serait doutée. Elle changea vite le cornet d'oreille.

– Il y a deux dimanches, une sœur de notre congrégation a quitté l'abbaye pour se rendre à Morgan's Moor. Elle réside à l'auberge de Mr Cheviot, votre père. Seulement, elle était censée n'y séjourner que deux jours et, le courrier étant contrarié par ces neiges, j'appelle pour avoir de ses nouvelles. Sœur Clodagh a-t-elle un contretemps ? Peut-être est-elle souffrante…

Si Flannery n'était pas sûre d'avoir bien saisi ce prénom rare de *Clodagh*, une chose était certaine : aucune religieuse ne logeait à l'auberge. Elle fournit, par conséquent, une réponse en ce sens à la sœur Rumer.

– C'est impossible ! s'exclama celle-ci, consternée. Elle a rejoint Morgan's Moor où elle comptait rencontrer quelqu'un. Elle ne nous a pas indiqué ses motifs, mais ils semblaient assez graves pour qu'elle quitte notre abbaye dans l'urgence. Nous avons supposé un impératif familial.

– Je vous assure, ma sœur... commença Flannery. Sœur... euh, sœur Clodagh ne s'est pas présentée à notre auberge.

Un mugissement de chutes d'eau déferla du fin fond du cornet. Sœur Rumer devint inaudible.

Flannery regarda Mr Metalious qui la regardait.

– La transmission est parfois imparfaite, s'excusa-t-il, comme s'il était punissable des frasques du progrès.

À tout hasard, Flannery tournicota la manivelle en hurlant comme un stentor le sésame cabalistique :

– Allô... Allô... !

Magie de l'Évolution : la voix de sœur Rumer se concrétisa de nouveau, par vagues océaniques, des abysses du cornet en cuivre. Flannery changea une nouvelle fois d'oreille.

– ... bagage... inquiétude...

– Pardon, ma sœur ? Allô... Je n'entends rien !

– Sœur Clodagh avait pris soin de faire envoyer d'abord ses deux bagages à l'auberge. Elle-même a dû atteindre Morgan's Moor peu après, le lendemain, ou le surlendemain, pas davantage. Elle devrait être de retour chez nous, à Raenaig, depuis cinq ou six jours.

Deux bagages... ? Les valises !

– Allô !... Mais oui en effet, ma sœur, les valises sont à l'auberge, et depuis longtemps déjà. Papa les a rangées en sûreté. Allô... Elles attendent sœur Clodagh.

Un silence. Si tant est qu'un bruit de chutes d'eau pût se dénommer silence. Nonobstant, nul besoin d'être mage pour deviner que sœur Rumer venait de plonger dans la stupéfaction.

– Elles l'attendent ?! s'écria-t-elle sur une tonalité affolée. Seigneur ! Que voulez-vous dire, Miss Cheviot ? Vous m'inquiétez ! Sœur Clodagh se trouve assurément à Morgan's Moor, il ne peut en être autrement. Si elle n'est pas revenue parmi nous, c'est qu'elle est encore là-bas. C'est obligé !

– Peut-être… peut-être a-t-elle trouvé un autre endroit où séjourner ?

La supposition, bien qu'émise, elle, dans un bredouillis prudent, fut pleinement entendue par sœur Rumer.

– Pourquoi alors expédier des bagages à l'auberge de votre père ? Sœur Clodagh n'a pas pu nous mentir ! répéta sœur Rumer, dont l'obstination cachait mal le désarroi.

Flannery ne sut quoi répondre. Mr Metalious était reparti servir au comptoir.

– Allô… Mon père sait peut-être quelque chose, dit-elle, à court d'arguments. Je peux l'interroger.

– Oui, au nom du ciel, Miss Cheviot. Faites-le, s'il vous plaît. Je rappellerai demain, après le déjeuner de midi. Cela sera-t-il possible ? Au même endroit ?

– Entendu, ma sœur.

– Merci, Miss Cheviot. Dieu vous bénisse !

Flannery, perplexe, pendit le cornet à sa fourche. C'était là un événement singulier. Il fallait prévenir son père, le Chief constable, Scotland Yard… et entamer des recherches.

Si elle n'est pas revenue parmi nous, c'est qu'elle est encore là-bas. Même logée ailleurs qu'aux *Cornish Cliffs*, une nonne, en robe de nonne, et inconnue au village, ne pouvait se déplacer sans être remarquée. Pas à Morgan's Moor.

Elle salua Mr Metalious qui pesait des pincées d'une poudre

rose sur sa balance à plateaux, et elle sortit. Fit instantanément demi-tour. Elle avait failli en oublier l'antipyrétique pour Miss Godden !

30

Le matin suivant, l'adjoint au superintendant s'évertua à éviter le superintendant. Car le patron – cette intelligence distinguée du Service des dossiers insolites et des intrigues non conventionnelles – était d'une humeur de chien.

En le voyant, de loin, au petit-déjeuner, pomper sur sa pipe avec une lippe de fox-terrier ronchonneur, Pitchum s'était félicité de disposer désormais d'une chambre séparée. Le chef avait dû passer la nuit à engloutir shortbreads et tisanes pas trop chaudes.

La veille au soir, après que sa fille l'eut averti qu'une abbesse du nom de sœur Clodagh était possiblement la propriétaire des valises esseulées, c'est-à-dire la voyageuse écossaise attendue depuis des jours, Mr Cheviot avait couru aviser les deux enquêteurs de cette troublante disparition. Le résultat de la discussion fut de procéder à l'examen du bagage et, à toutes fins utiles, de son contenu.

L'étiquette de la Caledonian Railroad révélait qu'on les avait bien expédiées depuis Raenaig, via Luss. Pouvait-on pour autant se permettre de les ouvrir ? La décision était sensible.

Après échange d'avis, il fut décidé de se soumettre à la permission de sœur Rumer. Le superintendant se rendrait à l'officine de l'apothicaire pour prendre l'appel de la prieure, le signalement de la disparue, et tout supplément d'informations.

Ce nouveau mystère ne laissait pas de crisper le superintendant, qui estimait avoir déjà assez de besogne sur les bras avec deux homicides (trois, si l'on incluait les aspects nébuleux de la mort du juge) sans y ajouter l'évaporation d'une nonne qui avait peut-être tout bonnement décidé de s'en aller visiter le vaste monde, allez savoir.

Linwood Tanybwlch était un agnostique notoire, doublé d'un darwinien à tendance rationaliste. Certes, ce n'était pas un hasard s'il pilotait un département tel que le *SDDI and INC* ! En outre, l'horaire de rappel proposé par sœur Rumer (après le lunch !) signifiait d'ores et déjà que le superintendant devrait faire l'impasse sur sa sainte sieste. Et ça, morbleu, c'était le pire.

Bref, d'une humeur de chien, donc, ce matin-là. Pitchum avait rondement pris la tangente, annonçant qu'il allait moissonner auprès du docteur March certains éclaircissements à propos de Vienna Apley.

– Êtes-vous d'accord, sir ? Aurez-vous besoin de mes services ? s'enquit-il après avoir prudemment attendu la fin du petit-déjeuner. Je vais de ce pas l'interroger.

Disant cela, il sentit derrière, tels deux rayons ardents, les pupilles de Flannery, bien entendu vrillées sur le haut de sa colonne vertébrale depuis l'autre bout de la grande salle.

Avait-il fait exprès de claironner avec entrain ce qu'il escomptait faire ? Il n'y a guère de doute. Que cette péronnelle s'enfonce bien dans le crâne que lui était un professionnel, pas un fouineur qui investiguait en dilettante ! Même si, oui – restons gentleman –, elle avait escaladé la falaise comme un meneur de bataillon, puis localisé et analysé les traces sous la neige, il demeurait, lui, un enquêteur officiel, crénom ! Pas elle.

Le docteur Gedeon March était à son cabinet. Ses consultations n'avaient pas débuté. Miss Godden fit entrer Pitchum, qui le trouva plongé dans sa correspondance. Les deux hommes se saluèrent. Pitchum s'assit face à la fenêtre. Sous le soleil d'hiver, la Butte s'encadrait au loin sur la droite, entre deux tentures à rayures.

L'infirmière vaqua quelques instants à vérifier des outils médicaux près de la fenêtre. Pitchum patienta, puis la remercia d'un sourire lorsqu'elle ressortit. Il extirpa crayon et cahier vert, toussota.

– Docteur March, un faisceau de présomptions nous donnent à penser, au superintendant et à moi-même, que le décès de Vienna Apley et celui de O. Henry pourraient avoir quelque lien. Aussi, je…

– Qu'est-ce qui vous amène à cette conclusion ?

À contre-jour du panorama enneigé, le docteur croisa les jambes, les décroisa, se mit à soulever distraitement le coin d'un dossier.

– Le médecin légiste d'Ambroseburg, qui a examiné les deux corps, a relevé des similitudes de lésions. Il y a aussi cette absence d'arme sur les lieux. Nous n'avons évidemment aucune certitude. Aussi aimerais-je revenir sur les circonstances de la mort de Vienna Apley.

Pitchum fit une pause, le regard vers la fenêtre et le paysage serti entre les rayures.

– Vous ne l'ignorez pas, nous n'avons pas encore déterminé comment son assassin a pu s'échapper de la chambre après le crime, toutes les issues étant closes de l'intérieur. À votre avis, docteur March, Vienna Apley a-t-elle pu être agressée hors de sa chambre, y revenir, blessée, et se traîner jusqu'au lit, après avoir dûment enclenché elle-même le loquet de sa porte ?

Le médecin réfléchit, hocha la tête avec lenteur.

– Votre hypothèse, Mr Daybright, est que Vienna Apley se serait mise à l'abri de son meurtrier après avoir été sauvagement poignardée à la jugulaire, loin de l'endroit où nous l'avons trouvée, c'est-à-dire sa chambre ?

– Vous pensez qu'il s'agissait d'un poignard ?

Gedeon March cessa d'écorner le dossier.

– Ou un couteau, ou une dague, n'importe quoi d'aigu. Simple postulat au vu des blessures.

Une pointe d'impatience dans sa patience affichée. Comme s'il s'adressait à un petit garçon de sept ans revenu du square avec un fond de culotte déchiré.

– Est-il médicalement possible que Vienna Apley ait pu accomplir tout cela ?

Gedeon March soupira.

– Nous, médecins, voyons des choses si inattendues parfois… J'ai vu, à l'hôpital de Leeds, un homme mourant, et auquel je n'aurais pas donné deux heures d'existence, attendre neuf jours que sa fille soit de retour du Bengale. Sitôt qu'elle est apparue auprès de lui, ils se sont embrassés, et il n'a pas fallu trois minutes pour qu'il rende le dernier soupir…

Il se remit à agiter pensivement le coin du dossier. Il leva enfin la tête, toisa Pitchum.

– Non, déclara-t-il d'une voix nette. Une veine jugulaire sectionnée n'offre à personne assez de temps ni de force pour courir d'un endroit à l'autre, ouvrir une lourde porte, la refermer, puis se fourrer au lit en tirant les draps. Car le lit était parfaitement bordé. Il nous a fallu tout défaire pour procéder à l'examen du corps. Par ailleurs, dans sa fuite, Vienna aurait forcément laissé des traînées de sang sur son sillage, depuis le point d'agression. Or, il n'y avait rien. Hormis cette trace d'eau anodine dont je vous ai parlé.

Pitchum répondit d'un hochement. Le superintendant et lui étaient déjà arrivés à cette conclusion évidente. Mais, selon une théorie du superintendant, offrir au témoin une théorie aisément réfutable était une perche tendue pour le laisser parler, le faire revenir sur des détails oubliés ou d'apparence bénigne.

– Vous nous avez dit, docteur March, que les plaies de Vienna Apley avaient peu saigné. Une jugulaire, pourtant…

L'autre l'arrêta, main levée.

– Une veine n'est pas une artère, Mr Daybright. Cela saigne nécessairement, oui. Surtout une veine de cette importance. Mais le sang ne jaillit pas de la même façon. On peut stopper un flux en comprimant fortement une veine avec un seul doigt. C'est chose impossible avec une artère. Le flux d'une artère est d'une violence inouïe, il sort comme l'eau d'un tuyau d'arrosage percé.

Pitchum copia consciencieusement ces paroles dans son cahier. Il devina l'œil amusé du docteur March sur cette image d'élève studieux.

– L'autre jour, pourtant, en évoquant la découverte du corps sans vie de Vienna Apley, vous disiez avoir été étonné par la faible quantité de sang…

– Exact. Un tas de facteurs entrent en jeu, Mr Daybright. La façon dont l'arme a pénétré, la configuration même du vaisseau, son diamètre, sa position, etc.

– Cela paraît en effet évident. Alors, ce faible flux résulterait-il d'éléments extérieurs ?

– Extérieurs ? Lesquels ?

– C'est là ma question, docteur March. Je ne suis pas éminent scientifique comme vous, mais… La proximité d'un os, par exemple ? La puissance du coup donné… ?

– L'os le plus voisin de la jugulaire n'est pas si voisin. Il s'agit de…

À cet instant, la porte s'ouvrit sur une gracieuse petite personne aux longues tresses souples, qui attendait très très très visiblement un heureux événement.

– Kathleen… s'exclama, avec un soupir, le docteur. Tu tombes assez mal. Y a-t-il un problème ?

La même patience animée d'impatience qu'il affichait plus tôt. Décidément, le monde, pour le docteur March, était peuplé de galopins de sept ans. Pitchum se leva, exécuta une courbette courtoise.

– Restez assis, dit la jeune femme en le scrutant avec une curiosité mêlée de malice. Vous êtes Pitch, n'est-ce pas ? Vous êtes beaucoup plus joli que je ne l'imaginais… Non, Gedeon, au contraire, c'est parce que je me sens parfaitement bien que j'ai décidé de faire quelques pas.

– Miss Godden… dit le docteur March à la nurse qui survenait par la porte entrebâillée. Voulez-vous raccompagner Mrs March à sa chambre, je vous prie ? Kathleen, je t'ai déjà dit que les escaliers, dans ton état…

– Dans mon état ? Je les ai descendus et je vais les remonter. C'est ce qu'on fait avec les escaliers, non ?

Elle repassa devant Pitchum, lui sourit, taquine et vive, l'œil examinateur.

– Ainsi, c'est donc vous, le fameux Pitch… susurra-t-elle. Le futur Sherlock.

– Pitchum. Pitchum Daybright, madame.

Elle s'en retourna, au bras de Miss Godden. Avant de disparaître du seuil, elle lança avec douceur, par-dessus l'épaule :

– Je préfère Pitch. Cela va mieux avec vos cheveux.

Le battant clos, Gedeon March soupira.

– Mon épouse est si naïve. Une enfant…

Pitchum Daybright, qui n'avait pourtant, de la gent féminine, qu'une expérience gentiment familiale, avait déjà abouti, en son for intérieur et en une minute, à la conclusion que la mignonne Mrs March était tout sauf une enfant naïve.

Il se rassit, parcourut ses notes.

– Docteur March, reprit-il. Qu'est-ce qui peut stopper le flot sanguin d'une veine ? Vous parliez de compression. Quoi d'autre ?

– Eh bien… Une pince chirurgicale, un bandage, un étau, la cautérisation…

Les études en criminologie de Pitchum lui avaient inculqué tous ces procédés, et bien d'autres. Il acquiesça néanmoins sobrement, comme s'ils étaient une découverte pour lui. Méthode Tanybwlch, toujours. Un témoin, ou un suspect, s'il croit avoir l'ascendant du savoir, résiste rarement au papotage. De fait, Gedeon March enchaînait :

– Ce sont là des exemples d'action mécanique. On peut

également intervenir par l'hémostatique : traitements coagulants, cryogénisation de la plaie, vasoconstriction, voire…

– Vous trouviez-vous aussi sur les lieux lorsque, il y a trois ans, fut découvert le corps du juge Benedict Apley dans son bureau ? questionna Pitchum tout à trac.

Si, ne faisant qu'appliquer une autre des pédagogies Tanybwlch, Pitchum désirait surprendre l'interrogé, le but fut atteint. Gedeon March se trouva totalement déconcerté par ce brutal virage dans le temps et dans le dialogue.

– Non… Je donnais une conférence à l'hôpital d'Ambroseburg, que j'ai dû écourter à l'appel du constable George. Je suis arrivé sur la scène du drame environ deux heures après.

– Vous rappelez-vous y avoir noté, là aussi, des particularités ?

– Oh. C'était… épouvantable. D'une telle barbarie… Du sang partout. Le juge s'était défendu bec et ongles.

– Tout le contraire, donc, de votre impression première en découvrant Vienna Apley.

– En effet. De plus, cette fois-là, deux artères étaient touchées.

– Cela peut-il aussi faire supposer que les armes étaient différentes ?

– Je le crois, oui. Celle qui a tué le juge, nous la connaissons, puisqu'elle a été retrouvée. Il s'agit du crochet qui se fixait au bras artificiel de Palance. L'arme qui a tué Vienna Apley était perforante aussi, mais pas de même nature. Il se peut néanmoins que la disparité résulte du contexte, de la pose de la victime, de l'impact des coups donnés, de l'effet de surprise… Vienna Apley était une femme menue, couchée, une position de vulnérabilité. Alors que le juge, homme de solide stature, se trouvait probablement debout au moment de l'agression…

Êtes-vous certain, Mr Daybright, qu'il existe un lien entre ces deux affaires ?

Ses sourcils se froncèrent, il médita un instant.

– Un même… assassin ? Mais nous connaissons celui du juge ! Palance a été pendu pour ce crime-là. Et pourquoi ces trois années écoulées depuis ?

– Nous tentons d'éclairer ces zones restées dans l'ombre, docteur March. Le lien demeure une hypothèse, mais nous nous gardons de la rejeter.

– Cette femme, cette voyante qui accusait Horton Palance, le village a beaucoup glosé à son…

L'adjoint du superintendant recula son siège, montrant ainsi qu'il prenait congé. Le médecin laissa la phrase inachevée.

– Docteur, dit brusquement Pitchum. Le nom de sœur Clodagh vous dit-il quelque chose ?

– Clodagh ? Sœur Clodagh… Ma foi non. Rien du tout. Qui est-ce ?

Sans répondre, Pitchum rangea cahier vert et crayon en remerciant le docteur March, qui prit la peine de le reconduire jusqu'au vestibule. Après les formules en usage, ils se séparèrent.

Pitchum s'en retourna jusqu'au milieu du petit pont de pierre, pivota pour contempler le décor. Lequel ressemblait au décor d'un conte enneigé. Le glouglou de la rivière sous les glaces, le joli cottage capuchonné de blanc et, à l'arrière-plan, cette Butte coiffée de bois touffus.

Il aperçut soudain un rideau qu'on laissait retomber, à l'étage. Quelqu'un l'avait observé.

Sans doute la piquante future maman.

31

Vous êtes Pitch, n'est-ce pas ? Vous êtes beaucoup plus joli que je ne l'imaginais…

Et cette manière moqueuse de susurrer : *Ainsi, c'est donc vous, le fameux Pitch…*

Le fameux Pitch ! Le futur Sherlock !

Miss Je-Sais-Tout-Sur-Tout avait dû jacasser en abondance ! Pitchum chassa l'image horripilante, et se concentra sur le vaste panorama derrière le cottage des March.

Hormis l'épicéa qui pendait tête en bas à flanc de falaise, et les éclats de balles sur la roche, qui aurait deviné que, tout là-haut, sur la Butte, s'était déroulé un assassinat ? Qu'un ogre avait tranché le cou à un homme avant de l'envoyer par-dessus bord ?

Il baissa une paupière, écarta deux doigts devant son œil ouvert, évalua la perspective entre la Butte et la maison… Il repensa à ce rideau qui venait de retomber une minute plus tôt, à l'étage…

L'idée lui vint que, depuis une fenêtre du cottage, quelqu'un aurait pu surprendre quelque chose. Peut-être. On ne connaissait pas l'heure exacte de la mort de O. Henry. Peut-être ne faisait-il pas encore tout à fait nuit à ce moment-là ? Peut-être qu'avec les lueurs de la neige… ?

Pitchum soupira. Cela faisait quantité de *peut-être*, mais… pourquoi pas. Un domestique, ou Miss Godden, voire Kathleen March censée garder la chambre, avait pu noter une animation inhabituelle dans ce paysage vertueux… Il inscrivit sur deux lignes de son cahier : « Décès O. Henry : sonder occupants cottage March à toutes fins utiles. »

Pour le retour, il emprunta un autre chemin. Il se hasarda à contourner un pâté de maisons. Ce qui améliorerait ses notions topographiques du bourg et, songeait-il, l'écarterait de la grand-rue où un tas d'yeux suivraient tous ses gestes.

Il franchit un méandre de la Thamy, se retrouva à suivre un muret qui longeait la lande d'un côté, et le cimetière de l'autre. Les pierres tombales, noircies et serrées, évoquaient de grands oiseaux échoués sur la neige, foudroyés par une obscure maladie. Il marqua un arrêt.

Deux stèles se déplaçaient. Non, impossible. Une pierre n'est pas douée de bougeotte. Deux silhouettes, encore lointaines, évoluaient parmi les sépultures… Sur la blancheur réfléchissante, elles paraissaient plus sombres encore.

S'approchant, il les identifia. Catriona Palance disposait une brassée de mimosa sur deux tombes alignées l'une près de l'autre. À ses pieds, un panier d'osier posé sur la neige. À sa droite, Miss Godden, mains jointes à hauteur de la taille, se tenait en prière. Aux pas de Pitchum sur le sol craquelé, elles se retournèrent, leurs pèlerines brunes traçant une même envolée de plis sous le vent glacial.

– Bonjour, Mr Daybright, dit Catriona. Lady Babbage a reçu ce mimosa des côtes de Cornouailles, il fait doux là-bas… Elle a eu la délicate attention de nous en faire porter.

Pitchum lut les noms gravés sur les marbres : Jamesina Palance. Horton Palance.

– C'est fort gracieux de sa part, en effet. On ne trouve pas beaucoup de fleurs, ici, par un pareil temps, ajouta-t-il en souriant.

Il lança un regard légèrement étonné à Miss Godden. Elle avait fait vite pour rejoindre le cimetière. Catriona se méprit sur le motif de son étonnement.

– Maman et Miss Godden étaient de vieilles amies, expliqua-t-elle.

– Vraiment ? Je l'ignorais.

– Tes pauvres doigts sont tout gelés, ma chérie, dit l'infirmière. Laisse, je vais terminer ce travail.

– Voulez-vous que j'aille chercher de l'eau ? proposa Pitchum. La rivière n'est pas loin. J'espère seulement qu'avec cette glace…

– Merci, Mr Daybright. Le mimosa se conservera mieux ainsi, sans humidité.

Pitchum, jeune homme obligeant, les aida à fleurir la pierre. Avant que le panier fût entièrement vidé, Catriona l'emporta dans une allée en bordure du muret. S'y trouvait une tombe sans stèle, un simple rectangle de terre récemment retournée mais déjà roidie par le froid.

– Ce pauvre O. Henry, murmura Catriona. Il a besoin de fleurs, lui aussi…

À mi-voix, avec Miss Godden qui l'avait suivie, elles prononcèrent une prière. Puis elles nouèrent le mimosa par petits bouquets qu'elles disposèrent sur la terre nue.

Lorsqu'elles eurent terminé, tous trois s'en retournèrent lentement entre les tombes, par les allées de terre toutes durcies de cailloux et de lames de gel.

– J'ignorais, Miss Godden, reprit Pitchum sur le ton ordinaire de la conversation, que vous aviez des connaissances à Morgan's Moor. Je pensais que votre arrivée ici datait de seulement quelques mois.

– C'est le cas, répondit-elle, secouant le panier par-dessus l'allée afin de le débarrasser des dernières brindilles. Excepté Jamesina, je n'y connaissais absolument personne.

Rêva-t-il cette minuscule sécheresse dans la voix habituellement chaleureuse de la nurse ?

– Dès que Mrs Marmaduke, la précédente nurse, a annoncé son départ, expliqua Catriona, ma mère a fait prévenir Idonee – je veux dire Miss Godden – qu'une place se libérait chez notre docteur March.

– Nous nous sommes toujours soutenues et entraidées, Jamesina et moi. Je lui dois ma tranquillité d'esprit, dit Miss Godden, d'une voix pensive. Sans son intervention, peut-être serais-je encore…

– Oui ?

– À la recherche d'un emploi.

– C'est vous que ma mère, la nuit de sa mort, a réclamée à son chevet, lui rappela Catriona avec une douceur emplie de tristesse. Vous encore qui avez cueilli son dernier souffle. Elles se sont connues jeunes filles, ajouta-t-elle à l'intention de Pitchum. Elles partageaient la même soupente à Londres.

Elle se tut car Miss Godden l'enlaçait par l'épaule avant de lui offrir le réconfort d'un baiser sur la tempe.

– C'était bien normal qu'elle m'appelle, je suis infirmière, lui chuchota affectueusement Miss Godden. Elle vous a bénis tous les deux, tu le sais. Elle craignait que ses enfants la voient partir dans cet état de terrible faiblesse. Dieu a désormais son âme.

Ils quittèrent les allées crissantes du cimetière pour la route bordée de congères boueuses.

– Avant Morgan's Moor, habitiez-vous la région, Miss Godden ? s'enquit Pitchum. À Durham, peut-être ?

– Manchester, répondit-elle. Catriona, tu penseras à mon anneau de broderie ? Le mien est tout disloqué, on dirait une poêle sans fond ni manche.

La jeune fille sourit.

– Promis, Idonee.

Catriona Palance salua gracieusement avant de prendre la direction du centre et de la mercerie.

– Une dernière chose, Miss Godden, si vous me permettez, dit-il, alors que la nurse s'apprêtait à prendre également congé. Il m'est apparu tout à l'heure que le cabinet du docteur March donnait, sur la façade arrière, vers cette fameuse Butte…

Elle attendit, les yeux limpides, la coiffe impassible.

– Vous arrive-t-il d'y travailler le soir, Miss Godden ?

Elle sourit, d'un sourire qui évoquait un pain chaud sur une table de ferme, ou le vert pâturage, l'été, quand paissent les animaux au paisible bourdonnement des abeilles.

– Une infirmière travaille toujours tard, Mr Daybright, le plus souvent au-delà des horaires admis.

– C'est un métier d'abnégation et de courage, nous le savons tous, Miss Godden. Étiez-vous présente au cabinet de consultations du docteur le soir de la mort de Mr O. Henry ?

– Oui. C'était le soir où le docteur a dû s'absenter. Peut-être suis-je montée une ou deux fois voir Mrs March dans sa chambre.

– Le docteur était donc absent ?

– Un accident dans une ferme voisine. Une fracture.

– Cela m'intéresse tout autant de savoir que vous vous êtes trouvée dans la chambre de Mrs March ce soir-là, sourit-il. Donne-t-elle aussi sur l'arrière ? Sur la même vue ? La Butte ?

Elle prit l'air intrigué.

– Pour être clair, Miss Godden, vous serait-il arrivé de regarder par une des fenêtres au cours de cette soirée ?

– C'est bien possible, dit-elle en haussant les épaules. Si je l'ai fait, c'était en tout cas machinal. Sans doute lorsque j'ai tiré les rideaux. Pourquoi cette question ?

– Je me disais… Peut-être auriez-vous pu apercevoir quelque chose d'insolite dans le paysage, un incident, une image qui sortait de l'ordinaire ?

Elle rajusta sa coiffe blanche du bout des doigts, s'efforçant de réfléchir.

– Non, Mr Daybright. Je n'ai rien vu.

– Une silhouette en pèlerine ? Une pèlerine sombre sur la neige ?

– Je ne connais que la mienne, sourit-elle, désignant celle qu'elle portait.

Il la remercia, puis la laissa partir après l'avoir saluée. Elle emprunta la route opposée à celle qu'avait prise Catriona, car elle s'en retournait au cottage.

Pitchum s'avisa qu'une tigelle de mimosa était restée crochetée à sa boutonnière. Il l'en extirpa, songeur, la tournicota longuement entre le pouce et l'index.

4e PARTIE

LA NEIGE ET LA NUIT

32

Quelque chose dans l'air changea.

À Morgan's Moor, nul ne parut s'en apercevoir.

La seule personne qui s'en fit la remarque fut le superintendant Linwood Tanybwlch, qu'une sorte de pudeur retint, toutefois, d'en informer son jeune Daybright.

Le carillon des arbres… Le cliquetis des ramures sous la bise et le glacis… La harpe des fées… Plus rien.

Le superintendant eut beau solliciter son ouïe, il n'entendait qu'un *flic floc flac* de gouttes comme si la campagne, les maisons, les gouttières, les rivières, en dames bien élevées, s'étaient retenues de faire pipi jusqu'à permission donnée, ou l'ouverture des *Ladies' rooms*.

Le superintendant comprit sur-le-champ, et avant tout le monde, que le dégel avait entamé la première étape d'une sape inéluctable. S'il regretta, secrètement, le cristal des clochettes de son enfance galloise (se demandant s'il réentendrait de sitôt cette mélodie des anges), son esprit rationnel et ses os frileux s'en réjouirent.

En vrai, le superintendant se passait volontiers de froid.

33

Le superintendant avait convoqué une réunion à trois, dans un coin de salle des *Cornish Cliffs*, où le Chief constable George était en train de lire son dernier rapport.

– Nous accompagnerez-vous, Pitch ? lança tout à coup la voix de Flannery Cheviot, derrière.

Avec un sang-froid que, plus tard, il jugea proprement exceptionnel, Pitchum, attablé en face de son chef, du constable, et d'un vin chaud, fit la sourde oreille. Surdité désavouée instantanément par son front et ses oreilles qui commencèrent à lui chauffer. Et le vin chaud n'était pas fautif. Le superintendant mordit le bec de sa pipe, cligna en direction du constable.

– Et ça ne va pas s'arranger, grommela-t-il.

Le constable George, qui n'avait guère saisi grand-chose à tout cela, plongé qu'il était dans son compte rendu, dodelina du cou, au hasard. Pitchum, lui, avait parfaitement ouï.

– Nous allons à l'étang, ma sœur et moi ! claironnait la demoiselle. Venez donc, Pitch. On vous donnera des leçons de patinage. Cela peut servir pour attraper les pipes qui font des vols planés.

Sur son banc, le superintendant pivota, la figure animée d'un vif courroux.

– Ces termes irrespectueux concernent-ils ma chère et brave pipe, jeune fille ?

Pendant un instant, Flannery demeura coite sous le regard furibond.

– Non, non, sir, finit-elle par bredouiller. Nous allions… Je pensais…

– Je suis en réunion de travail, Miss Cheviot, articula Pitchum.

Il demeurait de dos, se demandant si, de là où elle se tenait, Miss Cheviot pouvait distinguer le rougeoiement qui irradiait de son côté face.

– Mille pardons, superintendant Tanybwlch, je ne voulais pas… Euh, désolée, Pitch, euh, je veux dire Mr Daybright, je… n'avais pas…

L'œil gauche du superintendant avait cligné – Flannery l'aurait juré – et une lueur facétieuse vadrouillait dans le droit.

– Au revoir, gentlemen, dit-elle, soudain pressée de fuir. Briony !… Où es-tu ?

Briony déboula, d'un beau rouge elle aussi – quoique d'une moindre intensité que l'adjoint du superintendant, et uniquement parce qu'elle avait couru. Elle serrait son manchon contre elle, comme un gros ballot. Ensuite de quoi, les sœurs Cheviot se sauvèrent en direction du petit étang.

Pitchum, à sa table, s'accorda une expiration faite d'économie, de discrétion, de soulagement. Que croyait-elle, cette inconséquente Miss Cheviot, cette insoucieuse ? Qu'avec deux (voire trois) crimes à élucider il avait le temps de se divertir, peut-être ? Ah. Ah. Ah. De patiner ? Ah, les filles !

– Ah, les femmes ! soupira le superintendant. Sans elles, sans elles… Mais que serions-nous d'autre que des ectoplasmes incolores ?

Pitchum lui opposa la perplexité de ses prunelles. Que diable jargonnait le chef ? Pour sa part, il aurait vendu son âme et sa collection de timbres rares pour demeurer à jamais incolore.

✣

– Tes menottes sont toutes frigorifiées, dit Flannery à sa sœur. Pourquoi ne les réchauffes-tu pas dans ce manchon ?

Briony possédait une excellente raison d'éviter le sujet sensible de son manchon. Aussi déjoua-t-elle la question par une flèche aussi perfide que bien ajustée :

– Tu as vu ça ? On dirait que Mr Daybright est amoureux.

Avec cette candeur de bébé qu'elle affichait lorsqu'elle voulait obtenir la lune et que, d'aventure, on la lui refusait.

– … !

– Il était vraiment très rouge, dit-elle, appuyant sur la flèche qu'elle avait plantée là où il fallait.

Mais Flannery, initiée, et depuis belle lurette, aux tactiques sommaires de sa cadette, savait aussi les déjouer. Elle se reprit vite.

– Tu avais également les joues très rouges lorsque nous sommes sorties. Doit-on en conclure que ma petite sœur est amoureuse ? Oh mais, Seigneur, quelle bête je fais… Wilkie ! Wilkie Mac Goohan, bien sûr.

Elle entoura de ses bras magnanimes une Briony en état de sidération.

– Je sais, je sais… Tu le détestes. En vérité, c'est que tu l'aimes beaucoup, au fond. C'est bien ça, hein ? Oh, ma pauvre, pauvre chérie, je comprends tout maintenant. Sache que si tu as besoin d'une oreille compatiss…

– Mais pas du tout ! piailla la fillette en se dégageant. Je déteste vraiment Wilkie Mac Goohan ! Tu le sais ! Je ne suis amoureuse de personne, moi !

– Eh bien, rétorqua Flannery, soudain hautaine et sèche, Mr Daybright non plus.

– Comment en es-tu si sûre ? fit la petite sœur avec un sourire de matou.

– Il me l'aurait dit, tiens.

Sur ce, comme elles atteignaient le coude de la rivière qui menait à l'étang, elles s'installèrent sur une souche pour enfiler leurs patins. Tout en laçant les siens, Briony conservait soigneusement le manchon sous les pans de son manteau.

– Ne restons pas trop sous ces grands hêtres, il s'y perche encore de grosses stalactites. Tu les vois, là-haut ? On sait ce qui est arrivé à ce pauvre…

Flannery se tut. Inutile de remettre Wilkie sur le tapis. D'autant que Briony ne se gênerait pas, en représailles, d'en rajouter sur l'adjoint du superintendant.

Moins de trois minutes après, toutes les deux bondissaient avec bonheur sur la surface glacée, et glissaient vers l'aval et l'étang.

Flannery, suivie de sa cadette, fila devant les vieux saules desséchés par l'hiver. Les feuilles ne scintillaient plus, elles avaient même attrapé une vilaine brunissure qui rappelait un fond de tarte oublié. Les tignasses en broussaille des bosquets piquaient du nez. Quelque chose avait changé, mais Flannery n'aurait su dire quoi.

Sa sœur la distança à la vitesse d'un boulet, manchon sous le bras. Manchon où Flannery crut voir une patte bouger… Elle secoua une tête incrédule. Probablement un gant qui remuait sous l'effet de la vitesse… Quoi d'autre ?

Subitement, une petite ombre couleur de civet jaillit hors du manchon en même temps qu'un long cri de la poitrine de la petite sœur !

– Better-Go ! Better-Go ! hurla Briony.

Un miaulement de détresse transperça le silence du paysage blanc et raide.

– Briony ! Mais que fait cet animal ici ? Comment… ? Il va mourir de froid !

– Pas si cet idiot était resté dans mon manchon ! cria Briony. Better-Go ! Better-Go ! Il fait chaud dans le manchon ! Better-Go ! Reviens…

Le chat, fâcheusement surpris par sa collision avec la surface glaciale, détalait à fond de train, à grands sauts désordonnés, vers le milieu de l'étang. Jetant le manchon, Briony piqua schuss dans sa direction. Mais l'animal accéléra, affolé par le grondement des patins. Il bifurqua vers Flannery qui s'esclaffait, et il lui rebondit entre les bras.

Elle le fourra prestement dans le manchon de Briony, revint à la rive afin d'y déposer l'ensemble sur la souche. La bête, à jamais immunisée contre les excursions hivernales, se pelotonna dans ce pis-aller et se tint tranquille.

Il y eut alors comme une violente déflagration, Flannery entendit un claquement et, tout de suite après, le cri de sa sœur.

– Briony ! hurla-t-elle, les yeux agrandis par l'horreur.

Dangereusement inclinés sur un îlot de glace qui venait de se fendre, les pieds de Briony étaient en train de disparaître dans le liquide noir de l'étang.

– J'arrive !

Flannery fila au bord de l'îlot. Sous les lames des patins, la surface émit un second craquement, se fissura légèrement. Elle stoppa net. Si elle sombrait à son tour, comment sauverait-elle sa petite sœur ? Elle recula. Briony, accrochée à plat ventre à la découpe de glace, muette d'épouvante, était maintenant avalée jusqu'aux mollets dans ce qui semblait une bouche noire. Ses yeux suppliaient.

– Ne bouge surtout pas, ma chérie… Retiens-toi à la glace ! haleta Flannery, qui dut prendre sur elle pour ne pas sangloter de panique.

À gestes rapides, incohérents, elle arracha ses lacets, les patins. Elle se retrouva en bas de laine sur la glace, la plante de ses pieds instantanément trempée et réfrigérée. À mi-voix, elle ne cessait de répéter à sa petite sœur des ordres sans suite, décousus, affolés, qui se voulaient rassurants.

Fiévreusement, elle tenta de couper à mains nues une longue branche de saule, son œil rivé sur Briony. Mais la tige était molle, savonneuse, gorgée d'humidité, impossible à casser. Elle renonça avec un gémissement de désespoir.

L'eau était sous les genoux de la petite. Ses poings crispés au tranchant de la plaque brisée… laquelle obliquait redoutablement, presque à la verticale désormais. Avec rage, Flannery fouilla des yeux le sol de la rive, en quête d'une branche morte, d'une ramure, quelque chose, oh vite, vite…

– Je t'en supplie… Ne bouge plus… Je vais te tirer de là, ma chérie…

L'effroi, l'affolement la suffoquaient.

– Ne bouge pas, Briony chérie… par pitié… Ne…

Un chuchotement d'étoffe, quasi imperceptible, frôla son dos, passa tout près de son oreille… Flannery tourbillonna sur elle-même.

Une silhouette en pèlerine sombre marchait sur la glace, flottant, tel un fantôme noir en direction du trou noir.

34

– Tiens bon, petite ! cria Miss Godden – car c'était elle.

Ayant extirpé un petit instrument à pointe dure et effilée de sa mallette de travail, l'infirmière sectionna d'un coup sec deux tiges sur le saule. Bien que très grande et beaucoup moins légère que Flannery, elle progressait sur la glace à une allure à la fois puissante et glissante. On eût dit qu'elle survolait la surface satinée. Laquelle résista, et ne se fendilla pas.

– Briony ? dit-elle de sa voix tranquille qui rompit le silence figé de l'étang blanc, comme celui d'une arène close. Tes mains peuvent-elles s'agripper ? Empoigne fort ces branches… Une dans chaque main. Tu as compris ?

La gamine obéit et tendit un bras, puis l'autre. Elle voulait bien s'arrimer à tout ce qu'on voulait, à tout ce qu'on lui tendait. Miss Godden tira puissamment sur les tiges de saule comme sur des rênes. Son corps solide, rompu au maniement des souffrants et des grabataires, s'arc-bouta sous l'effort. Flannery s'élança pour lui attraper la taille à deux bras, et se mit à tracter avec elle.

– Tiens bon, petite, tiens bon… répétait Miss Godden d'une voix à peine haletante, une voix qui promettait une victoire obligée.

Un long moment durant, les trois corps furent aimantés vers un même nord. La petite poussait, chassait des talons la plaque glissante, ripait des genoux et du menton, les deux grandes remorquaient.

Dans le silence gelé, il n'y avait que leurs souffles.

Les patins blancs s'éjectèrent brutalement du trou noir. Flannery faillit en basculer sur les fesses. Pas Miss Godden, qui demeura aussi immuable qu'un récif. Expulsée, dans un cri de frayeur et de triomphe mêlés, Briony dérapa sur le flanc à travers la glace et, au terme d'une fulgurante glissade, vint stopper net à leurs pieds, tel un gros palet de marelle.

On lâcha les branches de saule. La petite sœur se retrouva debout, étouffée par les bras de la grande, toutes les deux trempées, pantelantes, les larmes aux yeux. D'un geste prompt, l'infirmière ôta sa pèlerine et y empaqueta Briony. Elle la délesta ensuite de ses patins pour une friction vigoureuse des orteils.

Flannery grelottait des genoux aux dents, ses mâchoires claquaient, sa gorge émettait un drôle de petit son, une espèce de couinement incontrôlable. Elle fixa Miss Godden, tenta d'articuler des mots. Elle s'y reprit à plusieurs fois.

– Je… je sais maintenant. Ce qui avait changé… Le dégel.

Elle baissa les yeux.

– Votre… robe… Elle est… trempée, réussit-elle à articuler.

– Il nous faut rentrer, et vite réchauffer cette enfant.

Flannery souleva la sacoche restée entrouverte sous le saule. Un petit objet brilla près de la rive. Le scalpel, avec sa pointe d'acier en courbe qui savait découper une branche d'un coup, et que Flannery ramassa et rangea, avant de boucler la sacoche.

– Toi aussi, Flannery, tu dois te réchauffer, dit Miss Godden en emmitouflant les jambes de Briony dans les plis de sa pèlerine. Il nous faut trouver un moyen de rentrer.

Fouettée par sa calme autorité, Flannery se ressaisit. Au reste, quand elle bougeait, les grelottements diminuaient.

– La maison la plus proche est celle des Hartridge. Ils ont un chariot.

Mrs Hartridge accourut aux cris et aux coups redoublés de Flannery. On attela rondement la carriole, on se hissa dedans, sans oublier le manchon à pattes qui miaulait au chaud dans le giron de Briony, et l'on roula jusqu'au village, où l'on fit une entrée en pompe.

Briony eut droit à une autre friction, au cataplasme sinapisé, à la bouillotte, à du vin chaud, à une magnifique algarade de son père, aux baisers de sa mère, puis aux baisers de son père et aux réprimandes de sa mère, puis à un nouveau vin chaud. Better-Go niché dans son cou, Briony, béate, sut qu'elle était l'héroïne de la semaine, que Wilkie Mac Goohan en baverait d'envie.

– Où est passée Miss Godden ? interrogea-t-elle tout à coup.

On héla Miss Godden, on la chercha, on s'enquit… L'infirmière s'était discrètement éclipsée.

Voilà qui lui ressemblait bien ! songea Flannery, le cœur encore tout remué. Elle se promit d'aller la remercier au plus vite. Sans son intervention miraculeuse, que serait-il advenu de sa sœur ? Avec un frisson d'horreur et d'aversion, Flannery refoula une réponse insupportable.

Elle offrirait un cadeau à Miss Godden. Bien sûr, aucun merci, aucun présent ne serait assez généreux pour honorer son cran, sa maîtrise, sa bravoure… Flannery n'ignorait pas que l'infirmière adorait broder. Elle demanderait conseil à Catriona – car elle-même ne connaissait rien à ce passe-temps qu'elle jugeait peu scientifique.

Lorsque l'effervescence fut peu à peu retombée, la jeune fille monta se changer. Elle retira ses bas crottés, sa jupe dont l'ourlet noyé était bon pour le raccommodage. Tout cela avec discrétion car, dans le lit, Briony et Better-Go, brisés d'émotion (et de vin chaud), venaient de sombrer dans une sieste collective.

Sa jupe destinée au lavage sous le bras, Flannery ouvrit la penderie de la chambre. Un petit accessoire heurta alors son orteil nu, avant de rouler sur le plancher avec un cliquetis. Elle s'accroupit, le cueillit dans sa main.

Il s'agissait d'un médaillon. Ovale, ciselé dans l'émail, de la taille d'une prune ; elle le fit osciller au bout de son segment de chaîne cassée. Les maillons en étaient ordinaires, pas en or, ni même en argent. Elle tenta de localiser le reste, en vain… Puis lui vint l'idée de secouer la jupe salie, promise à la buanderie. Un son minuscule, métallique, la guida du côté de la ceinture. La seconde portion de chaîne se trouvait bien là, coincée par les fils ébouriffés d'un galon décousu.

Elle réunit les deux fragments, le médaillon se balançant à une extrémité. D'où venait-il ? À qui donc… ? À la seconde où elle s'interrogeait, la réponse fusa, évidente.

Lors du sauvetage de Briony… Le médaillon avait dû tomber de la poche de Miss Godden, ou de son cou, et s'accrocher là, dans cette déchirure, retenu par les fils hirsutes du galon déchiré. Quel hasard chanceux qu'il y fût demeuré fixé ! Aussi bien, elle aurait pu le semer n'importe où, en route.

Elle découvrit un mécanisme, si peu visible qu'elle crut d'abord à un défaut du sertissage. Elle y appuya l'ongle du pouce. L'émail mobile pivota d'un déclic sur ses gonds miniatures, à la façon d'une porte lilliputienne dans un épisode d'*Alice au pays des merveilles*.

La porte était ouverte sur une photographie, encastrée au creux du médaillon. Le portrait d'une personne que Flannery identifia sur-le-champ… et dont la vue la cloua de stupeur.

Appartenait-il à Miss Godden ?

D'une façon ou d'une autre, il se rapportait à elle, en tout cas. Mais par quel lien improbable, inimaginable… ?

Après avoir longuement dévisagé l'homme sur la photographie, elle referma le médaillon, avant d'aller se blottir dans le fauteuil favori de Better-Go, afin d'y rassembler ses esprits et réfléchir posément.

Si cet objet inattendu, incroyablement troublant, ne fournissait nulle conclusion, et même bouleversait quantité de paramètres, il ouvrait indubitablement de nouvelles considérations sur l'enquête.

La première étant cette question qui commença à la tarabuster avec véhémence : dans quel dessein, quel intérêt, Idonee Godden conservait par-devers elle le portrait de Muir Darcey Apley ?

35

Elle descendit à l'office collecter quelques mesures de dauphinelle broyée, en garnit une aumônière qu'elle agrafa à sa ceinture, et prit la route de Harborough Hall. Elle eut la chance de croiser la charrette à mule de Kevin Pumley, dit Pumpkin, maraîcher au village voisin, qui l'allégea de deux miles sur les trois que comptait ce trajet dans le froid. Il la déposa au portail.

– Merci, Pump ! dit-elle, bondissant à bas du véhicule.

Elle offrit une poignée de dauphinelle à Bertie, la mule, qui parut apprécier une friandise a priori destinée à des poissons.

– Bertie doit être un peu amphibie.

– Hé ? fit Pumpkin.

– Cette mule pourrait t'emmener à la nage jusqu'aux Amériques, mais tu ne le sais pas.

Le brave homme ballotta du chef. La Flannery était un sacré pistolet. Après un au revoir amusé, elle franchit la grille ouverte et parcourut la longue allée. Voltaire vint ouvrir au premier son du heurtoir.

– Ah, soupira-t-il. Je les ai nourris hier.

– Pas avec ces graines-là ! riposta-t-elle. Celles-ci, ils en sont fous.

– C'est moi qui vais le devenir, maugréa-t-il en la précédant dans le vestibule, où elle lui confia sa pelisse.

– Que se passe-t-il donc ?

Il effectua un mouvement de cou pour désigner la galerie qui surplombait l'escalier et le hall central. Sa physionomie de patience semblait lasse et désorientée.

– Cette jeunesse… Ça n'en fait qu'à sa tête.

– Vous parlez de Mr Muir ?

– Il nous fiche la maisonnée sens dessus dessous. Qu'y faire, je te le demande…

– Pourrai-je aller lui parler après les poissons ?

– Si le cerveau et les oreilles veulent bien lui obéir.

– Rien de grave ? dit-elle, intriguée.

– Le temps nous le révélera.

Elle aperçut un petit bagage en cuir sur le coin d'une marche.

– Quelqu'un part en voyage ?

– Pas moi, grincha-t-il. St Cuthbert m'en préserve !

Il s'inclina pour marmonner :

– Il n'explique rien de ses préparatifs, c'est ce qui me tracasse. Et ça vous prend un air…

– Un air ?

– Un air. Ça monte, ça descend, remonte, redescend, le tout avec de grands sursauts qui vous en donnent de plus grands. Ne m'en veux pas si je ne monte pas t'annoncer aux poissons, la porte de Miss Vienna n'est pas fermée.

Sur la galerie, son aumônière serrée à la taille, elle gagna la chambre, ouverte en effet. À l'intérieur, elle réprima un frisson, mesurant pleinement, cette fois, l'ambiance de mort qui congelait tout. La seule vie, les seuls sujets mobiles étaient les poissons.

Elle passa sous le nez de Richard Cœur-de-Lion, de sir Aloysius, l'illustre aïeul, et du symposium de saints en bures, tous collés à leur mur, l'air d'attendre une exécution. Elle détourna le regard.

Voltaire avait nettoyé l'aquarium. L'eau était propre, nettement plus claire que la fois précédente, ce jour où elle avait discuté avec Pitch et le superintendant à propos de la tache d'eau sur le parquet. Elle saisit une poignée dans son aumônière.

Sitôt la surface poudrée de paillettes, Tom, Stewart, Bobby et Mitch se présentèrent en flottille affamée. Harry-Harriet prit son temps, tractant mollement ses nageoires en traîne de mariée. Elles aussi étaient propres. On n'y voyait plus les traces cendrées de l'autre fois.

Incommodée par l'atmosphère de renfermé, Flannery débloqua une croisée, se pencha à la rambarde, aspira l'air frais. Une longue goutte glaciale chuta sur son front, et lui dégoulina sur la paupière. Dans un recul, elle s'essuya, vérifia en l'air. L'ogive de pierre conservait ses quelques dernières stalactites. Les minces, à demi fondues, côtoyaient deux ou trois autres, assez épaisses encore. Tous ces piquets fondaient à cadence régulière, en larmes oblongues. L'une tomba sur le banc en palissandre ajusté sous la fenêtre, bientôt suivie de deux ou trois autres. Flannery referma.

Elle fit le tour des cinq murs de la pièce, inspecta autour de la commode, du lit, en palpa le cadre, les pieds, traînassa… Elle aurait dû partir, descendre parler à Muir Apley du réel motif de sa venue. Les poissons n'étaient qu'un alibi. Elle ne parvenait pourtant pas à s'y résoudre. Quitter cette pièce lui donnait la sensation d'y oublier quelque chose.

Elle revit le gant rouge de Vienna, saisi par la glace de la rivière, et qui se trouvait toujours chez Kathleen. Flannery ne croyait pas aux signes. Mais quand elle repensait à Vienna, à sa mort odieuse, à celle non moins affreuse de O. Henry, son cœur se tassait comme une pâte très lourde.

Elle se tenait près de la porte. On avait recloué l'étrier, et vissé un loquet neuf à la charnière. Flannery y devina le travail conservatoire d'un Voltaire à la nature appliquée et tatillonne. De même, le lit avait été soigneusement refait. Sur le sol, la tache d'eau dessinait son spectre délavé, à peine distinct sous une nouvelle couche de cire. Elle s'accroupit.

Elle leva le nez. Quand la porte était telle qu'elle était en cet instant, c'est-à-dire close, l'étrier et le loquet se trouvaient à l'exacte verticale de la tache par terre. Détail qu'elle n'avait pas noté lors de sa visite précédente… puisqu'elle discutait alors avec Pitch et le superintendant, depuis le seuil.

Était-ce important ? Son échine frémit, son cœur fouetta. Elle sentait que oui. Une lumière zigzagua dans son cerveau, au bout de ses doigts… s'évapora… pas très loin.

Le docteur March avait mentionné cette petite flaque. C'était, avait-il affirmé, une des choses qu'il avait remarquées après qu'ils avaient enfoncé la porte. Mais quoi d'autre… ? Flannery concentra ses souvenirs… *Trois pensées m'ont frappé l'esprit*, l'avait-elle entendu déclarer aux deux détectives de Scotland Yard, le jour où elle jouait les espionnes entre les tables de l'auberge.

Elle arpenta encore la chambre de Vienna Apley, toisée par Richard Cœur-de-Lion, les auréoles célestes et l'ancêtre Aloysius aux joues d'amphibien. Quels avaient été les mots explicites de Gedeon March ? *Ma première pensée… La première…*

Flannery s'immobilisa devant les hautes vitres. Son regard engloba les meneaux, le paysage, les ogives où gouttaient les pics de glace. La flaque due à leur fonte sur le banc en palissandre…

Elle virevolta dans un demi-tour ! Son œil courut à la porte. De l'étrier à la trace sur le sol. Puis du banc devant la fenêtre à l'ogive dehors. Et retour. Et retour. Et retour.

Elle rouvrit la fenêtre, se hissa sur le banc et put arracher à l'ogive en pierre, malgré sa résistance, un fin bâton de glace que le froid souda immédiatement à ses doigts. Avec délicatesse, Flannery l'en décolla sans trop de mal, le roula dans son foulard, et sauta du banc.

Elle se précipita à la porte close. Elle remonta le loquet, cala le bâtonnet de glace dans le mince espace entre le bois de la porte et le loquet, de façon que celui-ci demeurât bloqué en position levée. Elle ouvrit la porte, la repoussa. Le loquet levé ne bougea pas.

Elle s'assit au coin du lit et attendit. Les yeux braqués sur la porte et le loquet, longtemps Flannery attendit. *Ma première pensée était…*

Enfin, elle entendit le cliquetis métallique, brusque, qu'elle avait espéré. Espéré, mais qui la surprit tout de même !

… était qu'on étouffait dans cette chambre. Le bois brûlait à plein dans le foyer de la cheminée… Le constable suait sous son casque. Voilà ce qu'avait relaté le docteur March. La nuit de la mort de Vienna Apley, les choses avaient donc dû s'accomplir plus vite qu'aujourd'hui !

Le cœur cognant en forcené, Flannery ramassa ses affaires. Elle se répétait, sans parvenir à le croire, qu'elle avait résolu l'énigme de la pièce close. Elle avait découvert la manière dont l'assassin avait réussi à quitter la chambre de Vienna après l'avoir tuée !

Elle lança un regard pensif à sir Aloysius, à St George, St Malo, St Felicity, St Pelagia, St Rita, à Richard Cœur-de-Lion. Tous semblaient lui sourire du fond du cinquième mur de la chambre. Puis un autre à Tom, et Stewart, et Mitch, et Bobby, qui pompaient de toutes leurs ouïes. Puis enfin le dernier vers Harry-Harriet, à ses nageoires de mariée aquatique, enfin propres et translucides.

À nouveau, Flannery eut la sensation d'oublier quelque chose dans la pièce. Pourquoi songeait-elle subitement, et sans raison, à la bosse de Wilkie Mac Goohan ? Et surgissait, telle la foudre, l'image d'une Kathleen March fiévreuse ?

Elle alla vers l'aquarium, dans un tel état de trouble et d'orage intérieur qu'elle faillit hurler lorsque la porte s'ouvrit sur Muir Darcey Apley !

Il enjamba sans y prêter attention la flaque d'eau par terre, issue des manipulations de Flannery. Elle se situait sur la trace quasi jumelle de la précédente.

– Bonjour, Flannery. Tu désirais me parler, m'a dit Voltaire ? Merci d'être venue t'occuper de l'aquarium. J'avoue ne guère y penser.

Tout comme Voltaire, elle nota son air. Ce fameux air… Mais, à l'inverse du vieux domestique, elle saisit assez vite de quoi il retournait.

L'excitation secrète qui allumait le regard sombre du beau jeune homme, les boucles en désordre, ce demi-sourire un peu niais qui s'adressait à une personne qui n'était pas là… Muir Darcey Apley semblait en effet avoir autre chose à penser que les poissons. Muir Darcey Apley était amoureux.

Absorbé, il ne remarqua rien de son agitation à elle. Elle s'en félicita, car elle préférait taire ses investigations récentes, et leur résultat inouï.

– Mr Muir, bonjour ! fit-elle avec un petit salut. Je les ai nourris, ils m'ont l'air en bonne santé. On est tous bien contents, au village, de vous revoir ici après tout ce temps, savez-vous.

– Trois longues années, murmura-t-il. Trois interminables années.

Il la fixa plusieurs secondes, sans la voir. Mais elle sentit précisément à quel moment l'esprit du dernier héritier des Apley revenait dans la pièce.

Elle fit deux pas en avant.

– Je ne suis pas uniquement là pour l'aquarium, continua-t-elle doucement. J'étais surtout venue pour…

Elle extirpa le médaillon de sa poche et, sans lâcher le jeune homme des yeux, le lui présenta. Le visage de Muir Apley ne montra aucun indice du moindre intérêt. Il leva les yeux sans comprendre.

– Qu'est-ce que c'est ? Un bijou qui appartenait à ma tante ?

– Je ne le crois pas, murmura-t-elle.

Elle le lui tendit.

– Ouvrez-le. Appuyez sur la petite pointe, sur le côté.

Il obéit, contempla la photographie, son propre portrait, avec une expression de grande, d'absolue, de sincère perplexité.

– Je reconnais cette photographie, elle se trouvait dans notre album de famille. Mais ce médaillon ne me dit rien du tout. Tu es sûre qu'il n'est pas à tante Vienna ? Où l'as-tu trouvé ?

– Aux alentours de l'étang, dit-elle, prenant soin de louvoyer au plus près de la vérité. Peut-être devriez-vous vérifier dans l'album en question ?

– Ce ne devrait pas être difficile. Tante Vienna le conserve… le conservait ici. Dans cette chambre. Probablement dans ce…

Il se dirigea vers un petit semainier, inspecta deux ou trois tiroirs, dénicha un petit classeur sous divers imprimés. Il revint vers Flannery, tournant les pages rigides. Il poussa une exclamation.

– Qui a pu faire ça ?…

Il exposa l'album ouvert. Sous un des papiers pelure qui protégeaient les clichés à bords dentelés, l'un d'eux représentait Vienna Apley sur le marbre d'un jardin méditerranéen. Un homme était assis à ses côtés, mais on ne pouvait savoir qui… car son visage avait été découpé !

– C'était à Monte-Carlo, il y a trois étés, à la villa du prince Vronski. Qui a pu faire cela ? répéta-t-il, médusé. Qui m'a coupé la tête ?

– Quelqu'un qui doit vous aimer beaucoup, dit Flannery tout bas.

Il la dévisagea en silence.

– Catriona ? finit-il par demander dans un souffle.

– Catriona n'a jamais mis les pieds à Harborough Hall, comment aurait-elle pu ? Non, pas Catriona.

Elle le fixa, ferme sur ses deux talons.

–Je n'ai pas de certitude absolue mais… Je crois que ce médaillon appartient à… Miss Godden. Elle faisait ici des visites régulières, n'est-ce pas ?

– Miss Godden ? s'écria-t-il, abasourdi. L'infirmière ? Elle s'occupait des migraines et de l'arthrite de tante Vienna, mais… Pourquoi Miss Godden posséderait-elle cette… ?

Visiblement la dernière personne à laquelle il aurait songé.

– Je vous rendrai la photographie, déclara Flannery. Permettez-moi de la conserver quelques jours. J'aimerais approfondir.

Il eut un haussement de dérision.

– Ce n'est pas grave, au fond. Si ? Je recollerai cette photo.

Elle comprit qu'il croyait à la simple toquade d'une femme entichée. C'était possible, après tout. Il était un si beau garçon.

– Peut-être que non, dit-elle avec gravité. Cependant, voyez-vous, cela pourrait avoir un lien avec la mort de votre tante.

L'incrédulité déforma les traits de Muir Apley. Elle pensa que rien, pourtant, ne parvenait à empêcher ce jeune homme d'être beau.

– Mais qu'est-ce que tu dis… Flannery ! Comment… ?

– Confiez-moi cette photographie, chuchota-t-elle gentiment. Je vous la rendrai, promis. D'ici là, pas un mot à quiconque. N'est-ce pas ?

Il acquiesça, haussant une fois de plus les épaules.

Muir Darcey Apley, la tête déjà ailleurs, avait repris son air, cet air qui horripilait tant le pauvre Voltaire.

36

Le redoux se poursuivait, bien qu'il fît encore bien froid.

Si on levait la tête, on s'émerveillait des ramures qui hérissaient leurs bourgeons au ciel. Si on la baissait, on barbotait dans des rigoles de boue.

Deux amoureux sur leur cheval galopaient vers le nord. Un petit bagage, fixé de chaque côté de la selle, battait aux flancs de l'animal.

La jeune fille, à l'arrière, pressait la joue contre la redingote du jeune homme qui conduisait les rênes.

– Ne dirait-on pas que le printemps commence ? soupira-t-elle avec exaltation, serrant avec bonheur le bien-aimé.

Ils étaient au début de leur périple.

✣

À une quinzaine de miles, ils firent une pause à un ruisseau pour y faire boire la jument, délivrer son sabot d'un caillou. Pendant que Belle of June se désaltérait, ils s'embrassèrent, loin de tout, au milieu de la lande.

Entre deux baisers, elle lui trouva l'air soucieux. Alors qu'elle-même se sentait très près de voler ! Elle le lui dit.

– Ma douce... Bientôt, nous allons être mari et femme. Nous n'aurons plus à redouter personne. Mais...

Leurs yeux ne se quittaient pas. L'ombre d'une interrogation s'éternisa dans ceux du jeune homme.

– Je dois... Il me faut... Depuis des jours, je ne sais comment t'en parler... Pourtant, je le dois, je le dois absolument. C'est important. Pourtant, en réalité, ça ne l'est pas du tout.

Elle lui posa une paume sur les lèvres.

– Moi aussi, j'ai à te dire quelque chose. Tes hésitations me donnent de l'audace... Laisse-moi parler d'abord, sinon je n'oserai plus. C'est...

Il l'enlaça pour l'encourager.

– ... à propos de mon frère. Fergus. C'est un garçon adorable. Enfants, nous étions à nous deux une sacrée petite forteresse ! C'est lui qui allait chercher tes lettres dans notre cachette et me les apportait pour que je les lise, tu te rappelles ? Lorsque papa... Lorsque papa entrait dans ses terribles accès de colère, Fergus était là. Et j'étais là pour lui. Pourtant, depuis la mort de papa, mon frère a changé. Il parle peu, n'a aucun ami. Muir... Je ne veux pas le laisser seul. Il n'a que dix-sept ans.

Muir baisa tendrement le front de Catriona. Il sourit, et puis il rit.

– Pas une seconde je n'ai songé à l'abandonner, ma douce. Fergus viendra chez nous. Harborough Hall est si grand. Je veux désormais vivre dans une maison où il y aura du monde ! Du monde qui aimera y venir, y rester, une maison avec des enfants gais, des épouses heureuses, des amis qui se plairont en notre compagnie… Cela m'a tellement manqué, Catriona. J'ai été un enfant trop seul, trop choyé, trop aimé, trop… épié.

Catriona ferma les yeux. Cette fois, elle allait vraiment se mettre à voler.

– Merci, murmura-t-elle.

Ils regardèrent Belle of June qui s'ébrouait dans un arc-en-ciel de vapeur d'eau.

– Maintenant, à toi, chuchota-t-elle. Dis-moi cette importante chose sans importance.

Muir réfléchit, prit le temps de rassembler les mots.

– Je dois, dit-il lentement, être simple et direct. Voilà… Je crois que je ne suis pas l'enfant de mes parents. Non, j'en suis sûr. Je ne suis pas le fils de Rosalee et de Benedict Apley.

Elle leva vers lui un visage surpris.

– Je l'ai toujours su, murmura-t-il. Sans le savoir véritablement. À la façon des enfants, comprends-tu ? Je l'ai compris à des silences, ces silences d'adultes à propos de certains sujets… Ces phrases brutalement interrompues, ces regards saisis que je n'étais pas censé saisir, une atmosphère de secret. Ainsi, peu à peu, j'ai appris à cohabiter avec l'inquiétude. Une sorte d'appréhension permanente qu'une vilaine fée pouvait, d'un coup de baguette, tout faire disparaître.

Catriona se pelotonna contre la redingote. Elle aussi, enfant, avait eu cette impression, cette interrogation. Tous les enfants ne se la posaient-ils pas ? Son père, Horton Palance, qui ne ressemblait à personne !

Elle garda le silence.

– Lorsque je suis parti étudier à Oxford, reprit-il, j'ai fait maintes recherches. Jusqu'à cette côte du Dorset où ma mère m'a mis au monde. J'ai sillonné tout le comté, chaque village, chaque ville, ratissé les registres d'état civil, les mairies, prospecté chez tous les édiles…

– Eh bien ? s'exclama-t-elle, effrayée par son long silence.

– Nulle part je n'ai trouvé trace de ma naissance.

Elle l'entendit avaler son émotion. Puis rire tout à coup.

– Ne dirait-on pas une de ces histoires à la Dickens ?

– Oliver Twist ! rit-elle, les yeux emplis de larmes. Muir Darcey Twist.

Ils se turent.

– Tu es la première âme à laquelle je confie ce secret, lui murmura-t-il à l'oreille. Je souhaite qu'il n'en existe aucun entre toi et moi. Entends-tu ? Au fond, qu'importe… Je demeure le fils de Rosalee et de Benedict Apley. Aimé, trop peut-être, et grandi dans l'affection. Un enfant a-t-il besoin de davantage ? Mon père, le juge, avait sans doute ses raisons de se taire. Lui et tante Vienna ont voulu m'épargner. En vérité, tout cela est sans importance. N'est-ce pas, Catriona ?

Elle hocha la tête, puis elle lui baisa les yeux avant de sécher les siens.

37

Même de loin, le bonhomme de neige affichait une sale mine. Sa tête ronde, nettement moins ronde, lui rentrait dans les épaules. Ça lui donnait un air amoché, presque méchant. Briony en fit la remarque lorsqu'elle quitta le cours de piano de Miss Juniper en compagnie de Daphne Hatchard.

– C'est à cause que c'est le dégel, estima Daphne. Maman dit qu'on aura des inondations.

– Pourquoi ?

– À cause qu'il y aura de l'eau partout. Au dégel, y a tout qui fond.

Daphne Hatchard produisit alors sa figure avec « bouche fatale ». Depuis qu'elle était allée voir, cet automne, la glorieuse Amber Penhaligon dans *Suppliciée par l'amour* au Laughton Theater à Londres, elle ne cessait d'imiter ses poses de tragédienne. Daphne se vantait d'y réussir à s'y méprendre. Briony trouvait, pour sa part, que ladite bouche fatale suggérait fortement une poire fendue. Elle aurait aimé assister à *Suppliciée par l'amour*, vérifier si ça ressemblait vraiment.

– Tout qui fond ? répéta-t-elle. Même les cailloux ?

– Niaise ! répliqua Daphne (avec son expression « à la bouche révulsée », un côté grosse mouche bleue, songea Briony). *Whoopsy Daisy !...* Ne te retourne surtout pas, souffla-t-elle, se paralysant au milieu de son imitation – ce qui lui agrandit un œil et raccourcit l'autre. Surtout, fais comme si tu le voyais pas !...

Briony n'avait rien vu, ni personne, puisqu'elle tournait le dos à la direction désignée, mais, bien entendu, elle comprit tout de suite de qui il était question. Elle sourit, risquant une face « à la bouche réjouie » que n'avait jamais dû tenter la somptueuse Amber Penhaligon, vu qu'une suppliciée par l'amour ne se réjouit pas.

– Il est vert, dit-elle. Malade de rage. Il aurait adoré dégringoler dans l'étang gelé. Hélas, je l'ai fait avant lui. Il aurait adoré être interrogé par les détectives de Scotland Yard. Hélas, je l'ai été avant lui. (Avec « bouche persifleuse », inédite à ce jour, y compris chez l'impériale Penhaligon.)

Après quelques pas, elle fut incapable de se contenir. Elle pirouetta sur les talons et s'époumona :

– On t'a vu, grande godille de Wilkie Mac Goohan ! Tu sais même pas te cacher !

La grande godille s'esclaffa. Wilkie Mac Goohan bifurqua vers le pré adjacent. Il escalada le talus pour exécuter une série de sautillements sur place, avec de grands ricanements, qui firent de lui une sorte de parodie de balai voltigeur. Les deux filles gloussèrent.

– Il est trop bête, soupira Daphne. Regarde pas ! ordonna-t-elle comme si Briony courait le danger de se transformer en statue de sel.

– Je regarde pas ! certifia Briony en regardant. Il est trop bête.

– Laisse tomber.

– Oui, laisse tomber.

Tout à coup, elles virent Wilkie qui piquait un galop dans le pré, en direction du bonhomme de neige.

– Qu'est-ce qu'il va lui faire ? s'alarma Daphne.

Ce que Wilkie voulait, elles le comprirent très vite. Il avait saisi un des godillots du bonhomme de neige et s'était mis à lui taper dessus. Au premier coup, la tête en fusion vola en éclats. Ensuite de quoi, Wilkie s'attaqua au tronc. Il riait, sautillait toujours. On l'entendait rigoler de loin, le balai voltigeur !

– Il rigole ridicule, décréta Briony. Wilkie Mac Goohan est décidément un crétin.

Elle repensa, révoltée, à ce que lui avait dit sa grande sœur, sur la route de l'étang… *Oh, ma pauvre, pauvre chérie, je comprends, c'est parce que tu l'aimes bien…*

Sans se consulter, ni la moindre cohérence, Daphne et Briony s'élancèrent à la poursuite du balai voltigeur devenu massacreur de bonhomme de neige depuis quelques instants.

– Arrête immédiatement, Wilkie la godille ! hurla Briony au milieu du pré. C'est notre bonhomme !

– C'est notre bonhomme ! hurla Daphne Hatchard. Arrête tout de suite, Wilkie la godille !

Wilkie s'arrêta. Pas pour leur obéir, car il avait cessé son entreprise de démolition depuis une poignée de secondes… Quelque chose venait de briser net son élan.

Il garda un bras bizarrement en l'air, tout raide, médusé telle la statue de sel mentionnée plus haut. Plus étrange encore, lorsque les deux filles, intriguées, approchèrent, il ne fit pas un geste. Il ne se retourna pas. Il resta comme ankylosé, ou endormi debout.

Suspectant quelque sournoiserie, les deux filles, méfiantes, amorcèrent quelques pas de côté, à distance.

Enfin Wilkie pivota d'un bloc, et regarda fixement les deux filles. Il avait l'expression la plus biscornue, la plus affolante qu'on lui eût jamais vue. On avait l'impression qu'il allait éclater de rire et fondre en larmes en même temps.

La voix enrouée, il proféra des mots, mais des mots si incongrus que Daphne pensa qu'elle avait mal compris, et Briony que Wilkie Mac Goohan avait viré détraqué…

Comme elles restaient sans réaction, il répéta.

– Le bonhomme de neige… Y a des mains qui lui ont poussé !

– Hein ?

– Qu'est-ce que…

– Le bonhomme ! Le bonhomme ! hurla-t-il… *Il a des mains !*

Éperdues, leurs yeux élargis et tout emplis d'inquiétude, Daphne et Briony s'avancèrent, se penchèrent… Et poussèrent un cri. Dans un même recul, s'agrippèrent l'une à l'autre.

Deux paumes, en effet, dotées chacune des cinq doigts ainsi que des avant-bras qui allaient avec, pointaient de part et d'autre du tronc en neige, à la façon de petits étendards absurdes.

Des mains humaines.

Une sorte de long collier de perles grises roula, se déploya sur la neige jusqu'aux pieds fondus du bonhomme. Avant que Briony eût le temps de se demander quelle sorcellerie avait pu accomplir ce hideux prodige, et avant que Daphne eût cherché une contenance digne de la grandiose Penhaligon, Wilkie Mac Goohan les repoussa d'une détente brutale. Un peu sonnées, elles le regardèrent qui détalait à travers le pré, sautait par-dessus le talus, où il fit volte-face pour brailler :

– C'est moi qui l'a trouvé ! C'est moi qui l'a trouvé en premier ! C'est moi qui va en causer au Scotland Yard !

38

Après trois heures de chevauchée, le couple d'amoureux fit une halte à Dench. Belle of June avait perdu deux fers. L'auberge avait pour nom *La Belle Reine* (en français), souvenir d'un passage de Marie Stuart, preuve que l'Écosse se rapprochait. Ils avaient parcouru un peu moins de quarante miles.

Muir porta leurs bagages jusqu'à l'auberge.

– Mon épouse, dit-il au propriétaire du lieu, a besoin d'une heure de repos. Notre cheval est chez le maréchal-ferrant.

– Une heure ? ricana l'aubergiste soupçonneux. Comptez pas sur moi pour diviser le prix par 24.

– Personne ne vous le demande.

Regard droit, Muir Apley jeta une pièce d'or sur la table, où elle fit une brève escale avant de rebondir dans la poche de l'aubergiste.

– Vous allumerez un feu dans la chambre. Mon épouse est frigorifiée.

– Il brûle déjà ! répondit l'aubergiste, plus amène. Je vous sers un thé. Vous venez de loin ?

– Morgan's Moor, répondit Catriona.

Muir lui lança un regard qu'elle comprit trop tard. Il avait raison. Moins ils en disaient... Il l'avait appelée « mon épouse ». Il l'avait dit deux fois. C'était extravagant. Et décidément merveilleux.

– Morgan's Moor ? s'écria un homme attablé devant une écuelle de soupe. Il se passe de drôles de choses, là-bas, pas vrai ? Moi aussi, à votre place, j'aurais décampé.

Sans répondre, ils s'installèrent dans un coin pour attendre que la chambre fût prête.

– Je resterai ici, lui chuchota Muir. Peut-être irai-je faire un tour.

Il lui embrassa les mains. Malgré elle, Catriona s'assura que personne ne regardait.

Personne ne regardait.

– Il s'en passe de drôles, à Morgan's Moor ! reprit le quidam à l'écuelle de soupe. Duluth nous en a conté de belles tout à l'heure.

– Duluth ? répéta poliment Muir.

– Le vaguemestre. Il sillonne le district dès l'aube. Cette malheureuse nonne ! C'est péché de zigouiller une fille de Dieu.

Il ingurgita une louchée de potage avec un bruit d'écume.

– Une nonne ? répéta Catriona après un silence et un coup d'œil à son compagnon.

– Le dernier crime à Morgan's Moor ! clama l'autre qui en oublia de s'essuyer le menton. Un de plus. Une bonne sœur ! Des mômes l'ont retrouvée, la pauvre, enterrée avec son chapelet sous un bonhomme de neige.

Ils se regardèrent, muets, pétrifiés de stupeur.

5e PARTIE

39

Sœur Rumer était percluse d'arthrose, et le trajet en chemin de fer, depuis Raenaig, Écosse, lui avait – pour reprendre une locution du superintendant – émietté une centaine d'os. Au coin de la cheminée de sa salle d'auberge, Peggy Cheviot lui avait servi un cordial, c'est-à-dire une infusion de sommités fleuries, accompagnée d'une tranche de cake aux épices.

Ce ne fut pas de trop car, à peine débarquée, tout endolorie, à la gare, la malheureuse prieure de l'abbaye du Cœur de la Sainte-Croix, à Raenaig, avait été aussitôt emmenée par le Chief constable George à l'hôpital d'Ambroseburg aux fins d'identification du corps trouvé enfoui à l'intérieur du bonhomme de neige. Elle fut conduite à la morgue par le superintendant lui-même.

À Calcutta où elle avait administré une léproserie, ou à Shanghai où elle avait été ambulancière dans une banlieue de taudis, la vie de sœur Rumer n'avait pas été avare en images rebutantes ou déplaisantes. Mais, là, dans ce petit hôpital propret du Northumberland, lorsqu'elle aperçut le rosaire à grains gris disposé sur cette poitrine, qu'elle reconnut le visage ami, sans couleur et nu, de sœur Clodagh sous le drap levé, elle ne put retenir un gémissement d'effroi.

– Qui... qui a pu lui faire une chose aussi... abominable ?

– Nous nous efforçons de le découvrir, sœur Rumer, dit tout bas le superintendant. Vous reconnaissez sœur Clodagh, membre de votre abbaye ?

Elle répondit oui, dans un pauvre souffle malheureux, et se détourna pour pleurer et prier.

Lorsqu'ils eurent regagné le porche de l'hôpital, le superintendant Tanybwlch extirpa son flacon gainé, lui proposa le soutien de son whisky d'enfance. Mais sœur Rumer s'était ressaisie. Elle balaya l'offre d'un refus net, ponctué du bleu choqué de son regard. Il rempocha l'objet, sans oser avaler la lampée prévue.

– Comment a-t-on pu lui faire cela, à elle ? Qui ? redit-elle. Son cou... Qu'est-ce qui... ?

– Un objet très effilé. Comme lors des deux précédents crimes, l'assassin a conservé l'arme.

– Les précédents crimes ? répéta-t-elle en un murmure. Vous voulez parler du juge Apley et de sa sœur ?

– Je vois qu'on lit la presse dans les abbayes.

Sans relever le style agnostico-darwino-rationaliste du ton adopté par le superintendant, elle chuchota :

– Certes. On y apprend des choses. C'est même depuis qu'elle a su la mort de Vienna Apley par le journal que sœur Clodagh a commencé à devenir... comment dire... nerveuse. Agitée, même. Elle s'est mise à noircir un tas de courrier. Dès lors, elle n'avait plus qu'une idée en tête : se rendre à Morgan's Moor. Elle...

– Avec votre permission, je vous propose de nous y rendre nous-mêmes et tout de suite, sœur Rumer. Nous parlerons de tout cela.

Voilà pourquoi, une heure plus tard, ils étaient attablés dans la salle des *Cornish Cliffs*, infusion de sommités et cake pour elle, tasse de bouillon pour lui (qui n'osait plus sortir son flacon gallois), et pour Pitchum qui se joignit à eux.

La salle de l'auberge était quasi vide. Près d'une table centrale, Jon Cheviot conversait avec Harry, le forgeron.

– Qu'est-il arrivé, doux Seigneur ? répétait sœur Rumer tout bas. Sœur Clodagh était l'être le plus tendre et le plus radieux, le plus sensible que je connaisse.

D'un doigt inconscient, elle refoula deux très fins cheveux gris sous la guimpe sévère qui lui ceignait le visage au ras des sourcils.

– Elle aimait chanter, continua-t-elle. C'était un de ces cœurs ensoleillés… Incapable de voir le mal, dont nous savons tous pourtant qu'il est habile à se déguiser sous un masque.

Elle poussa un soupir de tristesse immense.

– Elle est venue frapper à mon bureau, le lendemain où est parue la nouvelle de la mort de Vienna Apley. Les traits bouleversés par je ne sais quel motif, elle avait peine à parler. « Il faut que je parte au plus vite, ma sœur ! m'a-t-elle dit. Avec l'aide de Notre Seigneur, je parviendrai peut-être à… »

– … Avec l'aide de Notre Seigneur, je parviendrai peut-être à sauver une âme ! s'écria sœur Clodagh, la voix pressée, suppliante. Le malheur a perdu cette âme ! Il faut lui montrer le chemin, la lumière ; il le faut absolument.

Sœur Rumer considéra le visage qui lui faisait face, pas très joli, mais dont la limpide bonté touchait au cœur. Sœur Clodagh était au bord des larmes.

– Que se passe-t-il, sœur Clodagh ? questionna-t-elle.

– Ma sœur, il faut que je me rende dans le Northumberland. À Morgan's Moor. Il se passe, là-bas, des choses… Ces crimes… Ces épouvantables crimes !

– Ma sœur ! s'exclama la supérieure, alarmée. Êtes-vous en train de me dire qu'il y a quelque lien entre ces abominations… et vous ? Que, peut-être, vous savez… quelque chose ?

Sœur Clodagh baissa la tête. Son voile lui cacha les joues.

– Il y a quelqu'un, oui… Quelqu'un que de terribles tourments animent de sentiments violents et dangereux.

– Quelqu'un que vous connaissez ?

– Que j'ai connu, ma mère. Et avec qui j'ai récemment échangé quelques lettres. J'étais moi-même fort jeune lorsque j'ai fait sa connaissance. Je venais à peine de prononcer mes vœux.

Elle plongea la figure dans ses mains.

– Son chagrin est un supplice, ma mère ! Un enfer sur la terre ! Et depuis trop longtemps. C'est lui qui altère son jugement, qui lui dicte des actes dont la cruauté… la monstruosité… Et, là-bas, personne ne sait rien ! Personne ne peut même s'en douter, car la mort porte un visage ami.

Un sanglot l'empêcha de terminer. Sœur Rumer lui étreignit la main, imaginant soudain le pire. Un mauvais homme du passé, peut-être ? Un être malfaisant, membre de sa famille, qui sait ? Ressurgi dans la vie de sœur Clodagh…

– Ne pouvons-nous joindre la police, ma sœur ? dit-elle très bas.

– N'est-il pas préférable qu'un pauvre cœur ravagé et meurtri de vilains sentiments allège de lui-même sa conscience ? Je crois que je peux le toucher, le convaincre… Dieu m'aidera. Dieu m'aidera !

Enfermés dans les guimpes rigides, leurs deux visages se firent face. Elles se scrutèrent, dans un silence intense.

– Entendu, chuchota sœur Rumer. Partez, ma sœur. Je sais que vous saurez adoucir cette âme anéantie, et la prémunir contre les démons de sa conscience.

Sœur Clodagh lui baisa la main, la baigna de larmes.

– Si votre mission était un échec, articula lentement la supérieure, allez trouver la police.

– Je réussirai ! dit sœur Clodagh avec ferveur. Ce cœur est sensible, je le sais. Ce cœur a aimé.

– Je vous demande simplement de ne demeurer là-bas que deux jours, et d'être revenue avant cinq. Notre communauté a besoin de vous.

– Je serai là, ma mère. Merci, oh, merci…

– Sœur Clodagh ! la rappela la supérieure, alors qu'elle sortait déjà.

Clodagh revint sur le seuil. Sœur Rumer laissa passer un ange.

– Prenez garde à vous, conclut-elle simplement.

✣

– Quand donc sœur Clodagh a-t-elle rejoint votre fondation de Raenaig ? demanda Pitchum à la prieure très émue par son récit.

– Il y a à peu près deux ans.

– Avant de vous rejoindre, où était-elle ?

– Elle avait passé plus de quatorze années en Jamaïque. Dans un dispensaire conduit par nos sœurs de la congrégation St Mary Gloria Beata à laquelle elle appartenait alors. Elle les a suivies quand… leur hôpital de Londres a fermé. Le départ en Jamaïque fut alors décidé.

Elle se tut, dans un flottement d'embarras, que les deux détectives ne pouvaient pas ne pas remarquer.

– St Mary Gloria Beata… S'agirait-il de cet asile qui… ? fit pensivement le superintendant. L'on y accueillait de jeunes parturientes en détresse, seules au monde, sans famille, et surtout sans époux. Est-ce bien cet hôpital dont vous parlez, ma sœur ?

Elle acquiesça, sans un mot, repoussa deux autres cheveux gris sous sa guimpe.

– N'a-t-il pas été fermé suite à une action judiciaire ? insista-t-il. Ce qui expliquerait cet exil généralisé vers la Jamaïque !

Elle opina, non sans une longue hésitation.

– C'était il y a près de seize ans… La sentence de la justice nous a toutes cruellement affectées, confessa-t-elle enfin, après un long soupir. Nous avons craint que la loyauté et la sincérité de nos œuvres de charité ne soient foulées aux pieds, discréditées à jamais par cet abominable scandale. Mais Notre Seigneur, dans son infinie clémence, ne l'a pas permis, qu'Il en soit loué. Que la personne qui en était la cause soit pardonnée… Elle est morte aujourd'hui.

– De quoi et de qui parlez-vous ? voulut savoir Pitchum, loin qu'il était de posséder toutes les données sur une affaire qui avait eu lieu alors qu'il clopinait encore dans les jupons maternels.

– Il y avait eu de multiples plaintes contre la directrice de l'asile de St Mary Gloria Beata, dit Linwood Tanybwlch. N'est-ce pas, sœur Rumer ? Si je me souviens bien, elle était accusée d'intrigues, d'enlèvements d'enfants, de vols ou d'échanges de nourrissons, ou…

– Les actes misérables de sœur Luke ne sauraient être jamais absous, excepté par Notre Seigneur ! coupa-t-elle avec force. Je ne peux que supposer que son ambition à vouloir asseoir, par la richesse de l'argent, l'essor et la stabilité de sa communauté, lui aura fait perdre tout esprit humain, toute bonté.

Une grimace de dégoût lui tordit les lèvres. Le superintendant délogea de son veston le flacon gainé, histoire de réchauffer d'une lichette galloise son bouillon refroidi. Il eut la surprise de le voir changer de main. Après un court atermoiement, mais sans préavis, sœur Rumer venait de s'en emparer. Elle en arrosa son infusion fleurie qu'elle acheva cul sec. Le superintendant rempocha le flacon, une vague lueur d'admiration au fond des pupilles.

– Cette sœur Luke… reprit-il, tout en sobriété.

– Elle est décédée, je l'ai dit.

– En prison, je suppose.

– Dans un bagne du Pacifique. L'archevêché a exigé son éloignement par peur de représailles des familles lésées. Ou d'enfants devenus adultes qui auraient exigé des comptes.

– Et, du même coup, l'archevêché a écarté une brebis, hum, aussi égarée que cupide, qui noircissait l'image de la philanthropie, marmotta le superintendant.

– Des enfants devenus des adultes, disiez-vous, ma sœur ? intervint opportunément Pitchum, pressentant un réveil malencontreux du darwino-agnostico-rationalisme de son chef. Cela signifie donc que sœur Luke procédait à ses… commerces d'enfants depuis des années ?

– Trop nombreuses ! soupira-t-elle.

Elle tendit la main. Le superintendant s'empressa de transférer une giclée du flacon gallois vers la tasse désormais pure de toute infusion de sommités fleuries.

– En quoi consistait exactement ce… trafic ? s'informa Pitchum.

Le vocable fit hoqueter sœur Rumer. Son âme franche et bonne batailla quelques instants avant de le recevoir, ou même de le concevoir.

– Ainsi que vous le disiez, l'asile St Mary Gloria Beata accueillait bien des malheureuses en détresse. Perdues, honteuses, sans recours ni secours. Pour ne pas être au ban de leur famille ou de la société, elles abandonnaient le bébé. Certaines se le faisaient… voler.

– Voler !

– Par sœur Luke, dit sœur Rumer avec une grimace de supplice mêlée de ressentiment. Elle prétendait les enfants morts-nés. Les pauvres filles y croyaient. Elles devaient y voir un cadeau du Ciel, ou une absolution.

– J'imagine que de riches couples stériles payaient en or sœur Luke pour avoir un héritier tout fait.

Pitchum et le superintendant s'entre-regardèrent, frappés de la même pensée. Le long séjour de Rosalee Apley dans le Dorset, sa grossesse miraculeuse malgré les mises en garde du docteur March père…

Sœur Rumer éleva un doigt ferme.

– Sœur Clodagh, Dieu bénisse sa belle âme pure, Clodagh ignorait tout cela ! Tout ! certifia-t-elle avec vigueur. Comme d'ailleurs la plupart des sœurs qui travaillaient alors dans cet asile. Ceux qui savaient, eux, gouvernaient la haute sphère. Qui est toujours restreinte, pas vrai ? Ceux-là furent condamnés. Quand elle a su, notre pauvre Clodagh... seize ans après, elle en pleurait encore des rivières de larmes.

Elle se tut, s'essuya les yeux. Le superintendant lui tapota finement le poignet. Mais revissa le bouchon de son whisky d'enfance et, avec un clin d'œil, rempocha le flacon lorsque sœur Rumer fit mine de se resservir.

– Grand merci, ma sœur, pour ces éclaircissements. C'est prodigieusement intéressant. Dans cette enquête, cela nous sera d'un grand...

– Harry ! cria une voix forte depuis le seuil de l'auberge. Vous les avez vus ? Sont-ils vraiment partis ? Par où ? Vite... Par où ?

À leur table, le maréchal-ferrant et l'aubergiste pivotèrent d'un mouvement. Sur le seuil se tenait le docteur Gedeon March, le souffle haché, la face blême.

– On doit les rattraper !

40

– De qui parlez-vous, docteur ? interrogea Harry.

– Muir Apley avec Catriona. Il paraît qu'ils ont fui à cheval… Une monture pour deux… Sont-ils passés par chez vous, Harry ? Répondez ! Répondez !

– Muir Apley est en effet venu récupérer Belle of June qu'il m'avait donnée à ferrer hier soir, dit le maréchal-ferrant. Mais il était seul.

– La demoiselle devait l'attendre à la sortie du bourg. Quelle route a-t-il prise ? Vous avez dû le voir…

– Celle qui va au nord.

Avec une sorte d'horreur incrédule, le docteur March contemplait tour à tour les occupants de la salle.

– L'Écosse, probablement… Après la frontière, ils s'y marieront. C'est la combine locale… Seigneur, c'est épouvantable ! Il nous faut les empêcher ! Les détourner d'une alliance qui serait… une tragédie !

Il se laissa choir sur un banc. Pendant que Jon Cheviot lui préparait le verre dont il avait visiblement besoin, le superintendant et le constable George le rejoignirent.

– Que se passe-t-il, docteur March ? s'enquit le superintendant avec bonté. De quelle tragédie parlez-vous ?

– S'il s'agit d'une illégalité, d'une malversation, renchérit le constable, je suis prêt à recevoir votre témoignage, docteur, ou votre déposition.

Pendant un moment, Gedeon March fut incapable d'articuler un son. Il passait et repassait la main sur ses paupières.

– Mon épouse vient de me l'apprendre. Elle-même l'a su par nos domestiques… Muir Darcey Apley a enlevé Catriona Palance pour l'épouser !

Il y eut un court silence.

– Ma foi, docteur, dit Jon Cheviot avec un sourire, en quoi est-ce une tragédie ? On n'est plus au XVIIIe siècle. Nous sommes à deux pas du XXe ! Cette union ne ternira la réputation de personne. Tout le monde sait, ici, que ces deux-là s'aiment depuis qu'ils sont hauts comme ça. Maintenant qu'ils sont seuls au monde, on s'en réjouirait plutôt, non ? La pauvre Catriona aura enfin une épaule solide…

Gedeon March l'interrompit d'un virulent coup de poing sur la table, qui les stupéfia.

– Vous ne comprenez pas ! *Cela ne se peut !* Mon père… le docteur James March… Il savait la plupart des secrets de ce village… Il m'en a livré quelques-uns. Ceux qu'il me fallait connaître quand j'ai repris sa charge. Oh, bonté du ciel, se lamenta-t-il. On doit les rattraper, les retenir ! *Absolument !*

– Docteur March, insista, avec indulgence, le constable George. Nous les chercherons mieux si nous savons de quoi il retourne.

Gedeon March secoua la tête, respira deux fois avec peine.

Quand il reprit la parole, sa voix tremblait toujours mais ressemblait à celle qu'on lui connaissait.

– Dieu me pardonne – ou me damne ! – de trahir un secret livré dans la confidence de ma profession… Mais le taire est un péché mortel. Une fatalité qui souillera la généalogie des Apley, une lignée entière d'innocents…

Il redressa ses lunettes, soupira, l'air de se demander par où commencer.

– Comme vous le savez, il y a fort longtemps, Jamesina Palance travaillait au service de Rosalee Apley, la défunte épouse du juge. Un jour, voilà mon père appelé à Harborough Hall, auprès de Jamesina, victime d'un malaise. Après examen, il n'est pas long à découvrir qu'elle porte un enfant… La malheureuse finit par lui avouer que cet enfant est celui…

Les mots bloquèrent. Il fit une grimace comme pour les arracher à sa gorge.

– … celui du juge Benedict Apley, dit-il tout bas.

Mr Cheviot en laissa tomber le torchon plié à son bras. Il jeta à la ronde un regard ébahi.

– Mis au courant par mon père, continua le docteur March, le juge Apley propose presque aussitôt et dans, je crois, un élan sincère de générosité, de l'adopter. Lui et Rosalee souhaitent tellement, appellent de toute leur âme cet héritier que Dieu leur refuse depuis de si longues années… Or, il se trouve qu'à ce moment-là, un certain Horton Palance revient s'installer à Morgan's Moor, après une vie de pérégrinations… agitées. Il aspire au calme, tombe amoureux de Jamesina, lui fait la cour, demande sa main.

Il saisit le brandy que Mr Cheviot venait de servir, l'avala d'un trait.

– Selon mon père, qui suivait la grossesse et recueillait les confidences de Jamesina, celle-ci avoua très vite, et humblement, toute la vérité à Palance. Lequel prit la décision de tout garder avec lui. La mère et l'enfant. Et il se mit à opposer un refus farouche à l'idée de toute adoption par le couple Apley. Il subsistait un violent contentieux entre lui et le juge, de vieux démêlés de justice… Bref, je suppose que Palance éprouvait un certain plaisir à ne pas céder devant celui qui l'avait malmené devant les tribunaux. À ne surtout pas lui obéir, et sans doute avec la satisfaction de tenir dans sa main la destinée d'un homme de pouvoir. Mon père, lui, fut toujours convaincu de l'amour profond et sincère de Palance pour Jamesina. Horton Palance, assurait-il, répugnait à voir la femme qu'il aimait se séparer de son petit, il était déterminé, envers et contre tout, à clamer bien haut que cet enfant était de lui, et à lui donner son nom.

Le docteur March rajusta ses lunettes, tourna son verre entre les doigts, comme étonné de le voir si vide, si sec.

– C'est ce qu'il fit. Catriona naquit donc sous le nom de Palance. Quant au couple Apley… Dieu, dans sa mansuétude, leur donna un petit garçon, Muir. Les deux bébés sont nés presque en même temps, quelques mois avant le décès de la malheureuse Rosalee.

La voix de Gedeon March mourut dans un soupir. Ses yeux, baissés tout au long du récit, fixèrent soudain l'auditoire.

– Comprenez-vous maintenant ? Pourquoi ce mariage est inconcevable ? Catriona Palance et Muir Darcey Apley ignorent qu'ils sont issus d'un même père, qu'ils sont frère et sœur !

Dans le fond de la salle, Pitchum, demeuré attablé au côté

de sœur Rumer, vit la prieure se lever, faire le signe de croix et tomber à genoux en prière.

Juste après, il entendit un son léger derrière lui, comme une petite secousse. Il jeta un coup d'œil machinal. À la seconde où il la vit, il reconnut la silhouette qui s'éclipsait par une porte latérale.

D'instinct, il se redressa et s'élança à sa poursuite.

Dehors, l'éphémère jour d'hiver était sur le déclin. Une ombre traversait en courant l'arrière-cour de l'auberge. Pitchum l'interpella.

41

– Flannery !

Flannery ! Petite rouée… Toujours à musarder à l'affût, à glaner en catimini des révélations qui ne la concernaient pas. Flannery, la flâneuse…

Elle s'arrêta. En deux bonds, il fut près d'elle.

– Que faisiez-vous cachée dans votre coin, Miss Cheviot ? questionna-t-il dans un chuchotement. Vos oreilles sont décidément aussi jolies que curieuses.

Elle leva vers lui son visage bouleversé au-dessus d'une écharpe rose pâle.

– Que se passe-t-il ? Qu'avez-vous ?

Elle secoua la tête, muette. Dans son émoi, elle laissa tomber un objet qu'il ramassa avant elle. C'était une sorte de pendentif en émail, qu'elle lui reprit avec vivacité.

– Qu'avez-vous, Flannery ? répéta-t-il.

Son insistance était douce, sans impatience. Il s'empara de ses deux mains, de ses poignets. Il put sentir jusqu'aux frissons qui la secouaient.

– Flannery la flâneuse, chuchota-t-il sans hostilité, et même avec tendresse. Expliquez-moi ce qui vous plonge dans pareil état.

Triturant son écharpe, elle le scrutait, sans le voir.

– Je ne peux rien dire, Pitch. Je suis dans… une complète obscurité.

– Ma mère souvent me reproche de lanterner. Cela peut-il nous éclairer ?

Elle ne parut pas goûter la boutade. Quelque chose la tourmentait.

– Flannery…

– Oh, Pitch…

Elle fut sur le point de tout avouer. Qu'elle avait compris le mystère de la chambre close. Comment l'assassin de Vienna avait quitté la chambre. Qu'elle soupçonnait… Mais il se passa soudain quelque chose d'inattendu, de totalement imprévisible.

Aucun des deux n'aurait su dire lequel bascula en premier dans les bras de l'autre, puisque leurs bouches se trouvèrent en même temps, et qu'elles se gardèrent longuement, voracement, prisonnières l'une de l'autre.

Ils s'écartèrent ensemble, hors d'haleine, les yeux luisants. Ils s'observèrent, pris d'un vertige silencieux.

– Nous avons écouté le récit de sœur Rumer, chuchota-t-elle.

– J'étais supposé le faire, répondit-il sur le même ton. Mais pas toi.

– Il fallait choisir un lieu moins public que la salle de mon auberge.

Sa voix était hachée, encore essoufflée. Pitch lui-même était assez essoufflé, voire complètement soufflé, par ce qui venait de se produire, et ne s'était encore jamais, jamais, produit dans sa vie.

Il souleva l'écharpe rose et, paupières closes, la respira. Il se répétait qu'il venait d'embrasser…

– Est-ce à cause du récit de sœur Rumer ? murmura-t-il, les narines immergées dans les plis de l'écharpe.

… d'embrasser une jeune fille…

– *Il y a à Morgan's Moor quelqu'un que de terribles tourments animent de sentiments violents et dangereux…*

– Quelqu'un du temps de la jeunesse de sœur Clodagh, je l'ai entendue, oui.

… une jeune fille sur la bouche !

– *Ce tourment lui dicte des actes cruels… monstrueux.* Oh, Pitch ! Sœur Clodagh connaissait l'assassin, elle l'a dit.

Il lâcha le pan d'écharpe.

– Elle est venue à Morgan's Moor, aspirant, dans sa ferveur naïve, à lui parler, à lui faire entendre raison, peut-être à nous donner l'alarme. Oh, Pitch… C'est pour ça qu'elle a été tuée !

Ils se fixaient ardemment. Toujours essoufflés.

– Tu pleures… Pourquoi ? Flannery, réponds-moi.

Elle secoua la tête en silence. Elle étouffait.

– Tu sais quelque chose. Flannery, ne garde pas un tel secret. Il est trop lourd. Et dangereux pour toi aussi.

Il voulut la ressaisir entre ses bras. Un instant, elle retrouva son ironie. Mais une ironie faussée par une effrayante tristesse.

– Oh, Pitch. Ce baiser était merveilleux, absolument… follement merveilleux. Mais…

– Oui ! Oh oui, n'est-ce pas ? C'était si… C'était… Mais pourquoi à l'imparfait ? Remettons-le au présent !

Il l'attira à lui, l'enferma dans ses bras. Seigneur, comme elle était douce, et comme… Elle pivota, glissant telle une truite, et déjà en fuite.

– Non. Pas maintenant, Pitch Daybright.

Il cligna des paupières.

– Soit ! rétorqua-t-il dans un début de dégrisement, ou d'exaspération – ou les deux. Nonobstant, puis-je te rappeler que…

L'écharpe rose filait au loin, parmi les ombres d'entre chien et loup.

– Que mon prénom est Pitchum ! acheva-t-il pour lui seul, car elle avait disparu.

42

– Briony… Tu tombes à pic, tiens! Sais-tu où l'on peut se procurer une lanterne, par ici?

Briony examina d'un œil vétilleux ce jeune Daybright, apparemment égaré au milieu de la cour – pourtant guère vaste – de l'auberge. Elle-même venait y vérifier que les battants du poulailler étaient bien clos, besogne ordonnée par sa mère, et que Briony jugeait modérément enthousiasmante.

– Une lanterne? Pour quoi faire?

Pitchum Daybright (nota-t-elle) affichait un air pour le moins interloqué, hagard… L'air de quand on est tombé dans les pommes et qu'on revient à soi. Il ne semblait d'ailleurs pas si revenu que ça.

– Pour quoi faire?

Il fit avec sa bouche un bruit impatient que Briony associa à celui qu'émettait son père lorsqu'elle posait une question à la réponse malcommode, voire ardue. Elle en déduisit *presto* que la lanterne devait, elle, avoir un but enthousiasmant.

– Pour éclairer! jeta-t-il, pressé.

Hum. Modérément excitant. Briony leva les yeux au ciel – lequel s'assombrissait.

– C'est pour l'enquête ? insista-t-elle. Débusquer des indices ?

– Ta sœur en sait plus que moi à ce sujet. Je pars à sa recherche.

Elle faillit lui demander s'il voulait débusquer Flannery parce qu'il était amoureux d'elle.

Elle le détailla un peu mieux, en dépit de la pénombre qui gommait les contours. L'adjoint du superintendant de Scotland Yard avait des cheveux roux follement enchanteurs… Mais, vraiment, quelle drôle de tête, ce soir ! Très rouge – mais ça, c'était son habitude – et passablement idiot… Un soupçon lui vint.

Cet été, elle avait aperçu Charlotte Humperdinck et Darrin Hughie tendrement enlacés sous un saule de la rivière. Ils avaient cette expression-là – celle de Pitchum Daybright en ce moment – lorsqu'elle les avait surpris.

L'adjoint du superintendant venait-il, par hasard, d'embrasser quelqu'un… ? *Oooooh… Qui ? !*

Briony savait que les vieux de plus de onze ans ne répondaient jamais à ce type de question. Aussi changea-t-elle son fusil d'épaule.

– C'est pour débusquer l'assassin qui a tué la bonne sœur et ce pauvre Mr O. Henry ?

Pitchum la fixa, saisi. Il imagina dans un frisson les manchettes douteuses des journaux. *La bonne sœur et le braconnier…* Oh, bonté divine.

– Une lanterne, donc, éluda-t-il. Sais-tu où je peux… euh, débusquer ça ?

Elle le guida obligeamment jusqu'à la cabane aux lapins, y décrocha la lampe sourde qui lui avait servi à pister Better-Go dans les bois, le soir où… le soir où…

Une idée la frappa. Une idée à laquelle elle n'avait encore jamais songé jusque-là, mais qui fit subitement courir sur sa nuque les petites pattes griffues d'une souris glacée. D'une souris morte, mais qui aurait été vivante.

– Est-ce que l'assassin me tuera, moi aussi ?

La voix de la fillette s'était modifiée en un chuchotis anxieux.

– Nigaude, riposta Pitchum en allumant la mèche à l'aide du briquet posé sur une planchette. Les mouflets ne l'intéressent pas du tout.

– Pourtant, je l'ai vu, reprit-elle. Avec sa longue pèlerine qui glissait par-derrière, sur le sol. On aurait dit un bateau avec une voile déchirée. Il m'a peut-être vue, lui. Et s'il m'a vue…

Elle vérifia autour. Les murs enclos parurent s'incliner vers eux, oreilles dressées. Pitchum se sentit parcouru d'un autre frisson. *Il y a, à Morgan's Moor, quelqu'un que de terribles tourments animent…*

– S'il m'a vue, il me débusquera… fit Briony.

– Rentre vite, coupa-t-il. Ne sors plus ce soir, et cesse de te tourmenter. Avec la lumière, tu verras, les idées farfelues s'évanouissent.

Elle hocha la tête. Puis elle prit sur la planchette un cube de la taille d'un gros savon.

– Tenez, un pain de cire. En provision. Pour la lampe, si vous allez loin.

Il le mit dans sa poche.

– Merci, Briony. File, maintenant. Et ferme bien ta porte.

Elle obéit, non sans prendre la peine de se retourner à mi-chemin pour un rectificatif essentiel :

– Je ne suis pas un mouflet, Mr Pitch.

Elle franchit la cour à petits pas véloces. Il l'entendit qui fredonnait :

Harry ou Harriet,
Le premier était un canari
Qu'avait eu le béribéri
La seconde, une clarinette
Qui arrivait du Somerset

– Et moi, je m'appelle Mr Pitchum, dit-il.

Il patienta jusqu'à ce qu'elle fût rentrée, bien à l'abri.

Harry ou Harriet… Où avait-il entendu prononcer ces deux noms, il n'y avait pas si longtemps ? Il diminua la flamme de sa lanterne, abaissa le volet pour en assourdir l'éclat. Il contourna le bâtiment et sortit sur la place.

En se dépêchant, il rattraperait Flannery. C'est-à-dire… Pas véritablement la rattraper. Il désirait la suivre, en réalité. De loin. Il brûlait de savoir où elle se rendait. Son intuition lui soufflait qu'elle l'avait planté là, dans la cour des *Cornish Cliffs*, avec une idée précise en tête, et que cette idée n'était pas une bonne idée.

Pour ne pas être repéré, ainsi qu'on vous l'inculquait à la Royal School of Studies in Criminology, il avait accordé une légère avance à la « cible ».

Maintenant, il allait la… débusquer.

43

Devant le magasin du taxidermiste, il ne résista pas à l'envie d'y glisser un coup d'œil.

Allez savoir. N'y avait-il pas déjà rencontré Miss Cheviot ? Même que Keir Mohune, garçon attrayant, n'avait pas paru lui déplaire. Il ne passait pas son temps à prendre la couleur des tomates, lui.

Ah mais, tout de même… Pardon, elle venait d'en embrasser un autre ! rumina-t-il, déjà indigné par anticipation. En l'occurrence, un certain Pitchum Daybright, adjoint du superintendant Linwood Tanybwlch de Scotland Yard. Il se rapprocha de la vitrine éclairée.

Le soulagement fut merveilleux. D'un merveilleux quasi extravagant, à découvrir le taxidermiste penché sur son établi… et parfaitement seul.

D'un pas léger, Pitchum récupéra la route principale en prenant soin de demeurer à l'ombre des façades, de contrôler chaque ruelle adjacente, de scruter chaque tournant, chaque croisement.

Et enfin, il l'aperçut. Flannery, petite silhouette souple en pelisse et foulard rose, se dirigeait à pas hâtifs vers la sortie haute du village. C'était la route du cottage March.

Pitchum en conçut une franche déception. Il avait espéré être conduit en un lieu mystérieux, quelque repaire secret. Elle se rendait vraisemblablement chez Kathleen, pour la lecture d'une de ces bluettes prétendument réservées aux dames. Lui-même, du reste, en avait feuilleté – et, ma foi, prisé – quelques-unes.

Non. La bluette n'était pas du caractère d'une Flannery Cheviot. Une Flannery Cheviot était plus… Une Flannery Cheviot était moins… Il rougit en se remémorant ses lèvres. De les avoir baisées, il n'en revenait pas. Il effleura les siennes, du bout d'un doigt, pour y déceler la trace, l'empreinte de ce qui avait eu lieu.

L'humeur habitée de mille et une images plus délectables les unes que les autres, il talonnait, d'un pas leste et muet, la silhouette esseulée qui cheminait devant lui, à la distance constante d'une trentaine de yards.

Quand ils arrivèrent en vue des fenêtres illuminées du cottage, la nuit était complètement tombée.

Il vit la jeune fille hésiter, réfléchir, tergiverser, puis opérer un demi-tour inopiné – qui le fit se jeter d'un bond à l'abri d'un peuplier !

Diable ! Si le cœur de la demoiselle balançait de cette manière en amour…

Mais elle finit par revenir sur ses pas, devant le cottage, où elle se décida à sonner.

Il se risqua jusqu'au pont. La rivière coulait désormais, nourrie par le dégel qui se poursuivait. Que faire, maintenant ? s'interrogeait-il. Pourquoi être venu jusqu'ici, avoir suivi Flannery Cheviot ? En vérité ?

En vérité, Pitchum Daybright ?

Il entrebâilla le volet de sa lampe sourde afin d'élargir la zone d'éclairage, dévala prudemment le talus des berges où la neige fondait par plaques. Il se faufila derrière une pile du pont, y dérangea par mégarde une fratrie de canards. Il localisa une souche sous un saule, où il s'installa. Le menton au chaud dans son col, les poings au chaud dans ses poches, et, ayant obturé en totalité la lanterne, il devint rigoureusement invisible.

En vérité, Pitchum Daybright…

Escortées par la fratrie de canards, ses méditations renouèrent avec une suave flânerie.

En vérité… Quel zèle l'incitait à prendre Miss Cheviot en filature ? Quelles intentions le vissaient au bord de cette rivière, l'empêchaient de retourner tranquillement dans son lit ?

Il se répéta, avec autorité, sévérité même, qu'il accomplissait *une mission* qui s'imposait. Qu'il était de *son devoir* d'interroger une personne qui avait l'air d'en savoir plus qu'elle n'en racontait. Qu'il y avait du *discernement et de l'utilité* à percer les motifs du trouble de Miss Cheviot. Qu'elle avait laissé échapper des propos qui donnaient à penser qu'elle détenait quelque information *d'un intérêt supérieur* pour l'enquête. Qu'il possédait *l'intime conviction* qu'il aurait l'adhésion du superintendant…

En vérité ? Pitchum dut admettre qu'il n'avait pas entière confiance en cette flopée d'arguments trop raisonnés pour être honnêtes, et qui semblaient, *en vérité…* des prétextes et des artifices.

Il s'exhorta à se confesser à lui-même.

Au fond *(en vérité, en vérité, Pitchum Daybright)*, ce qu'il souhaitait, convoitait, désirait, là, tout de suite, c'était…

La revoir. L'embrasser encore (peut-être). Et encore (qui sait)… Regoûter à cet envahissement, à ces flux ignorés et à ces reflux méconnus, qui l'avaient avalé, englouti, suffoqué, si exquisément mis à terre, et pour ainsi dire dépouillé de toute politesse.

44

La respiration coupée par son trajet au pas de course, Flannery s'était accordé une pause avant d'annoncer sa présence. Le temps de méditer sur le motif qui la conduisait au cottage du docteur March. Durant quelques minutes, elle combattit l'envie de rebrousser chemin, de prendre ses jambes à son cou. Elle ne se donna pas le temps d'y céder, elle finit par sonner.

Jenny, la cuisinière dont la coiffe prenait souvent des orientations aléatoires, la reçut dans le hall.

– Flannery Cheviot, qu'est-ce donc qui t'ramène chez nous ? Tu viens y faire sa lecture, à Mrs Kathleen ?

– Bonjour, Jenny. Est-ce que le docteur est là ?

Motif sensé quand on se trouve au domicile dudit docteur… mais requête surtout dénuée du danger d'être satisfaite. Flannery ayant vu Gedeon March partir à cheval avec Harry et trois autres villageois en direction du nord, sur la piste des deux amants fugitifs.

– *By George*, s'exclama Jenny, à mi-voix. Notre docteur qu'est déguerpi dans tous ses états, notre Mrs Kathleen qu'elle pleure dans tous ses états, et moi… qu'ça me remue dans tous mes états !

– Que s'est-il passé ? s'enquit innocemment Flannery, bien qu'elle n'ignorât rien.

– Si je savais… Le docteur a quitté la maison tout à l'heure, qu'on aurait cru un dément ! Avec le bébé qui approche, Mrs Kathleen aussi, elle devient endiablée. T'aurais pas des nouvelles du docteur, toi, dis ? J'ai été pour savoir près de Miss Godden, mais elle était déjà plus à son cabinet. Du coup, j'sais pas si j'mets mon *kidney pie* à cuire d'abord, au chaud ensuite, ou bien si j'attends le docteur pour cuire… Faut que je m'décide. Les horaires du médical, j't'assure, c'est tout sauf huilé comme une messe.

– À votre place, Jenny, je cuirais et je réserverais au chaud, répondit Flannery avec d'autant plus d'aisance qu'elle devinait que le docteur March ne goûterait pas au *kidney pie* avant le milieu de la nuit… si lui et ses compagnons réussissaient à mettre la main sur leur gibier en cavale.

Elle garda donc le silence sur l'irruption fracassante de Gedeon March à l'auberge, et sur les causes du désordre général. Morgan's Moor bruirait assez vite de la douloureuse histoire de Catriona Palance et de Muir Darcey Apley. Elle posa enfin la question véritable, la question qui l'avait fait venir jusqu'ici.

– Miss Godden est donc absente ?

– Elle a filé, oh, y a pas une heure. Pour soigner le Quincannon qu'a évidemment sa goutte.

Au désappointement visible de Flannery, elle s'empressa d'ajouter :

– Elle revient tout d'suite après, qu'elle a dit. Il lui reste du labeur à finir, ici. Attends donc à l'étage. Un peu de lecture, ça nous calmera Mrs Kathleen. Pas b'soin de t'annoncer, vu qu'elle est toujours contente de t'voir. Et moi, ça m'évite l'escalier.

Flannery monta frapper à la chambre. Une voix enrouée répondit. Dans son ottomane, ensevelie sous un plaid, Kathleen contemplait la nuit. À l'irruption de son amie, elle ne tourna pas la tête. Flannery accourut près d'elle, l'entoura de ses bras.

Kathleen, entre deux larmes et deux mouchages, lui conta comment, tout à l'heure, son époux était entré dans un état de nerfs exécrable lorsque, avec une ingénuité rieuse, elle avait annoncé que les domestiques avaient aperçu Muir Apley et Catriona Palance déguerpir au galop à travers la campagne, sur le même cheval. « Avec Belle of June ! Je parierais qu'ils s'en sont allés filer le parfait amour à Gretna Green ! » s'était-elle exclamée, illuminée d'une extase romantique.

Gretna Green, qui autorisait depuis des siècles les unions interdites par la loi anglaise, village écossais quasi légendaire, car le tout premier juste après la frontière de la liberté, allumait l'imagination des amants non majeurs et empêchés.

À sa stupéfaction, Gedeon s'était brutalement enflammé, l'avait traitée de petite sotte d'une grosse voix âpre. Elle avait haussé la sienne.

– Eh bien oui, je me réjouis pour eux ! Ils se sont enfuis enfin ! Et vont s'épouser enfin ! S'aimer enfin ! Et… et avoir beaucoup de baleineaux !

Sur quoi, elle avait ri. Gedeon l'avait fusillée d'un œil à faire peur, puis était sorti en trombe, dans une succession de portes claquées.

– Je ne parviens pas à comprendre comment une nouvelle aussi futile a pu le mettre dans pareil état. Si tu l'avais vu, Flannery ! Sais-tu ? J'en suis presque à me demander si… si…

Elle se tamponna anxieusement les cils.

– Si, par hasard, il ne serait pas… amoureux de Catriona Palance !

Flannery s'esclaffa sans retenue. Dans un élan d'affection, elle étreignit sa pauvre amie éplorée.

– Grande sotte.

– Ah non, pas toi. Petite sotte, grande sotte… J'ai reçu mon dividende de railleries aujourd'hui. En outre, avec ta permission, je me préfère moyenne, comme tout le monde.

– Pardon, pardon, ma chère moyenne sotte. Je vous affirme simplement que votre époux vous aime, il vous aime ! Catriona Palance… Non mais, quelle idée ! Je crois qu'il est temps que je vous raconte pourquoi le docteur vous a quittée de cette manière…

À mesure des révélations que lui déroula Flannery, la figure de Kathleen retrouva peu à peu ses adorables couleurs, ses yeux s'écarquillaient, sa bouche béait.

– Oh, mon Dieu… Le juge ?… C'est inouï, répétait-elle, effarée. Quel malheur ! Un même père… Justement celui-là, alors qu'il y a des millions de pères sur la terre d'Angleterre. Quelle infortune… Pauvres amours crucifiées ! soupira-t-elle en conclusion.

Malgré le pathétique de la situation, Flannery pouffa.

– Mrs Kathleen March, exaltée incorrigible.

– Et vous, Flannery Cheviot, pragmatique décolorée.

– Présageons que quelques pages en compagnie de Catherine Morland nous remettront du plomb dans la cervelle ?

Flannery s'attela donc à l'importation d'un chapitre entier de *Northanger Abbey* vers les oreilles de Kathleen et de Baleineau March. Elle y avait engagé un tiers du suivant lorsqu'elle entendit, au rez-de-chaussée, la porte du hall s'ouvrir, puis des voix... Elle ferma prestement le livre, clouant le bec à la sœur imbécile de Mr Tilney, le mémorable Mr Tilney (toujours très-près-d'être-beau).

Kathleen, qui s'assoupissait, dodelina d'étonnement.

– Où vas-tu ? Tu me laisses seule ? Mais qu'avez-vous donc tous aujourd'hui ?

– Je dois partir, déclara Flannery. Voulez-vous mon aide pour vous recoucher ?

Dénégation de Kathleen qui s'emmitoufla dans le plaid qui avait roulé.

– Merci pour ta présence, et ton amitié, ma Flannery, murmura-t-elle. Sans toi, Baleineau ferait de moi une espèce de bûche morose.

Le rire chaud de Flannery fut un cadeau. Kathleen March la regarda se préparer, puis s'en aller. Seule, mais tout à fait réconfortée à présent, elle souleva le plaid, considéra son ventre distendu.

– Quand sortiras-tu d'où tu es, Baleineau, et me libéreras enfin ?...

Elle éclata de rire après qu'il lui eut catapulté cinq petits coups de talon à la suite.

En bas, Flannery croisa Sharulatha portant un plateau. Elle attendit que la jeune servante eût disparu à l'étage pour se poster à la porte du cabinet de consultations, où filtrait un rai de lumière... Miss Godden était bien de retour, et seule, puisque le docteur, lui, galopait obstinément vers l'Écosse, à la poursuite improbable de deux tourtereaux en fuite.

Elle toqua doucement, reconnut le timbre hospitalier de la voix qui lui enjoignait d'entrer.

– Miss Godden, dit-elle après l'avoir courtoisement saluée, je ne vous ai pas remerciée, du moins pas assez, pour avoir sauvé la vie de ma petite sœur, au péril de la vôtre. Il est, du reste, impossible de le faire… Mais je tenais tout de même à vous exprimer ma reconnaissance, ainsi que celle de mes parents.

Elle sortit un petit paquet de son sac. Miss Godden eut l'air ébahie, puis gênée, puis très émue.

– Oh, Flannery ! Ce n'était pas…

Elle défit délicatement la faveur en soie et le papier gaufré.

– C'est peu de chose en regard de ce que vous avez accompli, murmura Flannery. Un trop modeste cadeau…

Il consistait en une adorable trousse à broderie, à passements fleuris, doublée de vrai cuir, aux compartiments joliment alignés où logeaient bobines multicolores, doigtier en porcelaine, pelote à aiguilles, passe-fil, ciseaux… Dans un silence ému, Miss Godden contempla la coquette composition. Quand elle releva les yeux, Flannery les vit tout noyés de larmes. L'infirmière s'élança pour la prendre entre ses bras, et la serrer tendrement.

Elles restèrent ainsi, embrassées, quelques instants.

– Merci, ma chérie, chuchota enfin Miss Godden. Voilà bien une éternité que l'on ne m'avait fait de cadeau. C'est… délicieux. Broder est mon péché mignon, sais-tu ?

Flannery la regarda qui se cherchait un mouchoir pour se sécher les joues. Elle n'avait pas prévu de faire pleurer Miss Godden. Miss Godden si flegmatique, si souveraine de ses émotions…

Elle flancha. Devait-elle poursuivre jusqu'au bout ce pour quoi elle était venue ? Si elle le faisait, impossible de revenir en arrière. Car ce n'était ni pour consoler Kathleen March ni pour lire du Jane Austen qu'elle avait couru ici, au cottage des March.

Ni – elle se devait d'être claire avec sa conscience – uniquement pour remettre un cadeau à Miss Godden.

Elle acheva une déglutition longue et pénible.

– Miss Godden…

Si elle continuait, elle mettrait peut-être dans l'embarras la personne qui avait empêché sa sœur de mourir noyée sous la glace.

– Oui, Flannery ?

– Sur l'étang… Lorsque vous avez sauvé Briony, vous avez, je crois, égaré… ceci.

Elle exhiba sa paume ouverte avec le médaillon fermé, guettant le visage de l'infirmière. Celle-ci, après avoir effleuré l'objet d'un coup d'œil succinct, replia méthodiquement son mouchoir, avant de le remiser avec soin dans une poche de son tablier blanc.

– Qu'est-ce donc… Oh, un pendentif. Il a l'air bien joli. Qu'est-ce qui te fait penser qu'il m'appartiendrait ?

– Je l'ai trouvé crocheté à ma ceinture. J'ai pensé qu'il était tombé de vos affaires, ou de votre col, quand nous avons arraché Briony des glaces.

Miss Godden la dévisagea avec mansuétude, et ce maintien mesuré, cette douceur qui savaient calmer les agitations de fiévreux.

– Ce n'est pas à moi, non. Il a dû s'accrocher à ta ceinture ailleurs, à un autre moment, je suppose.

Flannery faillit insister, puis y renonça. Elle se sentait misérable et coupable d'importuner ainsi la femme magnifique et généreuse qui avait soustrait sa petite Briony à un danger mortel. Elle claquemura l'objet dans son poing.

– Peut-être pourrais-tu me le confier ? proposa alors Miss Godden. Son propriétaire doit y tenir. Lors de mes visites, je m'informerai. Si, d'aventure, quelqu'un le reconnaît… Je vois beaucoup de gens, qui sait ?

Flannery haussa les épaules. Oui, voilà. Elle ne s'occuperait ni ne s'encombrerait plus de rien, elle n'ennuierait ni ne lasserait personne, et ce serait tant mieux.

– Je vous remercie, Miss Godden, s'entendit-elle répondre. Ne prenez pas cette peine. À l'auberge aussi, on voit du monde. Maman s'en occupera.

L'infirmière ouvrit les croisées afin d'aérer la pièce. Son dos s'encadra entre les battants. Debout, elle contempla quelques instants l'obscurité.

– Je vous souhaite le bonsoir, Miss Godden, dit Flannery, refluant à reculons vers la porte.

– Bonsoir, ma chère, ma douce petite Flannery, dit Miss Godden, qui pivota après avoir verrouillé la fenêtre. Merci pour ce cadeau merveilleux.

Flannery esquissa un hochement vague, une main sur la poignée de la porte, l'autre serrée autour du pendentif.

– L'as-tu ouvert ? s'enquit Miss Godden, en s'affairant au rangement d'un tiroir.

Flannery abaissa lentement la poignée, sans répondre. Une lourdeur lui plomba tout à coup la poitrine. L'impression qu'un billot de bois venait de chuter à l'intérieur de son estomac. Elle tira la porte. *L'as-tu ouvert ?*

Au seuil la retint la même question, à laquelle elle n'avait pas fourni de réponse.

– As-tu regardé à l'intérieur ? répétait Miss Godden.

Flannery tourna les yeux. Ceux de Miss Godden étaient un double lac de sérénité, plat et immuable, comme si elle demandait à un malade s'il avait bien avalé sa cuillerée de sirop bromuré.

– L'as-tu ouvert, Flannery ?

Une note, imperceptible pour quelqu'un qui n'eût pas été dans l'état de sensibilité à vif de Flannery, altérait le timbre doux de Miss Godden.

Peggy Cheviot, souvent, prétendait que l'on devinait toujours lorsque sa fille aînée mentait. Ta paupière droite tique, et s'abaisse un peu, se moquait-elle. Sous le poids du mensonge, à coup sûr. Faudra arranger ça avant de te dénicher un époux, ma puce.

Face au double lac de sérénité immuable, Flannery secoua héroïquement la tête. Elle tenta même un sourire qu'elle souhaita judicieux. Le fut-il ? Sa paupière tiquait-elle ? S'abaissait-elle ? Le poids du mensonge serait-il si lourd ?

– Non, Miss Godden, articula-t-elle. Je ne l'ai pas ouvert.

Le lac immuable se voila, le temps d'un dièse, brièvement questionneur. Flannery sentit alors sa paupière droite frémir, émettre une vibration minuscule que, sans réfléchir, elle frotta d'un revers, avant de tourner le dos.

Le temps d'un autre dièse, dans l'entrebâillement du battant, un peu avant le déclic du pêne, Flannery aperçut Miss Godden, la trousse à broderie au creux de ses bras croisés avec, sur le visage, l'expression d'un obscur chagrin, d'une désolation infinie.

45

… quelqu'un que de terribles tourments animent de sentiments violents et…

Sous la nuit du petit pont de pierre, pelotonné dans son manteau, sur sa souche, Pitchum attendait. Le froid l'engourdissait, l'assoupissait même. Par chance, la flamme de sa lanterne sourde faisait office de chauffe-doigts amical.

Là-bas, personne ne sait. Car la mort porte un visage ami.

Il se réveilla d'un sursaut, avec l'impression de dégringoler du lit. Il toisa la fratrie de canards alignée en ordre de taille.

– Dès que Flannery ressortira… marmonna-t-il, un peu sonné.

Sur la stratégie qu'il adopterait, il tergiversait un tantinet.

Pour commencer, il interpellerait la demoiselle. Très fort ! Au bénéfice de sa surprise, il lui lancerait tout à trac que, si elle possédait quelque information sur les crimes, eh bien ces informations devaient être rapportées séance tenante au superintendant Linwood Tanybwlch ! Il l'abreuverait (sans rougir) d'une liste de locutions juridiques à faire peur.

Sans rougir, oui. Si possible.

Il entama ladite liste à faire peur. Obstruction. Complicité. Rétention. Non-assistance. Outrage à personne dépositaire de l'autorité publique. Obstruc… Non, ça, il l'avait déjà dit.

Un martèlement, là-haut, l'arracha à sa léthargie. Il obtura en hâte sa lampe. Par-dessus sa tête, entre les planches du pont, il vit les souliers qui martelaient en direction du cottage d'un pas résolu.

Peu après, là-bas, la porte s'ouvrit. Une voix animée (une dénommée Jenny, apparemment) accueillait le retour de l'infirmière du docteur March. Puis tout retomba dans un silence de fosse. La rivière elle-même jouait en sourdine.

Pitchum amorça quelques échauffements actifs et zélés, suscitant un brin de perplexité parmi la fratrie de canards. Après quoi, il se sentit mieux. L'attente recommença. Flannery était toujours à l'intérieur du cottage des March.

Pour la première fois, l'assistant du superintendant éprouva un nébuleux regret de n'avoir pas, à portée de bouche, le flacon d'un certain tonique gallois.

La griffe est prête.

Des yeux luisent dans la nuit.

Dans l'obscurité, il y a des yeux, des gants, et il y a la griffe.

Les yeux sont glacés et déterminés.

Les gants sont rouges. Ils enserrent comme des serres le tronc clair d'un bouleau.

Ils attendent. Ils guettent.

Plus tard, les gants écarlates glissent sans bruit parmi les arbres.

La méchante griffe brille, par éclats, entre les plis mous d'une pèlerine sombre.

La griffe avance…

46

Étaient-ce les arbres ? La muraille fortifiée par leurs troncs, leurs branches pesantes ? Ces taillis resserrés en bloc ? Il semblait à Pitchum qu'un étau, obstinément, comprimait les ténèbres. Il oppressait ses poumons, sa gorge. Pitchum ne parvenait pas déterminer à quoi était dû ce malaise, ni d'où il sourdait.

L'étreinte de la nuit ?

Oui, il s'agissait bel et bien d'une étreinte, pourtant invisible. Un encerclement, une sorte de vapeur nocive apparue de nulle part, ou de partout. Immatérielle, et pourtant écrasante.

La nuit, s'interrogea-t-il, cette nuit, était-elle aussi tranquille qu'elle en avait l'air ?

La porte du cottage se rouvrit brutalement sur des éclats de conversation. Pitchum aveugla vite sa lanterne.

Il reconnut la voix de Flannery. Elle prenait congé de la même Jenny qui avait ouvert à Miss Godden tout à l'heure. Une personne manifestement préposée aux repas, car il était question de la cuisson d'un *kidney pie*.

Avant de refermer, Jenny (donc) s'écria :

– On ficherait pas son meilleur ennemi dehors, hein. Allons, rentre bien, ma Flannery. Prends pas froid en route.

Dans le silence revenu, Pitchum entendit le pas léger de Flannery qui progressait vers le pont, puis sur les planches par-dessus son crâne.

Il songea soudain que s'il jaillissait du noir et l'interpellait, comme prévu, elle aurait la frayeur de sa vie. Perspective aussi attrayante que tentante… Mais pour le moins affligeante, dut-il convenir, indigne d'un gentleman. En outre, elle devinerait tout de suite qu'il l'avait prise en filature, et qu'il l'avait attendue tout ce temps. Qui sait de quel persiflage elle serait alors capable !

Il fit les gros yeux à un canard qui s'ébrouait à grand bruit, posa un doigt sur les lèvres. L'animal obtempéra. La tête à 120 degrés, il enfouit le bec dans son plumage et se rendormit.

Les pas de Flannery s'étaient éloignés vers la route. Elle avait dépassé le pont. Pitchum se déplia, ramassa la lanterne… À l'instant où il s'apprêtait à relever le volet occultant, il entendit qu'on marchait sur le pont.

Cette fois, Flannery avançait avec prudence, de manière plus discrète. Comme si elle se cachait. Pourquoi revenait-elle ? Avait-elle un motif, un but ? Ou simplement oublié quelque chose au cottage ? En ce cas, pourquoi se cacher ?

Il ouvrit la bouche, bien décidé pour le coup à hurler sa présence, quitte à la faire mourir de peur… Mais il comprit subitement qu'il faisait erreur.

Ces pas, au-dessus de sa tête, ne retournaient pas au cottage… *Ils en venaient, au contraire !*

Ce n'était donc pas Flannery qui, en cette minute, traversait le pont, mais quelqu'un d'autre… Quelqu'un qui prenait des précautions suspectes. Qui ne désirait ni être vu, ni entendu.

Il en était certain, la porte du cottage ne s'était pas rouverte. D'où survenait donc cet autre larron ? Les sens à vif, l'oreille aux aguets, Pitchum attendit.

Les pas décroissaient… prenaient la direction du village. La même que Flannery ! Le cœur battant le tocsin, Pitchum, dans le noir, bondit au sommet du talus qui surplombait la Thamy.

… que de terribles tourments animent de sentiments violents…

D'abord il ne vit rien d'autre que la mince silhouette pressée, déjà lointaine, de Flannery, et son foulard rose flottant derrière elle.

Mais où était l'autre, le larron qui se camouflait ?

À couvert des arbres, il risqua une enjambée prudente, patienta… Soudain, il l'aperçut.

Une ombre noire encapuchonnée d'une pèlerine avait surgi des végétaux du bas-côté. D'un pas silencieux, prompt, mais à distance calculée, la pèlerine venait de prendre Flannery en chasse.

Flannery, le front chiffonné par mille interrogations qui jaillissaient en vrac, s'efforçait à les ordonner.

L'une, en particulier, la taraudait depuis qu'elle avait quitté le cottage.

« L'as-tu ouvert ? »

Comment Miss Godden savait-elle que le pendentif s'ouvrait ? Ce n'était pas une caractéristique rare, bien sûr. Mais pas si ordinaire non plus. En tout cas, pas systématique. La majorité des médaillons étaient de simples médailles, ils ne possédaient pas ce mécanisme d'ouverture. Quand elle l'avait montré à Miss Godden, celle-ci ne l'avait pas touché, l'avait même à peine effleuré du regard.

Elle aurait pu demander, par exemple : « S'ouvre-t-il ? »

Mais elle avait dit : « L'as-tu ouvert ? »

Miss Godden connaissait donc ce médaillon. Mais d'où ? Lui appartenait-il bien qu'elle eût affirmé le contraire ? Le lui avait-on confié ? L'avait-elle… volé ?

Si Miss Godden avait menti, c'était à l'évidence à cause du portrait à l'intérieur. Cette photo qui représentait Muir Apley, le fils secret de feu le juge Benedict Apley et de sa servante feu Jamesina Palance… Jamesina Palance, amie de jeunesse d'Idonee Godden.

Un fil existait, qui enchaînait ces éléments. Des éléments qui conduisaient aux meurtres du juge, de sa sœur Vienna, de O. Henry et de la sœur Clodagh… Mais quel fil ? D'où émergeait-il, et par quelles voies clandestines ?

Dans la nuit passa soudain sa dernière image de Miss Godden. Cette expression, tout à l'heure, avant qu'elles se quittent. Cette expression de terrible désolation…

L'année dernière, Flannery avait contemplé un cerf dans les yeux, un cerf qu'elle avait échoué à détourner de la piste des chasseurs, juste avant que lady Babbage et ses amis surgissent à cheval, pour l'abattre. Le regard de Miss Godden, dans le cabinet de consultations, tout à l'heure, était celui de ce cerf.

Qui était Muir Darcey Apley pour Miss Godden ? Un amant ? Un frère ? Un ami ? Un ennemi ?

À mi-parcours, tandis qu'elle cheminait sur cette route dont elle connaissait par cœur le moindre caillou, Flannery eut subitement la sensation de n'être pas seule.

D'un regard derrière l'épaule, elle s'assura qu'il n'y avait rien, ni personne. Elle pressa le pas… Puis s'arrêta net.

Sans se retourner, elle fit mine de fouiller sa pelisse, de renouer son foulard, obligeant ses deux oreilles à épier chaque bruit… Oui, elle avait bien entendu. Un pas venait de stopper aussi, qui imitait le sien. Mais quand elle vérifia, elle ne vit personne.

Elle répéta la même feinte un peu plus loin. Cette fois, aucun doute. Quelqu'un calquait sa marche sur la sienne, s'arrêtait quand elle s'arrêtait, lui emboîtait le pas sitôt qu'elle repartait.

– C'est toi, Jude Mac Goohan ? cria-t-elle.

Jude était un grand cousin de Wilkie. Bien qu'absolument inoffensif, il n'avait pas tous ses esprits. Au village, on disait qu'il cheminait avec sa raison sous le bras. Jude avait la marotte de suivre les gens à leur insu. Comme ça, pour rire. C'était un magnifique imitateur de cris d'animaux. Il pouvait contrefaire la grive, le coucou, ou encore la biche et le muscardin. Ainsi, il adorait vous escorter de loin, en vous gratifiant d'un invraisemblable festival de sonorités.

– Jude ?

Personne ne s'en doute même, car la mort porte un visage ami.

Elle n'eut pas de réponse. Hormis le son de ses semelles sur les gravillons. À nouveau, elle revit le visage de Miss Godden tout à l'heure, son expression de cerf aux abois. Cet obscur désespoir, cette tristesse infinie…

Ce fut alors comme si Flannery l'entendait. Comme si la voix de Miss Godden lui chuchotait : *Je suis désolée, Flannery chérie, tellement désolée, pauvre chère petite, car je vais devoir… Tu m'obliges à…*

Flannery comprit alors qu'en exhibant le médaillon elle avait signé son arrêt de mort. Ses yeux avaient vu ce qu'ils n'auraient jamais dû voir… La photographie.

Elle se sentit prise de panique.

Se faisant violence pour ne pas se hâter, elle contrôla les alentours, derrière… Pas une âme. Pas même une musaraigne ou un campagnol.

Ce vide même était plus terrifiant que si elle affrontait l'ennemi.

Elle réfléchissait. Essayait désespérément. Si on préméditait de l'attaquer, et si on ne l'avait déjà fait en ces lieux déserts, c'est qu'on calculait le moment, l'endroit propices. Quel moment ? Quel endroit ?

Suffoqué de terreur, le cœur de Flannery la boxait à la faire trébucher. Surtout ne pas courir. Ne pas montrer que l'on sait. Tâche de raisonner encore. Il reste un demi-mile de route à découvert jusqu'à l'entrée du village. *Cela se passera donc avant.* Forcément avant.

La Percée ! pensa-t-elle soudain.

Située à trois ou quatre minutes de là où elle se trouvait, la Percée était une trouée dans la végétation, un petit sentier assombri et touffu qui débouchait au tournant. Même en plein jour, même en hiver, l'endroit était tout empâté de houx compacts, d'une frondaison de sapins coriaces. Assurément, ce serait là. À la bifurcation, l'ennemi frapperait…

Les larmes jaillirent de ses paupières. Elle venait de le nommer *ennemi*… Était-ce un ennemi ? *Là-bas, personne ne sait ! La mort porte un visage ami.*

Elle, Flannery Cheviot, savait. L'ennemi-ami savait qu'elle savait. Une équation dont la sentence la glaçait. Flannery Cheviot serait réduite au silence. Muette à jamais. Comme O. Henry. Comme sœur Clodagh.

Elle sécha son nez au rose du foulard, traversée de spasmes incontrôlables. Il fallait qu'elle cesse de pleurer. Elle avait absolument besoin de ses yeux, d'une vision nette. La Percée était à environ deux minutes, maintenant. Seigneur, il ne passait donc personne sur cette route !

Se défendre. Des yeux, Flannery fouilla autour d'elle, en quête d'une lourde pierre, d'un bâton, n'importe quoi qui pourrait l'épauler. Alors, telle une égide protectrice, la lune émergea d'un nuage. La cloche de l'église, si voisine, et si lointaine, sonna la demie de quelque chose.

Flannery rasait les fourrés. La trouée et son sentier n'étaient plus très loin. On distinguait déjà les pointes des sapins, le petit sentier noir, ouvert comme une bouche. *Car la mort porte un visage ami…*

Elle regarda derrière. Personne. Peut-être qu'il ne se passerait rien. Peut-être qu'il n'y avait vraiment personne…

À trente pas de la Percée, elle se mit à compter. À dix, elle prendrait de vitesse l'ennemi – car, oui, aucun doute, ils étaient des ennemis –, elle filerait d'une traite en face, sur le bas-côté opposé, et foncerait dans les taillis. Elle respira, banda les muscles de ses jambes.

Soudain, à vingt centimètres sur sa gauche, au tournant, il y eut une turbulence, un chuintement des feuillages… Avant qu'elle puisse fuir, ou bondir, une main la bâillonna, un bras lui ceintura la taille.

Flannery Cheviot s'envola par-dessus les broussailles, et disparut du paysage.

47

À pas de loup, Pitchum filait la pèlerine. Il avait pendu sa lanterne, volet clos, à son coude, ce qui lui libérait les mains et lui évitait d'être repéré. Mais qui le plongeait dans une pénombre maléfique sur un chemin qu'il ne connaissait guère. Flannery était trop loin devant, happée par la nuit, il ne la distinguait plus.

Il s'efforçait de garder les yeux rivés sur la pèlerine.

De temps en temps, elle disparaissait d'un jet vif parmi les buissons, ou derrière un tronc. Puis elle réapparaissait et continuait sa marche.

Il y avait quelque chose d'inexorable et de funeste dans cette marche muette et camouflée. De nouveau, il ressentait l'étreinte. Cette étreinte de la nuit qui comprimait sa poitrine et lui resserrait le souffle.

Où était Flannery ?

Il accéléra l'allure, prenant soin de se déplacer sur l'herbe amollie par le dégel, et qui étouffait les bruits.

Il se trouvait à une trentaine de yards de la silhouette encapuchonnée, par conséquent fort près. Assez pour détecter les relents malveillants qui imprégnaient l'air rejeté par elle, tel un parfum toxique.

Pitchum avait un atout, qu'il devait conserver : l'être qui marchait devant lui ignorait qu'on le suivait.

La lune à cet instant fit une apparition mélodramatique. Et le sang de Pitchum se figea. Car voilà qu'un éclair de lame venait de briller entre les plis de ténèbres de la pèlerine.

Comment prévenir Flannery ? D'où il se trouvait, il ne la distinguait plus. Crier était aléatoire, d'un risque extrême pour Flannery. Autant que tenter une attaque surprise. Il faudrait d'abord courir sur trente yards... Une éternité où le pire pouvait arriver ! Vite, rattraper Flannery par un détour !

Tout cela défila en un éclair dans son esprit. Sans même le décider, il s'élança sur le talus où l'herbe molle et la terre, complices serviables, avalaient tous les sons.

À l'abri des troncs, il piqua un galop, relevant son volet de lanterne juste à temps... il fonçait droit sur une souche morte ! D'un coup de jarrets, il vola par-dessus et bifurqua ventre à terre. Courant, bondissant, rebondissant, il évalua d'un calcul sommaire que ce virage en arc de cercle lui faisait perdre une demi-minute si l'encapuchonné maintenait son allure, mais qu'il l'aurait largement dépassé dans une minute et demie.

Il fila à toute vitesse le long d'une clairière jusqu'à un petit sentier touffu qui donnait de toute évidence plus bas sur la route. En nage et le cœur à rompre, il hésita une fraction de seconde. Était-il assez loin ? Ou trop ? Il ne trouverait sans doute pas un autre accès. Il se précipita sous les sapins, bénissant le dégel qui noyait les aiguilles et les empêchait de craquer. Il accéléra dans le sentier.

Là-bas... une percée ! La route ! Il s'accorda trois secondes pour calmer sa respiration, puis se hâta avec précaution.

Pour ne pas être aperçu depuis la route, il contourna des buissons, dont un énorme, à l'enchevêtrement serré de lierre et d'ampélopsis qui crocheta la poignée de sa lanterne. Il la dégagea et repartit à fond de train.

Il s'immobilisa. N'avait-il pas entendu quelque chose ? Une sorte de déclic. Il obtura la lanterne, aux aguets. Sans doute une pierre qui avait roulé.

À l'issue du sentier, là où la route dessinait un rectangle clair, Pitchum se tint prêt, au plus près. Flannery ne devait plus être loin. Il écoutait. Nul bruit. Il avança un œil prudent. Et lâcha un juron *in petto*.

La route faisait un coude ! Et s'il apercevait, sous la lune, la totalité de sa longue descente en ligne droite jusqu'au village (un désert, pas la moindre silhouette !), il ne voyait absolument rien du reste, le virage cachait tout. Il trépigna, jura encore, toujours en silence.

Plus le temps de rebrousser chemin pour dénicher un accès plus haut. Pitchum s'extirpa du sentier de sapins, dont il ignorait qu'il se nommait la Percée, et longea à pas muets, plié en deux, le contrefort du talus, de manière à se fondre dans la végétation.

Il parvint au point délicat où s'achevait le coude, où il pourrait enfin découvrir la partie non visible de la route… mais où lui serait visible également.

Prudent, il progressa dans les branchages mêlés. Il aboutit à un tronc incliné. Il y grimpa et s'aplatit dessus. Ainsi, il surplombait légèrement la route et le tournant. Il écarquilla les yeux, fouilla la nuit, aidé par la lune.

Il n'y avait personne.

Flannery avait disparu. La pèlerine avait disparu.

Saisi de panique, il dégringola du tronc et, au mépris de tout danger, chausse-trappe ou embuscade, il se mit à courir à travers la route en hurlant de toute son âme.

– Flannery ! Flannery !! Flannery !!!!

48

– Pas un mot, pas un bruit, avait chuchoté une voix contre l'oreille de Flannery.

À l'intérieur de la Percée, à quinze pieds de la route, engloutie dans les abysses d'un méli-mélo de lierre et d'ampélopsis, toujours bâillonnée par une main inconnue et autoritaire, Flannery, pantelante, eut besoin de reprendre ses esprits avant de penser à hocher la tête. La voix, sourde, masculine et jeune, lui parut familière. Pour autant, ce n'était pas une voix qu'elle entendait souvent. Sa bouche, enfin, fut libérée.

– Qui êt… ? haleta-t-elle.

– Chh.

Il s'écoula de longues minutes immobiles. Flannery, follement, s'interrogeait.

Par quel tour de passe-passe se retrouvait-elle là, recroquevillée dans cet antre de ronçailles, avec un inconnu… qui, peut-être, ne l'était pas. Était-ce un ennemi ou un ami ?

Tous deux se tenaient tassés, tapis côte à côte, immergés dans la complète obscurité. S'il avait dû la tuer, ne l'aurait-il pas déjà fait… Pourquoi l'avoir bâillonnée, emportée au fond de ce trou tel un vieux paquet, sans ménagement ?

Il l'avertit d'une brusque pression sur le bras. Quelqu'un pénétrait dans la Percée !

Une approche pleine de précaution et de défiance… Elle se retint de respirer. Son compagnon aussi. Des pas piétinèrent tout autour du buisson. Soudain, la blême lueur diffuse d'une lanterne perfora le méli-mélo de lierre et d'ampélopsis.

Quelqu'un les cherchait ! On secoua les broussailles. Flannery sentit une goutte de sueur ramper le long de sa nuque. Mais leur traqueur s'éloigna.

À cet instant, elle entendit le déclic à quelques centimètres de son oreille. C'était le chien de sûreté d'un pistolet. Elle comprit que c'était celui de son compagnon d'infortune. Il possédait donc une arme. Flannery se demanda si elle devait s'en réjouir ou s'en alarmer.

Pistolet levé, il se dressa d'un bond silencieux, et jaillit hors du buisson.

Au même moment, une voix du côté de la route transperça brusquement la nuit :

– Flannery ! Flannery !! Flannery !!!!

Elle n'en crut pas ses oreilles. Un instant, elle resta incapable de bouger.

Puis, à son tour, elle bondit du méli-mélo vert, déchira sa manche sur les ronces, recracha trois feuilles de lierre avant de hurler :

– Ne tirez pas ! C'est Pitch ! S'il vous plaît, ne tirez pas !

Bouche bée, sa lanterne en l'air, Pitchum Daybright au milieu de la route éclaira les deux silhouettes qu'il venait d'expulser, sans le savoir, hors de leur tanière comme de vulgaires marcassins.

Sous la clarté de la flamme, il reconnut Flannery, sa Flannery si ardemment espérée ! Et il en souffla de soulagement et de bonheur.

En revanche, il n'était pas du tout préparé à revoir dans un tel endroit la seconde silhouette qu'il venait de reconnaître !

Il écarquillait des yeux aussi ahuris que ceux de Flannery qui venait d'enfin identifier le mystérieux inconnu.

– Muir Darcey Apley ?! s'exclama-t-elle. Je vous croyais en Écosse !

49

– Mais que faites-vous donc ici ? Tout le monde vous cherche !

– Vous et Catriona, renchérit Pitchum.

– Il m'a fallu revenir. Je m'y suis senti… obligé en quelque sorte. En route, nous avons appris cette nouvelle. Le lâche assassinat de cette malheureuse religieuse.

Il rangea son pistolet, après avoir replacé le cran de sûreté.

– Obligé ? répéta Pitchum en l'aveuglant de sa lanterne large ouverte. Vous êtes revenu parce que vous vous sentiez obligé ?

– En quelque sorte, répéta Muir Apley. Baissez cette lumière, je vous prie. Voyez-vous, j'ai fait de longues recherches concernant ma naissance… Je vous expliquerai, abrégea-t-il, interceptant le regard qu'ils échangeaient. Sachez seulement que le juge Apley et sa femme Rosalee ne sont pas mes parents naturels. Ils m'ont adopté. Sur mes origines, le silence de ma famille adoptive a toujours été total.

Une brise froide souleva la pelisse de Flannery. Pitchum la vit frissonner. Il suspendit sa lanterne, allongea un pas, le bras tendu pour la serrer, la réchauffer. Mais le bras retomba.

– Lorsque ma tante a été tuée, j'ai pressenti un lien… D'autant qu'il y avait eu, trois ans plus tôt, le meurtre de mon père adoptif, le juge. Des similitudes trop troublantes ! Je revoyais ce triste Horton clamant son innocence jusqu'au gibet. Il y avait donc, à Morgan's Moor ou à proximité, quelqu'un… une âme assez aveuglée par la haine pour tuer. J'ai commencé à suspecter tout le village… J'ai tenté de savoir qui pouvait. Mais tout demeurait insoluble, boueux, tellement insensé ! Rien ne concordait jamais, ni les faits, ni les périodes. Et puis, Flannery, tu es venue avec le médaillon. Ce médaillon, avec mon portrait. Tu m'as révélé, Flannery, à qui il appartenait. La lumière s'est faite.

Pitchum Daybright fit un second pas. Son bras, cette fois, accomplit le projet qui le guidait, d'autant que Flannery Cheviot laissa agir à sa guise ce bras qui l'attira, la serra, et demeura autour de sa taille.

– Après ton départ, je me suis rendu au cottage des March. Je voulais m'entretenir avec Idonee Godden. Avec cette… mère, puisqu'il faut nommer ainsi la femme qui a anéanti toute ma… famille. Pourtant j'ai fait demi-tour avant de sonner. Je tremblais. J'avais peur. Oh, je savais que je n'avais rien à craindre d'elle. Seulement… je me sentais incapable de l'affronter, ou d'entendre la vérité. Je me suis alors rendu compte que je ne voulais pas être seul lors de ce face-à-face. J'allais revenir, mais accompagné de la femme que j'aime, celle qui serait devenue mon épouse. Ensemble, à nous deux, oui, je serais assez fort.

Muir Darcey Apley s'adossa au tronc incliné où, quelques instants plus tôt, Pitchum avait attendu Flannery.

– Où est-elle ? souffla-t-il. Où est Miss Godden ?

– Lorsque votre lanterne a éclairé le buisson où nous étions enfouis, Pitch, murmura Flannery, je croyais que c'était elle.

– Il serait fort de sa part d'attaquer trois personnes à la fois, elle a rebroussé chemin ! Elle doit, en ce moment même, faire mine de ranger le cabinet de consultations du docteur March. Allons au village prévenir le superintendant ! lança Pitchum d'un ton résolu. Tous les trois !

Muir Apley resta immobile. Il passa la paume sur son front, dans ses cheveux.

– Lorsque nous avons fui avec Catriona pour Gretna Green, ma raison m'assurait qu'il n'y aurait plus de crime. Il ne pouvait plus s'en commettre, puisque le châtiment avait été exécuté, la sentence dite. Mon père, le juge. Ma tante Vienna. O. Henry, hélas, a été un imprévu, le malchanceux qui a croisé l'assassin au mauvais lieu, à la mauvaise heure. Mais une mort supplémentaire semblait impensable !

Muir Apley frappa du poing contre son front, à trois reprises. Flannery écarta le bras qui l'encerclait, et s'élança, pleine de compassion. Du côté du jeune Daybright monta comme un soupir.

– Dès que j'ai appris la mort horrible de cette sœur Clodagh, reprenait Muir, nous avons fait demi-tour.

– Où est Catriona ? interrogea doucement Flannery.

– Je l'ai déposée chez elle. Je lui ai tout raconté. Qui est cette sœur Clodagh ? Le savez-vous ?

– C'est elle qui a accouché votre mère… Miss Godden. Elle œuvrait à l'hôpital où vous êtes né. Un affreux hôpital où l'on enlevait les enfants. Nous vous conterons les détails.

Sachez seulement que sœur Clodagh venait à Morgan's Moor avec l'espoir d'un repentir, elle voulait ramener votre mère à son humanité… La pauvre l'a payé de sa mort.

Le jeune homme se cacha la figure dans les mains. Quand il la releva, ses joues étaient ravagées de larmes muettes.

– Ce soir, j'ai laissé Belle of June à Voltaire, je me suis rendu au cottage du docteur March, cette fois fermement décidé à me confronter à ma… à Miss Godden. À la confondre. Aussi n'ai-je point sonné. Je suis resté dehors. Soit elle entrerait. Soit elle sortirait. J'étais prêt à l'attendre le temps qu'il faudrait… Sous le pont. Je ne souhaitais pas qu'on nous voie.

Il adressa à Pitchum le spectre d'un sourire.

– Nous avons attendu ensemble, vous et moi, Mr Daybright. Presque côte à côte, et pendant un fichu bout de temps ! Je ne crois pas que vous m'ayez aperçu.

– Je vous ai entendu, dit Pitchum. Vous m'avez causé une sacrée frayeur.

– Et moi, je vous en ai beaucoup voulu. Car votre présence m'a empêché d'aborder Miss Godden lorsque, enfin, elle a été de retour… Pouvais-je l'accuser sous l'oreille d'un détective de Scotland Yard ?

– Le pont ? s'exclama Flannery. Que fabriquiez-vous sous le pont, Pitch ?

Pitchum Daybright flamba rouge vif. Cela ne se vit pas, par bonheur, car la lanterne, qui avait beaucoup travaillé ce soir-là, montrait des signes de surmenage.

– Je vous attendais, Miss Cheviot, répondit-il avec hauteur. Je vous trouvais bien hardie de vagabonder seule, la nuit, dans un endroit où il y avait tant de crimes !

Elle fit une grimace qui signifiait qu'elle n'était pas dupe, qu'elle subodorait d'autres motifs dont il aurait à s'expliquer.

– Quand vous avez quitté le pont, Mr Daybright, je me suis éloigné de la rivière et j'ai pris un raccourci, continuait Muir, pour retrouver la route un peu plus bas. C'est de là, depuis les arbres, que j'ai vu passer... d'abord Flannery qui sortait du cottage. (Il crispa ses deux poings.) Ensuite Miss Godden. Miss Godden dans sa pèlerine... J'ai alors compris, Flannery, que tu étais en grand danger ! J'ai couru comme un fou à l'abri du rideau d'arbres... Il fallait te devancer ! T'intercepter à tout prix ! Avant l'irrémédiable ! Grâce à Dieu, j'ai réussi.

– Nous étions fichtrement nombreux, ce soir, à courir après Miss Cheviot ! murmura l'adjoint du superintendant.

– Je vous remercie, Mr Muir, dit-elle d'un ton humble. Du fond du cœur.

Après un silence, elle ajouta :

– J'ignore si cela adoucira votre cœur, mais votre mère naturelle, Miss Godden, s'est comportée avec un courage et une bravoure exemplaires lorsqu'il a fallu sauver ma petite sœur Briony des glaces du lac. Je ne pourrai donc ni la haïr ni la honnir, jamais. Je suis simplement très malheureuse pour elle.

Ils tressaillirent. Un son bref avait rompu le calme des sapins dans la Percée. Une silhouette en pèlerine apparut au milieu des ténèbres.

Idonee Godden, surgie de la nuit, se tenait devant eux. Elle avait rejeté la capuche de sa pèlerine. Les doigts crispés sur le manche d'acier du scalpel à pointe griffue, le regard brillant, elle était grande, imposante, tragique. Effrayante.

Elle fit un pas vers eux. Son regard palpita d'une ombre caressante.

– Ton père… ton père était un être bon, si délicat. Le plus doux, le plus aimant des hommes. Il s'appelait Lawford Sanders. Tu as de lui les paupières, le front, la silhouette, le même pli au coin de la lèvre…

Elle regardait son fils et lui ouvrit les bras avec une sorte de gaucherie craintive. Muir la fixait, paralysé. Tout à coup, il s'élança vers elle. Ils s'étreignirent de toutes leurs forces, dévorés par une famine que leurs cœurs avaient endurée vingt ans.

– Il est mort l'hiver de ta naissance, me laissant au désespoir…

Idonee Godden fit un pas de côté, releva la tête pour offrir à son fils la sérénité d'un sourire noyé de larmes mais délivré.

– Je n'ai qu'un regret… Ces vingt années sans lui et sans toi. Ces vingt années qu'on nous a confisquées. Volées. Sois heureux avec Catriona. Nul sang commun ne coule dans vos veines. C'est une âme généreuse et pure. Sois bon. Elle aussi a beaucoup souffert.

De l'intérieur de sa pèlerine, elle tira une enveloppe, la brandit. Il y était inscrit : *Pour mon fils*, en lettres graciles et soignées. Avec, dessous, une ligne que Flannery tenta de déchiffrer sous la flamme fatiguée de la lanterne, en vain. Les caractères étaient trop petits.

– Tout est écrit, murmura Miss Godden.

Elle jeta la lettre à leurs pieds. Brusquement, dans l'envol indolent de sa pèlerine nocturne, elle fit demi-tour avec un bruissement mou d'ailes de chauve-souris.

Flannery baissa les yeux, lut la petite ligne sur l'enveloppe :

à lire après ma mort. Elle se redressa avec, au fond du cœur, une affreuse sensation de désastre.

Quelques pas plus loin, elle aperçut l'étrange scintillement, puis Miss Godden qui trébuchait… basculait en avant, et qui s'abattait sur la terre au milieu de la Percée.

Muir et Pitchum se précipitèrent. Muir poussa un cri comme un sanglot et tomba à genoux. Pitchum tourna une grimace livide vers Flannery, leva une main dérisoire pour stopper la jeune fille qui s'avançait.

– Non, Flannery. S'il te plaît, n'approche pas. Ne regarde pas !

Mais elle regarda quand même. L'instant d'après, elle plongea la figure dans l'épaule de Pitchum.

Avec la griffe d'acier de son scalpel, Miss Godden s'était tranché la gorge.

APRÈS LA GRIFFE
(15 JOURS PLUS TARD)

50

Dans son bureau tarabiscoté et très envahi du Service des dossiers insolites et des intrigues non conventionnelles, le superintendant Tanybwlch épiait son Pitchum d'un œil plutôt diverti.

Depuis deux semaines qu'ils étaient repartis de Morgan's Moor, le jeune Daybright avait l'air d'organiser des concours de soupirs avec lui-même. Ou avec une entité invisible. Nul doute qu'il gagnait.

Le superintendant lui avait confié deux affaires loin d'être négligeables – dont l'une dans le West End, quartier des théâtres et des théâtreuses, où il était question d'un crâne d'Hamlet qui s'emplissait de sang tout seul, en cours de représentation, tel un bol de soupe magique, sous les yeux effarés de l'acteur…

Las ! L'adjoint Pitchum traînait une langueur asthénique, une lippe torve, le brumeux d'une âme au purgatoire… en soupirant quinze fois par heure.

– Nous n'avons toujours pas résolu cette énigme de chambre close ! rugit le superintendant.

– Plaît-il, sir ? sursauta l'adjoint.

– Le dossier Morgan's Moor ! J'aimerais le clôturer. Je ne peux pas ! Trop de paramètres restent inexpliqués.

Il guetta sur le visage de son jeune assistant quelque chose… quelque chose… qui surgit sous la forme d'une déglutition malaisée, puis d'une lumière qui réveilla sur-le-champ ses pupilles.

– Morgan's Moor, sir ! Oui, oui, euh… En effet, sir ! Si la lettre-testament-aveu de la criminelle relate en détail sa soif de vengeance, et si elle semble y révéler une prédilection pour les stalactites, de fait elle n'a rien expliqué sur…

– Une intelligence remarquable ! coupa le superintendant, subitement rêveur. Vous rappelez-vous la fois où nous l'avons raccompagnée de chez cette sotte lady Babbage ? Sa placidité, ce flegme ! Alors que, la nuit même, elle avait massacré ce pauvre bougre de braconnier. Personnalité étonnante.

Nostalgique, son regard erra sur la confusion de dossiers et de cartons qui les cernaient jusqu'au plafond. On était dans le New Scotland Yard. Le superintendant Tanybwlch regrettait, à part lui, ses vieux bureaux de Whitehall Place, étroits et poussiéreux, imprégnés des odeurs de l'écurie voisine. Il n'avait pas encore pris conscience que, grâce à lui, les nouveaux prenaient progressivement l'aspect des anciens.

– C'est égal, soupira-t-il. Nous étions face à une redoutable tueuse. Jack l'Éventreuse en pèlerine et jupons ! Et vous, jeune Daybright, ajouta-t-il, sévère, vous avez montré une folle imprudence à la fin de l'histoire !

– C'est on ne peut plus vrai, sir. Mais il y allait de la vie d'une jeune personne plus audacieuse encore !

À son tour, Pitchum devint contemplatif et languissant. Ils avaient quitté le village et rejoint Londres deux jours après le macabre dénouement de l'affaire. D'autres dossiers s'impatientaient à Londres.

Ce qui l'affligeait, le peinait profondément, c'était de n'avoir pas revu Flannery Cheviot. *Il ne l'avait plus revue !*

En découvrant l'atroce suicide de Miss Godden, la jeune fille s'était évanouie. Pitchum l'avait soulevée et emportée dans ses bras jusqu'au cottage – Muir Apley étant lui-même fort commotionné et chancelant.

Vu l'horreur des circonstances (mais sans elles, se serait-il trouvé dans la situation troublante de la porter entre ses bras ?), le jeune Daybright n'osa s'autoriser à avouer qu'il adorait tenir Flannery Cheviot, légère et abandonnée, contre lui. Il se le confessa plus tard, dans le train vers Londres…

Le choc avait été violent pour la pauvre petite. Ramenée chez elle, elle n'avait plus quitté la chambre. Ensuite, après une journée de rapports policiers, de réunions avec le Chief constable, bref, de paperasseries ordinaires, les deux détectives avaient dû prendre le train du retour.

Lorgnant, mine de rien, son jeune Daybright, le superintendant compulsait un classeur en carton qu'il venait de déloger – avec un brio né d'une pratique assidue – d'une pile qui oscilla, tangua, mais ne rompit pas.

Balayée d'un revers, une grande carte imprimée vola aux pieds de Pitchum… qui la ramassa machinalement.

– Décidément non, notre dossier est loin d'être clos ! grommela le superintendant. Savoir qu'Idonee Godden a poignardé Vienna Apley avec un de ces pieux en glace qui pendouillaient alors à toutes les fenêtres par ce froid de loup !… Savoir qu'elle l'a ensuite jeté dans l'aquarium, où cette arme périssable s'est dissoute tel un fantôme ou une pincée de sel… Ma foi non, ça ne nous apprend pas comment on s'échappe d'une chambre dont la porte est fermée de l'intérieur! Agaçant, n'est-il pas? Avant de mourir, cette brillante tête aurait tout de même pu nous fournir la clef de l'énigme… Je suis certain que c'était malin et raffiné. Y avez-vous réfléchi, jeune Daybright?

– Euh… je… je n'ai rien trouvé, sir.

Le superintendant tapota le classeur; de temps en temps, il glissait vers son adjoint ce regard finement égayé.

– Hum. Et avez-vous songé au second segment de cette enquête?

– Second segment, sir?

– Qui a tué le juge Apley, il y a trois ans?

– Horton Palance.

– Y croyez-vous?

– Ce crime-là, Miss Godden ne l'a pas avoué.

Pitchum extirpa cahier vert, crayon, localisa la bonne page. Son œil glissa distraitement sur la grande carte imprimée qu'il avait ramassée.

– J'ai fait une liste de suspects plausibles, sir. Muir Darcey Apley? Deux mobiles connus: épouser Catriona sans consentement paternel, et hériter plus vite, pourquoi pas. Mais on l'avait envoyé passer la semaine dans une famille amie, à Durham. Les Clovelly. Tactique, je présume, qui l'éloignait de Catriona.

– Durham n'est pas loin de Morgan's Moor. Il a pu aller et venir.

– Le constable George a interrogé les Clovelly. Muir Darcey Apley n'a pas quitté le château.

Le superintendant attendit la suite sans broncher. Avant de reconsulter les notes, l'œil de Pitchum glissa de nouveau et par hasard sur la grande carte imprimée. Il achoppa sur un nom… ainsi que sur un mot : *union*.

– Catriona Palance ? continua-t-il, fourrant son nez dans le cahier. Franchement, sir, je n'imagine pas…

– Son mobile était des plus sérieux, jeune Daybright ! Se faire épouser par le fils du juge.

– Je le sais fort bien. Vraiment, sir, je ne parviens pas à envisager cette jeune fille…

– Moi non plus. Mais ce n'est guère une déduction scientifique. Passons. Ensuite ?

– Vienna Apley ? Aucun mobile connu. A chevauché toute la journée en compagnie de lady Babbage jusqu'au mur d'Hadrien. Se sont arrêtées chez lord Bingley, cousin de lady Babbage, lequel a confirmé. L'alibi de Vienna Apley vaut pour lady Babbage, que nous éliminons donc aussi.

– Jamesina Palance ?

– Si c'est elle… nous ne le saurons jamais.

Pitchum grignota son crayon, épiant son chef entre les cils.

– Je ne vois que Miss Godden. Le fait qu'elle ne l'a pas avoué ne préjuge pas…

– Impossible ! marmonna aussitôt Linwood Tanybwlch. Il y a trois ans, Idonee Godden ignorait tout du juge ! Elle n'a appris son nom et son existence que plus tard, de la bouche d'une sœur Clodagh de retour de Jamaïque. On ne se venge pas d'un préjudice *avant* de savoir qu'il a eu lieu.

Ils se fixèrent.

– En écrivant ses aveux, Miss Godden scellait son destin, murmura le superintendant. Qu'avait-elle à perdre à dire qu'elle a tué le juge ? Ou à gagner à ne pas le dire ? Lorsqu'elle a débarqué à Morgan's Moor pour remplacer la nurse Marmaduke qui prenait sa retraite, le juge Apley était mort depuis deux ans. Non, ça ne peut pas être elle.

– C'est mon avis également, sir, opina Pitchum, sans soupirer pour le coup. Du reste, selon sa lettre, à son arrivée au village, Miss Godden ne voulait tuer personne. Son unique désir, en venant travailler auprès du docteur March, était de se rapprocher de ce fils qu'elle n'avait jamais connu.

– Précisément. Le connaître, le regarder, n'être pas loin. Peut-être, un jour, lui révéler la vérité ? Quand il serait un homme mûr ?... Elle n'avait nullement le projet de briser la belle vie aisée de ce fils. Simplement, celui d'être près de lui, de le regarder vivre et s'épanouir.

Au tour du superintendant de pousser le soupir suivant.

– Non. Son esprit s'est mis à délirer plus tard. La fameuse nuit où Jamesina, sur son lit de mort, lui a fait ce terrible aveu, lui a révélé sa forfaiture... Miss Godden, cette nuit-là, s'est sentie trahie, dupée, jouée !

– Effectivement, sir, ce sont là ses mots. En fermant les yeux de la dépouille de Jamesina Palance, Miss Godden s'est juré de punir, et a décidé la mise à mort de Vienna, la dernière des Apley. L'unique Apley vivant qui demeurait – Muir – n'était pas de leur sang mais du sien ! Quelle jubilation... Et quand Jamesina Palance, au seuil de la mort, a imploré son pardon pour avoir, il y a vingt ans, conclu un marché abject avec Benedict et Rosalee Apley, Miss Godden a commencé à broder son châtiment...

– Nous savons désormais tout cela... Mais qui ne nous révèle malheureusement pas qui a tué le juge il y a trois ans.

– Sir… Je pensais…

Pitchum se tortilla. L'esprit agnostico-darwino-rationaliste du chef consentirait-il à sonder une piste pour le moins… sorcière et cabalistique ?

Bon, après tout… Le capharnaüm où ils discutaient, en ce moment, n'était-il pas le cœur du fameux *SDDI and INC* ? Une marge occulte de Scotland Yard ?

Nom d'une pipe en terre ! réalisa-t-il soudain (et en son for intérieur). Mais que signifiait donc ce mot – *union* – écrit sur cette grande carte imprimée ? Voilà douze fois que son œil le lisait sans le lire ! Il inclina la tête… *Vous êtes invités à célébrer l'union de Master Muir Darcey Apley esq. avec Miss Catriona Daisy Palance au village de…*

– Crachez donc, jeune Daybright ! s'énerva le superintendant. Vous êtes plus rouge que jamais, vous allez étouffer !

Nouvelle déglutition ardue. *Invités à célébrer l'union…* Il vérifia la date.

– Bonté divine, bien que la bonté divine n'ait rien à voir là-dedans… Parlez donc !

– Sir ! Il y a cette femme…

– Laquelle ? Où ça, une femme ?

– Celle qui était venue de Londres, avec ses « visions » ! Celle qui a reconnu en Horton Palance l'assassin qu'elle n'avait aperçu qu'en rêve. Celle à qui ce malheureux doit d'avoir été pendu… Donalda Brown !

Les globes oculaires du superintendant lui saillirent des orbites telles deux balles de cricket. S'il avait été quelques grammes plus lourd, le silence qui tomba dans le bureau eût fait passer le plancher à l'étage au-dessous.

– Crénom… souffla le chef.

– Je ne saurais mieux dire, sir, murmura l'adjoint.

– On l'avait oubliée, celle-là.

– La preuve que non, sir.

Cinq minutes après, sautant dans un fiacre, Pitchum n'y tint plus. La face radieuse, il cria à tue-tête par-dessus la circulation de Victoria Embankment :

– Sir ! Est-il exact, sir, que nous voilà invités à Morgan's Moor, aux noces de Muir et de Catriona ?

Linwood Tanybwlch se moucha.

– Je me demandais à quel moment cette information toucherait votre cerveau.

51

La maison, discrètement rangée sur une petite place géorgienne derrière Bedford Square, était blanche et grise. Ce blanc et ce gris qui révèlent la vraie fortune en la maquillant de neutre.

Une cameriste à peau noire vint ouvrir, leur offrit un sourire qui semblait tiré par les lunes d'argent crochées à chacune de ses oreilles.

Les deux hommes ôtèrent leur chapeau, déclinèrent leur identité, le superintendant Tanybwlch demanda Miss Donalda Brown. À la mention de Scotland Yard, les lunes se figèrent, le sourire pareillement.

– Je ne sais si Miss Brown peut…

– Je suis certain que oui, dit le superintendant avec cette espèce de suavité aimable qui sonnait comme un avertissement.

Et qui épatait le jeune Daybright parce qu'elle permettait en général d'obtenir ce qu'on désirait. On les fit patienter parmi les sofas d'une antichambre où s'emmêlaient cachemires, bayadères, chouette effraie empaillée, masques africains, dentelles de Calais.

La camériste revint bientôt pour les introduire dans un salon de travail. Une femme se tenait derrière une grande table ronde vernie où il n'y avait, en son centre, qu'une boule de cristal lumineuse.

– Messieurs, les accueillit la dame.

Ce que l'on voyait d'elle en premier était ses yeux, extraordinaires par la forme, la largeur, la couleur, leur… on ne savait quoi. Elle portait une robe d'un velours émeraude caverneux, des mitaines en plumetis. Elle se leva.

– En quoi puis-je vous renseigner, gentlemen ?

Les examinant avec une secrète anxiété, elle les fit asseoir dans de hauts fauteuils à oreilles. Peut-être, spécula Pitchum, vivait-elle en ce moment quelque tracasserie qu'elle associait à cette présence policière ? Aussi parut-elle étonnée lorsque le superintendant demanda :

– Savez-vous que Charles Dickens demeurait à côté d'ici, au 48 Doughty Street ?

– Pardon ?

– Dickens. Cela ne vous dit rien ? Le nom de Morgan's Moor vous dit-il, madame, davantage ?

Les méthodes tanybwlchiennes la déconcertaient, manifestement.

– Mon Dieu, non.

– Et celui de Vienna Apley ?

Elle battit des cils.

– Mon Dieu, oui. J'ai appris son décès récent.

– La connaissiez-vous ?

Elle sonna. La cadériste lunée apparut, portant le thé. La théière en argent arrivait droit du Bengale, les tasses de Constantinople, le plateau d'un désert quelconque. Miss Donalda

Brown se donnait du mal pour paraître exotique. Son physique mélodramatique devait l'y aider.

Elle était née sur les docks, du côté de Blackfriars, au bord de la Tamise. Sa fiche, à Scotland Yard, évoquait des affaires d'escroquerie, de subornation, de fraude, et autres turbulences dont la dame s'était toujours tirée indemne. Une dégourdie.

S'étant offert le temps de répondre, elle répondit donc :

– Il y a longtemps. Fort longtemps. À l'époque, elle consultait régulièrement la personne qui m'a enseigné les fondements du spiritisme, celle qui fut mon professeur, mon maître à penser…

– … et qui se nomme ? interrompit Pitchum aussi poliment qu'il est poliment possible d'interrompre une dame qui vous cause.

– Mme Girard. La grande Mme Girard. Spirite, médium, devineresse, songe-creux, visionnaire… Il ne se passe pas un soir sans que nous échangions, elle et moi. En français.

– Hum hum, toussailla le superintendant. N'est-elle pas morte écrasée par un tilbury alors qu'elle villégiaturait aux eaux de Baden-Baden ?

– Il ne se passe pas un soir sans que nous échangions, Mme Girard et moi ! répéta-t-elle avec vigueur, les clouant de ses prunelles remarquables. Je suis spirite, ajouta-t-elle avec une simplicité qui dénotait quelque complexité. Sibylle et extra-lucide.

– Or donc, enchaîna Pitchum (il avait ressorti le cahier vert), vous avez fait la connaissance de Vienna Apley alors qu'elle était cliente de cette Mme Girard, dont vous-même étiez l'élève et la disciple. C'est bien cela ?

– Plus ou moins, fut la prudente réponse.

– Vienna Apley était-elle assidue ? Friande de spiritisme ?

– Oh oui. Elle en éprouvait d'ailleurs un peu de honte, elle venait consulter en cachette, quand elle passait par Londres. À l'époque, elle n'était pas installée chez son frère à Morgan's Moor.

– Vous connaissez donc Morgan's Moor.

– Elle avait prononcé ce nom, fit la dame, se mordillant une joue. Je me rappelle maintenant.

– Pourquoi vous consultait-elle en cachette ?

– Son frère et sa belle-sœur la raillaient, la traitaient de sotte, de crédule, cette sorte de choses. Je n'ai jamais revu Vienna.

– Vraiment ? fit Pitchum avec vivacité. Il y a trois ans pourtant, le jour où son frère, le juge Benedict Apley, fut assassiné, n'étiez-vous pas venue exprès de Londres pour l'alerter sur sa mort imminente ?

Elle soupira, emplit de thé de Chine sa tasse de Turquie.

– En effet, je suis montée dans le Northumberland. Je me rappelle maintenant.

– À Morgan's Moor, murmura Pitchum.

– Peut-être. Oui, à Morgan's Moor.

– Il est étrange d'oublier un tel fait de gloire. D'avoir oublié que, grâce à vous, un homme a été pendu, articula le superintendant avec lenteur. Que, grâce à lui, vous avez obtenu gloire et richesse. Miss Brown… Mon esprit rationnel se questionne grandement.

– Je vous écoute.

– Le voyage en diligence était long. Pourquoi, si le temps pressait de prévenir le juge, n'avez-vous pas pris le train ? Plus coûteux, bien sûr…

Elle resta sans voix, une mitaine et la théière bengalie en l'air.

– Est-ce parce que, il y a trois ans, vous étiez au bord d'être envoyée à Newgate pour dettes ?

Elle tressaillit.

– Je les ai payées !

– En effet. Grâce à tout ce tapage autour de la mort du juge, du procès, de la pendaison, et surtout de la place qu'y occupaient vos *visions* magiques. Dès lors, votre salon d'extralucide a gagné en clientèle huppée. Vous avez pu rembourser vos dettes, échapper à la prison, vous avez même déménagé.

– Miss Brown, attaqua Pitchum, prenant le relais. Quel était votre but en vous rendant à Morgan's Moor ?

– Je l'ai dit. Prévenir les Apley de la menace qui planait sur la vie du juge.

Le superintendant leva les yeux au ciel, et soupira. Pour un peu, il allait coiffer son adjoint au concours des soupirs !

– Miss Brown… N'est-ce pas plutôt que, financièrement aux abois, vous espériez soutirer de l'argent à la crédule Vienna Apley ? Voici mon hypothèse : Vous prédisez un malheur… Qui n'arrive pas, grâce à vos efforts et soins. Redevable, Vienna vous dédommage par une belle somme.

– C'est faux !

– Asseyez-vous, Miss Brown, asseyez-vous. L'escroquerie n'est pas du tout notre partie, à mon adjoint et moi. Nous ne vous enverrons pas à Newgate aujourd'hui. En revanche, j'aimerais beaucoup, beaucoup, beaucoup savoir…

Il s'inclina presque sous son nez. Ce qui n'était guère courtois. Mais assurait d'être bien compris.

– … ce qui vous a fait désigner Horton Palance ? Pourquoi lui ?

Elle cogita durant onze tours de cuiller dans sa tasse. Pitchum les compta.

– Après tout, dit-elle (s'associant à la compétition de soupirs), je n'ai soutiré d'argent à personne dans l'affaire, n'est-ce pas ! Que pourra-t-on me reprocher ? Vous me laisserez en paix ensuite ? Je me rappelle, maintenant…

– Nous vous laisserons. Pour ce qui est de trouver la paix, nous ne pouvons, hélas, agir sur votre conscience.

Elle rumina encore quelques instants.

– Le hasard ! lâcha-t-elle enfin. J'ai choisi ce Palance absolument au hasard. Je descendais de la diligence… Il se trouvait là, sur la place. Il parlait avec quelqu'un. Son allure sortait du lot. Elle était étrange… rebutante. Presque mesquine. Sans doute ce bras artificiel… que tout d'abord je n'ai pas identifié comme tel. Bref, je l'ai désigné… comme ça ! Sans réfléchir. Il aurait pu être un autre. Ce n'était pas important, puisqu'il n'y avait pas de crime ! Puisque j'avais tout inventé !

– Il y en a pourtant eu un, de crime.

– Comment aurais-je pu savoir ? Je l'ignorais à ce moment-là ! J'en fais le serment, je l'ignorais ! Comment pouvais-je deviner que Horton Palance avait réellement tué le juge ?

Il y eut trois soupirs simultanés.

– Vos *visions*, chuchota Pitchum, l'avaient deviné, elles.

Donalda Brown saisit un coussin en shantung du Siam, y plongea la figure. Les deux détectives se levèrent. À la porte, le superintendant se tourna.

– Savez-vous le plus étonnant, Miss Brown ? Le plus étonnant est que Horton Palance n'a probablement pas tué le juge.

52

Bien entendu, à bord de l'express de Londres qui les emporta de Charing Cross vers le Northumberland, Pitchum dut endurer le énième récit de l'accident ferroviaire du viaduc de Staplehurst au cours duquel Charles Dickens, bla bla bla bla, décliner trente et une sollicitations à goûter au whisky d'enfance, et déjouer moult traquenards sur la question de ses fiancées futures (Mrs Tanybwlch y avait mis son grain de sel, semblait-il), bref…

Pitchum fit la sourde oreille. Il s'était immergé dans les procès-verbaux se rapportant au meurtre du juge, et dans le minutier du procès Palance. Le dossier était ventru. Pitchum avait calculé qu'à sa troisième relecture le train aurait fait la moitié du trajet… et l'aurait rapproché de Morgan's Moor.

Il se trompa. L'express atteignit Ambroseburg en début d'après-midi, la seconde relecture encore inachevée. On peut en conclure que l'adjoint au superintendant avait pas mal rêvé, pas mal médité et contemplé le paysage. Mais l'affaire avait gagné en netteté dans son esprit.

L'agent Bates les accueillit et les véhicula de la gare dans un cabriolet diablement plus véloce que la charrette de la première fois. Certes, il ne neigeait plus depuis belle lurette, c'était le printemps et le monde entier recommençait à filer à grande vitesse ! La route, l'attelage, les mésanges dans l'azur, les lapins dans les prés, les écureuils sur les troncs, les abeilles sous leur nez… Tout cela dans une exquise vapeur de soleil teintée de vert frais, idoine pour une noce.

La grande salle des *Cornish Cliffs*, croulant de bouquets, de rubans et de mousselines, avait elle-même des allures de mariée. Le village avait été convié au vin d'honneur en musique, avant la cérémonie et la garden party qui étaient prévues, elles, dans le parc de Harborough Hall.

À peine descendu du cabriolet, Pitchum fouilla des yeux la foule endimanchée. Le constable George vint leur serrer les mains et emmena bientôt le superintendant. Flannery était invisible.

On le tira par la manche, la frimousse de Briony envahit le printemps de la place et, entre deux cris d'allégresse, lui plaqua des baisers sur les joues.

– Maman a préparé du haggis écossais ! Mon plat préféré ! C'est de l'estomac de mouton farci avec du sang, expliqua-t-elle, le voyant circonspect. On fait un match avec Wilkie Mac Goohan, celui qui mangera le plus de haggis ! Vous aimerez sûrement ça. Je vous en apporte tout de suite !

– Euh, merci, plus tard ! fit-il d'un ton mesuré. Quelle jolie fête. C'est commencé depuis longtemps ?

Sautillant d'une jambe à l'autre, la fillette lui fit un résumé truffé de haggis, de tartes à la confiture, de Wilkie, de bataille de fleurs, de Wilkie, du poney qu'elle devait aller coiffer, de Wilkie, d'une chasse au trés…

– Où est ta sœur ?

– Flannery ? s'enquit-elle, comme si elle en possédait deux ou trois autres, et nullement formalisée par l'interruption.

Elle fit une moue d'ignorance.

– Elle avait envie de danser, peut-être qu'elle danse déjà. Mais elle doit aussi aider Catriona. Pour la robe de mariée, vous comprenez. Vous danserez avec moi à la garden party, n'est-ce pas, Pitch ? Wilkie en sera vert !

Il sourit, promit, et elle détala en piqué, telle la flèche de Robin des Bois. Là-bas, le chef discutait avec Bates et le constable devant une rangée de tonneaux. Pitchum les rejoignit, devisa distraitement, ne refusa pas le vin blanc qu'on lui versa. Le verre avait le mérite d'offrir un contenu à sa main et une contenance à sa morosité.

Il déambula par la suite, lentement, à travers les réjouissances qui débordaient amplement le périmètre de l'auberge. Il écouta les trois violons qui giguaient, regarda les quelques couples qui dansaient dans le pré où, il y a peu encore, campait un bonhomme de neige… C'était maintenant une riante prairie couverte de pâquerettes et de coucous. Il ne voyait toujours pas Flannery.

À l'écart d'un pommier aux bourgeons à peine verts, il aperçut Fergus Palance, assis dans l'herbe, qui taillait un segment de bois avec un couteau pointu. Pitchum vint le saluer, sollicita la permission de sa compagnie. Un haussement d'épaules fut la réponse.

Pitchum s'assit, donc. Tendit à Fergus son verre de vin blanc.

– Je n'y ai pas touché, dit-il. Mon estomac préfère attendre les valeurs solides.

Sans cesser d'écorcher son bout de bois, Fergus refusa d'un signe de tête. Pitchum cala le verre sur l'herbe, entre deux pierres. Il observa le garçon qui gardait les yeux baissés sur ses doigts qui s'activaient.

– Quel beau jour pour votre grande sœur.

Du menton, Pitchum désigna l'espace, le ciel, la prairie, la gaieté des femmes et des hommes de bonne volonté qui dansaient et violonaient non loin.

– N'êtes-vous pas heureux pour elle ? Catriona épouse celui qu'elle a toujours aimé.

Le morceau de bois s'immobilisa un instant sous la lame.

– C'est bien, oui. Pour elle, c'est bien.

– Pour vous aussi, Fergus. Vous allez tous vivre à Harborough Hall. C'est un domaine magnifique. De plus, si vous aimez tailler le bois des arbres, ajouta Pitchum en riant, là-bas, vous aurez de quoi faire.

L'autre ne sourit pas.

– Mon père, lui, n'en serait pas heureux. Il ne voulait pas ce mariage.

Pitchum marqua un silence, avant de reprendre doucement :

– Vous aimiez beaucoup votre père ?

– Ma mère d'abord.

– Mais votre père aussi ?

– Mon père…

Il attrapa soudain le verre de vin, avala la moitié sans respirer. Pitchum Daybright songea soudain qu'il était en train d'interroger un garçon qui avait le même âge que lui.

– Il frappait ma mère, il frappait ma sœur. Il me frappait aussi. Il gueulait tout le temps. Il détestait tout le monde ! Surtout ce qu'il nommait « cette clique d'Apley ».

– Mais nous savons tous, maintenant, que Muir n'a aucun sang Apley en lui. Rien ne s'oppose plus à cette union.

Fergus Palance ricana.

– Mon père le savait aussi, et avant tout le monde ! Depuis le début, il l'a su. Horton Palance n'aimait personne, mais le juge Apley !.. Ce châtelain imbu, ce donneur de leçons arrogant, qui l'avait envoyé trois fois en prison… Ah, lui, il le haïssait ! Il l'abominait et le maudissait ! Il a forcé ma pauvre maman à trahir cette malheureuse Miss Godden. Comme ça, il a eu l'argent du juge, et il tenait le juge ! Sa seigneurie ne pouvait plus l'atteindre.

Pitchum pivota d'un demi-tour sur les fesses, afin de regarder bien en face ce garçon dont le flot de paroles inattendu le stupéfiait.

– Comment savez-vous tout cela ? s'exclama-t-il. La police en a eu connaissance par les aveux écrits de la main de Miss Godden avant sa mort. Mais les détails de la lettre sont sous scellés. Scotland Yard a divulgué peu d'éléments à la presse…

Fergus eut une mimique d'ironie. Il laissa choir le bout de bois, rangea le couteau.

– Enfant, je parlais peu. Mais j'écoutais et j'épiais beaucoup. Catriona n'était pas du tout comme moi. Une fille, ça s'incline, ça plie, ça obéit à un père… surtout si ça ignore que ce n'est pas le vrai. Je ne puis vous dire à quel moment la situation m'est devenue claire. Peu à peu, sans doute. Avez-vous entendu parler de ce jeu récent qu'on appelle puzzle ? Eh bien, cela y ressemble. Une pièce par-ci, une pièce par-là. Un mot. Un silence. Un geste. Un fragment de phrase. Un murmure. Puis un jour, la chandelle s'allume ! L'image est assemblée… On comprend. On sait. Ai-je dit que je parlais peu ?

Ils se sourirent. On eût pu croire, à distance, à deux camarades devisant amicalement.

– Vous n'avez pas répondu à ma première question, Fergus. Aimiez-vous votre père ?

– Bien sûr. Ne suis-je pas, moi, l'enfant de son vrai sang ? Je l'aimais…

Il engloutit ce qui restait dans le verre, grimaça hideusement, puis souffla :

– Et comme je le détestais !

Pitchum ouvrit la bouche pour poser sa dernière question, la seule importante en définitive, la question essentielle, celle qu'il ne cessait de ruminer depuis ses lectures et relectures dans l'express de Londres. Bref, LA question qui l'avait poussé à prendre place sous ce pommier en compagnie du fils de Horton Palance.

– Fergus, pouvez-vous me décrire avec précision le…

À la même seconde, il y eut une subite éclosion d'organdi bleu ciel dans la prairie devant lui, au milieu des pâquerettes et des coucous ! La bouche de Pitchum se mit à béer, en arrêt, absorbant un peu plus d'air qu'il n'était nécessaire.

Sans doute eût-il finalement posé sa question… s'il n'avait tout à coup réalisé qu'il voyait Flannery Cheviot en train de danser avec Keir Mohune !

Il s'élança d'un bond.

53

– Pitchum Daybright ! s'écria Flannery, joyeuse et tout illuminée. Je vous ai attendu !

– Vous… Moi… ? Vous m'avez attendu ? Mais moi… je vous attendais… vous !

– Comment ça ? Mais nulle part je ne vous ai vu ! Je suis pourtant tout sauf invisible, il me semble ! Tout le temps, je suis restée comme une bûche près du…

– Et moi, j'ai erré dans l'auberge comme un…

– Vous me traitez de menteuse ?

– Pas du tout ! C'est vous qui affirmez…

La controverse s'enflammant, Mohune gloussa poliment et, sur une révérence narquoise :

– Je vous laisse, dit-il. Qui sait, une jeune fille est peut-être en train de m'attendre, moi aussi, sans que je le sache…

Il sourit à Pitchum avant de s'éclipser. Pitchum qui dut admettre une fois de plus – et la mort dans l'âme ! – que le jeune taxidermiste était bien fait de sa personne, qu'à la vue de sa belle chevelure au blond presque blanc, les jeunes donzelles devaient décidément…

– Pitch !

Flannery le tirait par le bras, à l'écart, sous le pommier qu'il venait de quitter. Fergus Palance était parti, abandonnant inachevé dans l'herbe son bois taillé... qui avait la forme d'une potence. Pitchum eut un frisson de malaise.

– Raconte-moi tout ! lui chuchota Flannery, appuyée au pommier.

Elle retrouvait tout naturellement leur ton d'intimité né quinze jours plus tôt.

– J'ai été très malade, sais-tu ? La pauvre Miss Godden... Cette mort épouvantable... C'est difficile de n'y plus penser. Lorsque j'ai vu la photographie de Muir Apley dans le médaillon, que j'ai commencé à comprendre... Oh, Pitch ! Que pouvais-je faire ? Cette femme qui avait sauvé ma petite sœur au péril de sa vie ! N'était-elle pas généreuse et bonne, au fond ? Comment aurais-je pu la dénoncer ?

L'organdi lui donnait l'allure d'une danseuse, le bleu ciel d'un nuage, sa tristesse d'un serrement de cœur.

– Idonee Godden, soupira-t-il, était deux âmes, deux vies, deux têtes. L'une se consacrait à son métier, à ses malades. L'autre était une furie dédiée à son châtiment, au canevas de sa vengeance. La première Miss Godden a sauvé de la glace ta petite sœur... La seconde Miss Godden l'aurait tuée sur place si O. Henry n'avait pas écarté Briony de son chemin, cette nuit-là, dans la forêt.

Flannery, bouleversée, se cacha le visage. Deux violoneux avaient cessé de jouer pour se rafraîchir d'une pinte. Celui qui restait entama *My Bonnie*, une ballade irlandaise.

– Raconte-moi tout, redit enfin Flannery. Je n'ai pas lu sa lettre, moi.

Il lui jeta un coup d'œil, un brin goguenard.

– Personne ne l'a lue. Excepté les personnes autorisées et mandatées… comme moi. C'est une pièce confidentielle. Il m'est interdit de…

Elle se planta devant lui, le saisit brusquement par le bras et, dans une pirouette ajustée qui la plia en deux, elle expédia sur l'herbe l'adjoint du superintendant, bras tordu.

– Mais tu es timbrée ! gémit-il, ahuri.

– Certes. Papa assure que c'est là un grand charme féminin. Un autre de mes charmes est d'avoir acquis d'utiles enseignements de ce colporteur japonais qui passe deux fois l'an à l'auberge. Avec révision pratique méthodique du cours précédent.

Elle se laissa tomber dans l'herbe en riant. Il se massait le coude et un genou.

– Raconte-moi ce que dit Miss Godden dans sa lettre, l'adjura-t-elle, redevenue sérieuse. Je t'en supplie, Pitch.

– J'y viens. Toutefois, nota-t-il, la moue en coin, il existe un autre moyen d'obtenir ces renseignements. Plus… agréable.

– Sûrement pas aussi drôle !

Elle retrouvait sa gaieté. Il hocha la tête. Dans cet organdi bleu, sous ce pommier vert tendre, Flannery Cheviot était la plus ravissante chose au monde.

– En passant, et à toutes fins utiles, dit-il, on m'appelle plutôt Pitchum.

Récit de Pitchum Daybright, adjoint du superintendant Tanybwlch, à Flannery Cheviot, sous le pommier

Le juge Benedict Apley apprend que Jamesina Osborne, la femme de chambre de son épouse, qui a eu un malaise, n'est pas malade mais tout simplement enceinte. Enceinte de lui, cela il le sait.

Lui qui désespère, depuis huit ans, d'avoir un héritier… Lui, à qui le docteur March père vient d'annoncer qu'une fausse couche de plus, qu'une grossesse même, serait fatale à sa frêle et fragile Rosalee, se prend à songer que Jamesina est peut-être un cadeau de la compassion divine.

Jamesina Osborne est alors seule, acculée. Elle tremble d'être chassée de son travail, du village, craint la honte et l'humiliation… Lorsque le juge la convoque pour lui proposer d'adopter pleinement cet enfant, de lui donner son nom, en échange du total renoncement à ses droits de mère et d'un silence absolu, la malheureuse Jamesina pense, à son tour, à un cadeau de la pitié divine.

Il n'est pas exclu que sa nature docile et humble, face à un homme détenant autorité, pouvoir, fortune, et suffisance, ait servi les calculs du juge. Il lui donne même de l'argent… le prix pour son silence. Une somme anodine pour lui, inespérée pour elle. La pauvre âme, qui croit à de la bonté, ne se rend même pas compte qu'il lui achète l'enfant qu'elle porte.

Il lui dit : « Tu es jeune, toi ! Tu en auras d'autres ! Plein d'autres ! Alors que ma Rosalee, elle… plus jamais. » Le misérable ne sait pas encore que sa chétive Rosalee ne profitera que quelques mois de ce fils tombé du ciel. Elle sera emportée par la maladie.

Mais revenons au début. Jamesina accepte.

Le juge Benedict et son épouse Rosalee conçoivent un plan pour préparer, non pas la venue de l'enfant, mais « son apparition et sa présentation au monde ». Rosalee sait-elle que l'enfant est de son mari ? Certainement non. Le juge s'arrange pour lui faire croire que Jamesina a fauté avec un garçon de ferme, ou autre…

Bref, il va falloir duper toute une société, les amis, les relations, un village tout entier ! La seule personne qui ne peut pas être leurrée, c'est le vieux docteur March. Connaissant la santé précaire de sa patiente, il ne croira jamais à son enfantement miraculeux.

Prenant les devants, Apley lui confie donc, sous le sceau du secret, que l'enfant de Jamesina sera adopté par eux sitôt né. C'est là tout ce que le docteur apprendra. Bien sûr, on lui passe sous silence l'argent faufilé à la servante. L'honnête médecin en tomberait probablement de son fauteuil. Le brave homme pense tout naturellement que cette adoption est offerte par un homme – un juge – sincère et secourable, qui désire racheter ainsi un écart de conduite. Il pense que cet enfant voué, par sa naissance, au néant et à la misère, sera ainsi élevé, instruit, éduqué, fortuné, deviendra l'héritier d'une superbe généalogie, d'un grand nom, d'un beau domaine, que ce ne sera pas une mauvaise affaire pour lui. Que c'est même une chance merveilleuse.

Le stratagème du couple Apley n'est ni compliqué ni neuf: l'épouse en mauvaise santé sera envoyée au bord de la mer. Assez loin pour ne pas courir le risque d'une visite impromptue d'ami(e)s qui ne constateraient aucun signe de grossesse. Dans une région, cependant, où son époux peut venir la rejoindre, la rencontrer, quelques fois. À leur retour, plus ou moins un an plus tard, personne ne s'étonnera d'un bébé « né d'un long séjour dans le Dorset ».

Mais n'anticipons pas. Car, durant les mois d'absence de Rosalee Apley, il se passe une foule d'événements.

À Morgan's Moor, un certain Horton Palance, après une vie de frasques et d'errements dans diverses villes du comté, trois séjours en prison, est de retour. Il a trente-six ans, aspire au calme. Au village, il fait la connaissance de la jeune Jamesina Osborne. Elle lui plaît. Assez vite il demande sa main.

Jamesina, n'étant ni une rouée ni une rusée, lui révèle bientôt qu'elle attend un bébé, ainsi que le marché qu'elle a conclu avec le ménage Apley. Ce nom abhorré fait bouillir Horton Palance sur-le-champ, le met hors de lui ! Puis il raisonne. Il spécule. Ce juge à l'origine de ses condamnations, cet édile qui faisait la leçon en salle publique avant ses verdicts et ses sentences, cet homme possède maintenant son talon d'Achille : Jamesina et l'enfant.

Palance décide qu'il gardera les deux. Garder les deux, c'est en voler au moins un au juge ! L'enfant de Jamesina portera son nom : Palance. Sûrement pas celui d'Apley ! À trente-six ans, Horton n'a plus de réputation à défaire. Il s'en moque.

Pour Jamesina, la vie semble donc prendre une voie apaisée. Palance l'éblouit, elle aime son autorité, son côté « je n'ai pas peur des grands de ce monde ». Il l'effraie, il la captive. Elle l'épouse.

Les semaines s'égrenant, elle aime cet enfant qui pousse en elle. Elle s'y attache. Palance lui répète si souvent « c'est mon enfant, il portera mon nom » qu'elle finit presque par croire qu'il est de lui. Par le croire vraiment.

Reste un problème. Jamesina entame son cinquième mois de grossesse, tourmentée, torturée à l'idée de devoir avouer au juge qu'elle va lui refuser ce qu'elle lui a promis ! Elle ne dort plus. Quand elle dort, se réveille en plein cauchemar. Comment dire au terrible, au puissant Benedict Apley qu'elle a changé d'avis ? Qu'elle ne veut plus lui céder l'enfant, puisqu'il a un père maintenant ?

D'autant plus difficile que Rosalee est partie dans le Dorset, ligotant Jamesina dans leur mystification, la piégeant dans un cercle chaque jour plus irréversible.

D'autant plus difficile que la petite somme d'« encouragement » donnée par le juge a été engloutie par le mariage et l'installation, au demeurant assez modeste, des nouveaux époux.

Un matin, au milieu de son cinquième mois et de ses nombreuses prières, Jamesina Palance reçoit une lettre. Un appel au secours. Un cri de détresse.

Une amie de son âge, connue naguère à Londres, où toutes deux avaient partagé galetas, pain rassis et un hiver d'indigence, cette amie, nommée Idonee Godden, lui écrit qu'elle est actuellement noyée de malheurs. Elle est alitée à St Mary Beata Gloria, hôpital pour femmes démunies, où elle doit accoucher sous quelques jours. Si affaiblie et dans un tel dénuement qu'elle ne peut pas régler le loyer du réduit où elle loge, mais qu'il lui faut continuer à payer coûte que coûte, car sinon elle sera sans toit, à la rue, au sortir de l'hôpital avec son nouveau-né…

Au nom de leur amitié, au nom de leur fraternité d'antan, sa chère Jamesina pourrait-elle lui faire l'avance de deux livres ? S'ensuit un serment sur Dieu que cette somme lui sera rendue. Après la naissance du bébé. Après qu'elle aura retrouvé du travail. Après…

Avec toute sa gratitude et son affection.

Horton Palance entrevoit, et mijote alors, le moyen de délivrer sa femme de sa promesse, de faire cracher à la fois une belle somme au juge, et de faire taire à jamais l'arrogance de sa seigneurie ! Il prend quelques renseignements sur cet antre de la détresse. L'asile St Mary Beata Gloria. Mijote encore…

Le lendemain matin, il se rend à Harborough Hall. Il expose son plan au juge. Lequel tente d'abord de le chasser. Mais que peut-il opposer ? Rien. Quelle prise a-t-il ? Aucune. S'il parle, cet homme peut anéantir sa réputation et leur stratagème. Pâle de rage, le juge consent à une nouvelle tromperie. Pour commencer, Palance exige séance tenante cent livres. Et cent autres après la *livraison* de l'enfant… Le juge conteste, vitupère. Palance reste de marbre. Pas d'argent, pas d'enfant.

Après une demi-heure, et cent livres sur la table, Horton Palance lui lâche le nom de St Mary Beata Gloria, le nom de Idonee Godden, son signalement au cas où elle serait inscrite sous un faux nom (quand on accouche hors du mariage, la chose est courante), etc., etc.

Le juge prend le train de Londres, se fait discrètement conduire à St Mary Beata, rencontre la directrice, sœur Luke, lui dit qu'il désire follement adopter l'enfant d'une jeune fille qui accouche bientôt, et qui se nomme…

Sœur Luke écoute, impavide et sans piper un mot… Jusqu'au moment où sa seigneurie glisse une enveloppe épaisse sur le bureau, sous son nez. « Vous en aurez une seconde, de même valeur, quand nous emporterons l'enfant, susurre-t-il. Mon épouse va me rejoindre dans deux ou trois jours. »

Et en effet, Rosalee arrive trois jours après. Ils patientent dans un hôtel confortable de Kensington. Deux jours plus tard, Idonee Godden met au monde un garçon qu'elle ne verra jamais. Elle ne sait même pas que c'est un garçon. Elle ne le saura, du moins, qu'après vingt années, par sœur Clodagh.

Le couple Apley vient cueillir l'enfant, remet sa seconde enveloppe à sœur Luke, pour repartir très vite, direction la gare, et le Dorset. Mais, à la sortie arrière de l'hôpital, un autre couple les attend dans la nuit d'une muraille.

Horton et Jamesina Palance, eux, sont arrivés du nord. Horton, suspicieux et prudent, reste dans l'ombre. Il pousse Jamesina, qui, tremblotante sous les châles qui la recouvrent, s'en vient récupérer, des mains de Benedict Apley, la petite enveloppe avec cent livres, leur solde de tout compte.

« Allez-vous-en, désormais ! chuchote le juge, l'écartant avec mépris. Que Dieu ait pitié de vous… et de nous. »

Il s'écoulera deux décennies avant que, sur son lit de mort, Jamesina Palance, taraudée par le remords et le désir de repentir, avoue sa forfaiture, sa déloyauté, à son amie.

Miss Godden rapporte que, à sa sortie de St Mary, Jamesina

lui a adressé, de manière anonyme, quatre mois de loyer d'avance. Et, un an plus tard, toujours anonymement, vingt livres. Lesquelles permettent à Miss Godden de commencer à se bâtir une vie convenable, de débuter son apprentissage d'infirmière... sans savoir ni se douter que c'est l'argent qui a payé la vente de son enfant.

C'est la cruauté, la cruelle ironie de ce dernier point qui, selon l'ultime lettre de Miss Godden, a fait flamber sa rage, son amertume, et sa haine!

Apprendre que la charité de Jamesina (pauvre âme sans lucidité ni intuition, qui désirait juste se racheter un peu) lui avait été faite avec cet argent maudit, l'argent de la perfidie, fut la déflagration mentale de Miss Godden, la bascule vers son déchaînement meurtrier...

54

Tous deux demeurèrent longtemps silencieux sous le pommier.

– Miss Godden a tué trois personnes, murmura enfin Pitchum. Trois crimes qui ont eu lieu après la nuit des aveux de Jamesina Palance. La mort du juge est bien antérieure.

Flannery redressa le buste.

– Elle n'est donc pas coupable de cette mort-là.

Il secoua la tête en se mordant la lèvre du bas.

– Je crois que non.

– Alors qui a tué le juge ?

Il se garda de souffler un mot de leur visite chez Donalda Brown. Il biaisa.

– Miss Godden n'explique pas non plus comment elle est sortie de la chambre de Vienna Apley après l'avoir poignardée à coups de stalactite et jeté l'arme dans l'aquarium.

Pour le coup, Flannery haussa ses gracieuses omoplates.

– Oh, ça… C'est presque bête quand on y pense.

Il tressaillit.

– Bête ? Comment ça ?

Il s'inclina pour chuchoter :

– Tu le sais ? Tu sais de quelle manière elle est sortie de la pièce close ?!

– Sur ses pieds, tiens. Elle a marché, a ouvert la porte, a refermé, comme n'importe quel bipède.

Il bondit sur les talons tel un danseur russe. Flannery prit soin de garder l'air nonchalant, ajustant ses plis bleus.

– Mais ensuite ? Après ? Elle a refermé… *comment* ? Comment a-t-elle pu abaisser le loquet dans l'étrier en étant dehors ? Son bras a traversé le battant ?

– Mon Dieu, quelle idée inepte… Non, Miss Godden l'a bloqué dans la position levée. En l'air, quoi. Elle est sortie de la chambre et, ensuite, le loquet est gentiment descendu dans l'étrier… tout seul.

La mine dégagée, elle agença le bouillonné d'organdi autour de son décolleté.

– Je suis retournée là-bas faire l'expérience… Ça a marché magnifiquement.

– *Redescendu tout seul ?* Tu te fiches de moi ?

– J'ai soif, soupira-t-elle en regardant autour d'eux. Si on était en hiver, on pourrait briser et faire fondre une de ces petites stalactites comme il y en avait tant, histoire de se rafraîchir…

Elle le lorgna, railleuse.

– Mais avec ce beau soleil, ces petits glaçons se liquéfieraient…

Il s'immobilisa, écarquilla les yeux, se frappa le crâne.

– Liquéf… Les stalactites ! Bon sang, les stalac… !

– Bravo, Pitch. Miss Godden a donc bloqué ce pauvre loquet en l'air, avec une stalactite de la taille de mon petit doigt. Une fois la glace fondue, le loquet est retombé, clic, sur son étrier. Pour que la chose se déroule plus vite, elle a déversé et flambé toute la réserve de bûches dans l'âtre.

– Le docteur March avait bien noté qu'on étouffait de chaleur.

Pitchum Daybright considéra Flannery Cheviot avec un respect criant (bien que muet).

– Tu es retournée là-bas faire l'expérience ? répéta-t-il, le sourcil sévère. Sais-tu que je pourrais demander au superintendant de te convoquer pour obstruction à l'enquête !

Elle cueillit un brin d'herbe, lui chatouilla une narine.

– Et toi, qu'as-tu résolu parmi toutes les énigmes inexpliquées de cette affaire ?

Il cueillit un brin d'herbe, lui chatouilla une narine.

– Je sais d'où, et comment, et pourquoi, Donalda-la-prophétesse a eu ses visions et divinations ! susurra-t-il, les yeux mi-clos, avec une pause aux virgules. Par conséquent, je crois pouvoir en déduire le nom de l'assassin du juge.

– Seigneur ! s'exclama-t-elle, sautant debout. Qui ?

Il l'imita illico, ils étaient face à face.

– Qui ? répéta-t-elle, la voix implorante, mais une lueur funeste dans les yeux. Qui ? !

Cette fois, il était préparé.

Elle voulut lui saisir le poignet, mais il saisit le sien ; elle voulut lui torsader le coude, mais il la souleva par la taille ; elle voulut s'échapper d'une torsion, mais il l'entoura d'un bras ; elle voulut lui bloquer l'autre, mais il le faufila derrière ; elle voulut attraper son regard mais il riait ; elle voulut rire aussi, mais il l'embrassa.

55

La célébration du mariage fit pleurer tout le monde, y compris le prêtre. Le père Silas Harrylime rappela, en effet, qu'il avait baptisé les mariés, qu'il les avait donc connus bien avant qu'ils se connaissent !

La cérémonie avait lieu dans la roseraie de Harborough Hall, devant le village réuni et les amitiés des environs. Le printemps donnait de la voix, les musiciens et les cuisiniers rivalisaient avec lui. Il y avait des tables dispersées un peu partout dans les jardins, sur les pelouses lustrées de vert neuf, le long des haies de genêts, sous les lilas, entre les massifs de pivoines en boutons, et même dans le verger en fleurs.

Les mariés, radieux, disparaissaient de temps à autre on ne sait où. Ils en revenaient plus radieux encore.

Après un repas qui prit son temps, l'on dansa. À la première mesure, Briony Cheviot fonça droit sur le jeune Daybright, afin d'entamer une gigue débridée. À quelques mètres, aux côtés de Flannery qu'il venait d'inviter, le jeune Wilkie cabriolait comme un veau âgé d'une heure.

– N'est-il pas ridicule ? nota Briony avec un dédain de marquise.

– Je trouve qu'il danse très bien, affirma Pitchum, par pure fraternité virile. Moi-même ne suis guère habitué à giguer.

– Je vous trouve parfait, Mr Pitch, assura la jeune Miss Cheviot, qui ajouta après quelques virevoltes : Ne seriez-vous pas mieux avec ma grande sœur ? Je veux dire, par la taille ?

Il la regarda de biais. Pas de taquinerie patente. Il comprit subitement qu'elle mourait d'envie de danser avec Wilkie mais… sans l'inviter ni être invitée ! La complexité de leurs rapports – hermétiques pour les plus de dix ans et demi – forçait chacun à refuser l'invitation de l'autre, tout en pouffant très fort, et obligatoirement, ou en ricanant d'un air chafouin.

– Ma foi, pourquoi non ! concéda-t-il plaisamment. Question de commodité en effet, Miss Cheviot. Si l'on échangeait cavalier et cavalière après cette gigue ? Nous y trouverons assurément du confort.

Briony afficha une mine positivement radieuse qui ne fut pas sans rappeler celle de la mariée. Pitchum retrouva donc Flannery.

Mais c'était un quadrille. Il fallut donc se partager, et attendre la danse suivante pour se retrouver… peut-être.

– La face heureuse de tout cela, dit Flannery, c'est ce mariage. Je suis si contente pour Catriona.

Une jeune femme portant un bébé dans ses dentelles survint près d'eux. Son espièglerie était familière, et Pitchum secoua ses méninges.

– Mr Pitch ! Quelle surprise ! Quoique non, après tout. Là où se trouve ma chère Flannery, vous semblez devoir vous y trouver aussi.

Elle le fixa avec candeur, une pointe de lyrisme, et un léger étonnement.

– La couleur de vos joues est en train de rivaliser avec celle de vos cheveux, Mr Pitch.

Ce qui, évidemment, encouragea ladite rivalité, et en intensifia l'ardeur. Pitchum avait enfin reconnu l'épouse du docteur. Il bredouilla des propos que Kathleen March comprit mal, son bébé ayant décidé de se joindre à l'orchestre qui attaquait la *Tritsch-Tratsch Polka.*

– Pustule ? répéta-t-elle, perplexe. Mon Dieu, chut, bébé… mais que dites-vous ? Avec cette musique… Pustule ?

– Pitchum, Pitchum, pas pustu… Pas Pitch !

– Oh, oui… Vous me l'aviez reproché déjà, rappelez-vous. Mais Pitch convient si bien à toute votre… pyrotechnie dermique et capillaire !

Il détourna la tête, convaincu d'avoir atteint une colorimétrie maximale. Il aperçut alors le visage de Flannery… aussi incandescent que le sien. Ce qui ne le réconforta pas du tout.

Il s'inclina courtoisement, alléguant une entrevue avec son supérieur, et s'éloigna. Il le fit le moins rapidement possible, pour éviter toute ressemblance avec une débâcle.

Du regard, il s'évertua à dénicher le superintendant parmi la foule en fête. Il le vit enfin, qui négociait des pas de polka avec une dame brune joliment chapeautée. Hum. Pitchum décida d'attendre la fin du morceau.

Depuis sa conversation avec Fergus Palance, il hésitait. Devait-il parler tout de suite au chef, ou attendre la fin de la fête ? Quelqu'un le heurta. C'était Keir Mohune, le taxidermiste, un paquet ficelé sous le bras.

– Mon cadeau de noces, expliqua-t-il en riant.

Pitchum vit le bout d'un museau pointer sous le papier et eut un recul.

– Ne craignez rien, Mr Daybright. Ce renard empaillé ne mord plus. Il est bien mort.

– Il est magnifique.

– L'ouvrage est bourré d'imperfections que je ne fais plus. Mais c'est mon premier travail. Ce que j'ai de plus précieux. Il m'a été demandé par… quelqu'un qui m'était cher.

– Votre fiancée ? s'enquit Pitchum avec une politesse distraite.

– Ma petite sœur. Elle est morte il y a quelques années. Je l'ai beaucoup soignée… Charlotte adorait les renards.

Pitchum abandonna sa politesse distraite. Quelque chose dans le timbre de Mohune le touchait.

– Elle avait un faible pour tous les animaux que les humains n'aiment pas… Et aussi les humains que les autres humains n'aiment pas. C'était une bonne petite âme généreuse. Alors je lui ai façonné celui-là. Prendrez-vous un verre, Mr Daybright ?

– Plus tard, peut-être. C'est un beau cadeau. D'autant que vous le rattachez à votre sœur.

– Avec Catriona, ça reste dans la famille.

– Catriona a-t-elle connu votre petite sœur ?

Mohune secoua sa belle tête presque blanche, changea son paquet de bras.

– Cousin Horton n'avait pas l'esprit de famille. Il avait ses raisons, je suppose. Ce pauvre Fergus a l'air de suivre le même chemin. On ne se voit plus très souvent non plus. Horton venait chez nous quand j'étais enfant. Uniquement quand j'étais enfant, avant son mariage… entre deux séjours en prison, quand il avait besoin d'un refuge. On le craignait tous. Notre petite

Charlotte était la seule à le défendre, à lui trouver des qualités, ou des excuses. Je vous ai dit, elle aimait tous les animaux que personne n'aime. À plus tard, Mr Daybright.

– Je dois parler à Fergus. L'avez-vous vu ?

– Pas récemment, fit le jeune homme en lui jetant un regard soucieux. Est-ce important ?

– Nous verrons.

Pitchum eut un souvenir. Il désigna la main du jeune homme.

– Votre blessure va mieux ?

– Oh, ma main… Cicatrisée, je vous remercie.

Ils se séparèrent au moment où la polka devenait une mazurka. Pitchum flâna quelques minutes entre les massifs de fleurs. Il avait de nouveau perdu le superintendant… Fergus, lui, devait se trouver dans un de ces recoins qu'il affectionnait.

Derrière une haie de buis, il l'aperçut, à demi étendu sur un banc de pierre, en la seule compagnie d'une assiette de biscuits et d'une bouteille de vin français dont il subsistait un tiers.

– Scotland Yard est décidément à mes trousses ! s'écria-t-il en se redressant.

Riant (un peu fort), il lui tendit l'assiette, puis la bouteille. Pitchum déclina d'un geste et resta debout entre le banc et le buis. Il observa en silence, un long moment, le fils de Horton Palance.

– Fergus, finit-il par dire. Puis-je poser la question que je ne vous ai pas posée tout à l'heure ?

Haussement d'épaules, dont Fergus faisait si grand usage.

– Pouvez-vous me décrire avec précision le trajet que vous avez effectué lorsque votre père vous a envoyé chercher le Chief constable George ?

– Quand ça ? Quel trajet ?

– Il y a trois ans. Le jour où Donalda Brown l'a accusé d'avoir assassiné le juge Apley. Votre père a accepté de se rendre à Harborough Hall vérifier ses dires, à condition que cela se déroule sous l'égide d'un officier de police. C'est vous qu'il a envoyé chercher le constable.

– J'y suis allé, c'est tout.

– Avec précision, je vous prie.

Fergus opéra un rétablissement sur le banc, grignota un bout de biscuit.

– Il fallait faire vite. Ambroseburg est à plus de dix miles. Je suis passé chez Harry, le maréchal-ferrant, emprunter un cheval. J'ai piqué un galop, j'ai trouvé le constable à son poste. Il est parti avec Bates par ses propres moyens, moi je suis revenu sur mon cheval. Voilà.

– Vous étiez seul ?

Un voile tomba fugitivement sur les yeux du jeune homme.

– Oui, dit-il.

– À l'aller et au retour ?

– J'étais seul, je vous dis.

– Vous vous êtes violemment disputé avec votre père, un peu avant l'arrivée de la diligence. Une cliente de la mercerie nous l'a rapporté. Il semblerait que vous avez blessé votre père.

– Je ne l'ai pas voulu. Je voulais l'empêcher de frapper Catriona, je portais un rouleau de tissu, qui l'a heurté par accident. Il était hors de lui. Tout ça parce que ma pauvre sœur lisait les niaiseries sentimentales de Muir Darcey Apley ! Pas de quoi fouetter un chat. Mais mon père aimait fouetter les chats. Et sa famille. Je l'ai blessé par accident, répéta Fergus en grondant.

Après, il n'a cessé de crier sur ma mère. Heureusement, la diligence est arrivée, il fallait accueillir le cousin…

– C'est là que Donalda Brown a pointé le doigt sur votre père.

– Ouais. Qu'elle a tendu la corde pour le pendre.

Il se prit la tête dans les mains, bousculant la bouteille qui se fracassa. Pitchum songea au hasard qui avait désigné Palance par le doigt de Donalda Brown… Qui aurait-elle pointé, si le mercier ne s'était trouvé là ? Le maréchal-ferrant ? L'aubergiste ? Le boulanger ? Il soupira.

– Êtes-vous allé directement trouver le constable ? Vous êtes-vous arrêté en route ?

Fergus lui lança un bref coup d'œil.

– Je… je ne me suis pas arrêté.

– Je crois que vous mentez. Vous êtes allé à Harborough Hall.

– Non !

C'était un cri. Fergus Palance s'était dressé d'un bond.

– Non. Non. Je n'ai pas fait ça.

Pitchum le fit se rasseoir. Au-delà de la haie de buis, on entendait la fête, des rires, et *L'Invitation à la valse* aux violons… Il prit place à côté de Fergus, sur la pierre du banc très froide.

– Je vais vous dire la façon dont cela s'est déroulé, reprit-il à voix basse, avec une infinie douceur. Vous corrigerez mes erreurs.

Pitchum se mit à parler en fixant la pelouse.

– Dans la salle de l'auberge, tout le monde a écouté Donalda Brown raconter ses salades. Vous étiez là. Vous avez entendu chaque mot, chaque détail. La blessure au cou, le crochet, le sang sur les fenêtres… Ensuite, votre père vous envoie à Ambroseburg chercher le Chief constable. Vous prenez un cheval chez

Harry, oui. Vous filez telle une flèche, oui… Mais avant cela, vous passez à la mercerie. Vous emportez un des crochets de rechange du bras artificiel de votre père. Ils sont dans un boîtier spécifique. Vous repartez à cheval, toujours comme une flèche. Tout cela ne vous a pas pris plus de cinq minutes. Personne ne vous a vu. Tout le village était réuni à l'auberge à écouter les élucubrations de la cinglée. En route, vous faites un détour par Harborough Hall. Vous cachez le cheval, il fait nuit de toute façon. Vous vous faufilez. Une fenêtre est éclairée au rez-de-chaussée. Celle du bureau du juge. Il est là. Bien vivant. Vous parvenez à l'intérieur du bureau d'une manière ou d'une autre. Peut-être que, simplement, vous frappez au carreau, qu'il ouvre la fenêtre. Que peut-il craindre, croit-il, d'un jeune garçon de quinze ans ? Vous entrez, vous le tuez. Vous avez quinze ans, mais vous êtes grand et déjà bâti en force. Vous faites tout, exactement tout, comme Donalda Brown l'a décrit. La blessure à la gorge, le sang sur les vitres, le crochet ensanglanté qui roule sous le fauteuil. Vous ressortez ensuite en rabattant la fenêtre depuis l'extérieur. Elle demeure ouverte mais, de loin, cela ne peut pas se voir. Puis vous repartez, ayant accompli *a posteriori* la prédiction de Miss Brown. Vous saviez qu'ainsi votre père irait à la potence. Probablement que, inconsciemment, vous vous vengiez aussi de ce juge qui avait fait le malheur de votre mère et de votre famille. Vous qui, enfant, parliez peu, écoutiez beaucoup, et compreniez tout.

Fergus leva vers lui une figure suppliante.

– C'est faux. Je vous le jure sur mon âme, l'âme de ma mère et de ma sœur. Je n'ai rien fait de ce que vous racontez, Mr Daybright.

Sa voix était basse et tremblait.

– Je suis navré, Fergus. Le superintendant Tanybwlch va devoir vous interroger.

– Il m'arrêtera ? J'irai… en prison ?

– Si les choses se sont déroulées telles que je viens de le décrire… Oui, Fergus. Nous veillerons, je vous le promets, à ce que vous ayez un bon avocat.

Fergus jeta un sanglot dans ses mains. Pitchum, le cœur lourd, regarda autour de lui. Personne. Il ne discernait rien de ce qu'il espérait. Il se pencha lentement vers le jeune homme en pleurs, lui prit le bras. L'autre suivit docilement.

Ils prirent un virage parmi les arbres d'une allée annexe, de façon à ne rencontrer aucun invité. La fête était déjà assez gâchée.

Au virage suivant, une silhouette se posta en travers de leur chemin, les arrêta sans prononcer une parole.

Pitchum retint un soupir de soulagement. Il se demanda pour la énième fois d'où ce beau jeune homme tenait cette belle chevelure, ce blond presque blanc qui devait faire se pâmer les demoiselles.

– J'ai entendu, Mr Daybright.

Keir Mohune articula ces premières paroles avec une lenteur lasse.

– Tout ce que vous venez de raconter est l'exacte vérité. À la différence que je n'ai pas pris connaissance du récit de Miss Brown à l'auberge. Je l'avais déjà entendu dans la diligence, je ne dormais pas. La suite s'est déroulée comme vous le supposez. Seulement, ce n'est pas Fergus qui l'a fait, c'est moi. C'est moi qui ai tué ce juge Apley… que je ne connaissais même pas.

– Merci, Mr Mohune, répondit Pitchum d'une voix rauque.

Il serra ses propres doigts qui tremblaient.

– J'avoue que je n'aime pas ce que je viens de faire. Fergus, redressez-vous et cessez de sangloter. Mr Mohune s'est dénoncé.

– Pourquoi avez-vous usé de ce stratagème, Mr Daybright ? s'enquit Keir Mohune, toujours très bas.

– Parce que je n'avais aucun mobile à vous opposer. Comme vous l'avez dit, vous ne connaissiez pas le juge, ne l'aviez jamais vu, vous n'aviez pas revu Horton Palance depuis des années. Quelle sorte de haine pouvait vous rattacher tous les trois ? Il me restait une possibilité : faire appel à votre... sens de la famille.

Il se tourna.

– Fergus... Je suppose que vous avez compris tout très tôt. Vous avez toujours su votre cousin coupable, n'est-ce pas ?

Le garçon hocha en silence une tête ravagée par les larmes et les tourments.

– Pourquoi n'avez-vous jamais parlé ?

Fergus s'essuya le nez avec sa manche.

– Parce que moi aussi... Moi aussi, j'ai pensé tuer mon père. *Je le voulais vraiment !* lança-t-il en un cri. Je suis coupable. Je suis allé chercher le crochet à la mercerie. Et puis, sur le seuil, tout à coup, je me suis fait horreur. J'ai jeté le crochet par terre, dans la rue.

– Je l'ai ramassé derrière toi, murmura Mohune.

– Pourquoi... Pourquoi as-tu fait cela, cousin ? Cette question me hante depuis le jour où on l'a regardé, toi et moi, se balancer au bout de cette corde. Ce... ce bruit affreux... affreux...

Fergus Palance se boucha les oreilles comme s'il entendait

autre chose que la polka qui se jouait là-bas, de l'autre côté des violons.

– Pourquoi, cousin Mohune ?

Comme l'autre ne répondait pas, Pitchum murmura :

– Je suppose que cela a à voir avec la petite Charlotte…

– Horton l'a tuée. Par indifférence, par oubli. Il se fichait des autres. Elle était devenue si minuscule… À la fin, elle crachait des petits morceaux rouges. Des bouts de ses poumons. La dernière nuit, c'est moi qui l'ai veillée. Elle avait la fièvre. Ses joues étaient deux boules de feu. Elle ne me reconnaissait plus. C'est cette nuit-là que mes cheveux sont devenus presque blancs…

Après un silence qui fut très long, empli de rires lointains et de cris d'enfants, Pitchum reprit :

– Donalda Brown a été, somme toute, un accident. Un hasard. Une… possibilité inespérée. Pourquoi vous installer à Morgan's Moor, Mr Mohune ? Pourquoi vous rapprocher d'un homme que vous haïssiez ?

L'autre ne répondit pas. Il jeta seulement un regard à Fergus qui semblait ne rien entendre. L'adjoint du superintendant insista doucement :

– Êtes-vous venu avec l'idée de lui faire payer son égoïsme ? De venger le décès de votre petite sœur ? Êtes-vous venu dans l'intention de… tuer Horton Palance un jour ou l'autre ?

Mohune secoua la tête, la secoua longuement.

– Lui, je souhaitais qu'il souffre ! C'est ce que je sais. Peut-être par ses enfants. Ou par sa femme. Je voulais qu'il ressente ce que nous avions ressenti… L'attente. La douleur de l'impuissance. Le chagrin de voir souffrir un être innocent que l'on aime. En réalité, rien n'était clair dans mon esprit. Pour être franc,

Mr Daybright, je suis heureux que les visions de Donalda Brown m'aient empêché de faire du mal à Jamesina et à Catriona. Quant à toi, Fergus, cher petit cousin…

Fergus l'interrompit en se jetant dans ses bras ouverts, et tous deux s'étreignirent. On entendit Keir Mohune qui soufflait des mercis et des pardons étouffés.

– Tu prendras soin de mon renard, n'est-ce pas. Me le promets-tu ?

ÉPILOGUE
(DÉBUT DE MAI)

56

Sur le quai de la gare régnait une confusion de bruits, de cris, de sifflets, de fumées, de charrettes à bagages, de mouchoirs plus ou moins secs, plus ou moins agités… Le superintendant pompait sur sa pipe, rajoutant aux vapeurs.

Une seule personne était immobile, tel un vieux chien sage au milieu d'une meute de chiots excités.

Une dame brune joliment chapeautée vint s'installer près d'eux. Elle aussi prenait le train. Pitchum lui jeta un coup d'œil hâtif. C'était la même dame brune joliment chapeautée qui dansait la polka à la garden party du mariage. Elle se rendait à Coxwald.

Le superintendant éteignit illico sa pipe, la tapota contre son talon et se répandit en amabilités. De temps en temps, il propulsait un regard en direction de son jeune assistant, lequel contemplait son soulier droit où un pyrocorise (appelé également « gendarme ») s'essayait à des notions d'alpinisme, l'air aussi désœuvré et maussade que Pitchum.

Après avoir dit trois fois qu'elle mourait de chaud et de soif, sans qu'aucun de ces deux gentlemen ne levât le petit doigt, la dame brune joliment chapeautée abandonna leur compagnie pour celle d'un petit colporteur qui vendait, sur le quai d'en face, des bonbons à la menthe et de la citronnade.

– Eh bien, jeune Daybright, marmonna Linwood Tanybwlch. Figurez-vous que j'ai une histoire épatante à vous raconter, elle va vous étonner. Savez-vous qu'un jour Charles Dickens a pris le train lui aussi, tout comme nous, et qu'en passant sur un viaduc à Staplehurst…

S'il avait aspiré à le faire rire, il faut concéder que ce fut un magnifique fiasco. Pitchum Daybright hochait la tête, lançait des « mmh mmh » qui venaient de l'arrière du nez, comme s'il n'avait jamais entendu l'histoire.

Le superintendant le prit, pour finir, par une épaule et lui glissa :

– La conclusion d'une enquête est un curieux assortiment, jeune Daybright. Un peu d'humeur vient se mêler à la joie. Une sorte de marmelade d'orange, saisissez-vous ? Sucre amer, ou amertume sucrée. En passant, à propos, il vous faudra venir goûter celle de Mrs Tanybwlch. Je n'en connais aucune de meilleure.

Un coup de sifflet annonça l'arrivée imminente de l'express de Londres. Un roulis d'excitation agita les voyageurs qui patientaient.

– Allons, jeune Daybright, dit encore le superintendant. Pensez à cette affriolante affaire qui nous attend au *SDDI and INC*. Vous vous rappelez ?… Une femme, qui habite depuis quarante-trois ans une maison du quartier de Belgravia, s'est réveillée mardi matin, a regardé à sa fenêtre, comme elle le fait chaque matin depuis quarante-trois ans, pour constater que la maison située depuis quarante-trois ans à l'est, en face de la sienne, s'était soudain déplacée pendant la nuit à l'ouest. N'est-ce pas titillant ? Une maison qui déambule…

Le train déboucha en gare dans une commotion de vapeur, de tremblements, de grondements et de coups de sifflet. Ils se levèrent.

Le superintendant posait un premier soulier sur le marchepied quand, derrière, ils entendirent des cris, des appels.

Flannery Cheviot courait depuis l'extrémité du quai, échevelée, rouge, manteau de printemps ouvert au vent.

– Mr Tanybwlch ! Mr Daybright !

Elle arriva près d'eux. Le superintendant nota que son adjoint avait changé de coloris, que de beige pâle il venait de virer à l'éclatant vermillon du pyrocorise laissé en pleine escalade sur le quai.

– Jeune personne, dit-il à Flannery, la rétine sévère, nous ne pensions plus vous voir. Nous étions même sur le point d'évoquer une impolitesse impardonnable, n'est-ce pas, jeune Daybright ?

– Hé… ? Oh… euh… oui, sir.

Le superintendant cligna d'un cil.

– Si vous postulez un jour, chère demoiselle, pour une situation à Scotland Yard, je me ferai un plaisir d'appuyer votre candidature. J'avoue que votre résolution de la chambre close m'a expressément émerveillé.

– Vraiment ? Vous entendez ça, Pitchum ?

Le train siffla. Elle grimpa sur le marchepied, jeta ses bras au cou du superintendant avant d'appliquer deux baisers sonores sur ses joues. Il vérifia autour d'eux avec des mines d'espion faussement confus.

– Chère demoiselle, marmotta-t-il, descendez vite de ce compartiment avant de vous retrouver à écouter comment Charles Dickens s'est retrouvé à ramper dans le wagon d'un train suspendu dans le vide et…

– Oh ! Sur le viaduc de Staplehurst ! Je la connais…

– Chère, chère enfant ! murmura le superintendant, en extase. Jeune Daybright, ne trouvez-vous pas que Scotland Yard manque outrageusement de présence féminine ? Il faudra en référer à nos sphères transcendantes ! Jeune Daybright ?… Jeune Daybright ! On ne vous entend guère. Avez-vous perdu vos dents ? Votre langue ? Votre luette ?

Flannery se pencha vers l'adjoint, planta un baiser sur sa pommette ahurie, sur son œil ahuri, et son sourcil ahuri. Elle lui murmura :

– Vous reviendrez à Morgan's Moor ? Oh, je l'espère tant !.. Ou faudra-t-il pour cela que je commette moi aussi quelques assassinats ?

– …

– Je crains en effet que notre Pitchum ait perdu ses dents, et sa langue, et sa luette, tout ensemble ! soupira-t-elle.

– …

– Oh, Pitchum, j'aurais tant aimé entendre encore votre voix !

Sifflet. Le train eut une secousse. Flannery sauta à pieds joints sur le quai, tandis que le superintendant abaissait à toute allure la vitre, qu'on puisse se pencher et voir par-dessus.

Le train grinça, chuinta, commença à rouler. Flannery sortit son mouchoir et escorta sur le quai le convoi qui roulait au pas.

Subitement, une tête rebroussée de flammèches brasillantes surgit par la vitre ouverte, puis une voix ! Une voix de stentor qui tonitruait :

– PITCH ! PITCH !... APPELEZ-MOI PITCH !!!!!

De la même autrice à *l'école des loisirs*

Collection NEUF

Les joues roses
Minuit-Cinq
Aggie change de vie

SÉRIE LE CLUB DE LA PLUIE

Le Club de la Pluie au pensionnat des mystères
Le Club de la Pluie brave les tempêtes
Le Club de la Pluie contre Satin-Noir
Le Club de la Pluie et les forbans de la nuit
Le Club de la Pluie dans le train de la peur
Le Club de la Pluie et la maison qui chuchote

Collection MÉDIUM

Rome, l'enfer
Faux numéro
La bobine d'Alfred

SÉRIE QUATRE SŒURS

Enid
Hortense
Bettina
Geneviève
Quatre sœurs (l'intégrale en grand format)

Collection M+

Fais-moi peur
Sombres citrouilles
Boum
Taille 42

Série Broadway Limited

Un dîner avec Cary Grant
Un shim sham avec Fred Astaire
Un thé avec Grace Kelly

Cet ouvrage a été achevé d'imprimer
sur Roto-Page
par l'Imprimerie Floch à Mayenne
en octobre 2022

N° d'impression : 101189
Imprimé en France